感恩录

我的质量生涯

刘源张 著

科学出版社

北京

内 容 简 介

刘源张院士致力于质量管理近60年，借本书叙述了他在工作中见到的人和遇到的事。他结合自身经历，对中国质量管理发展过程中的重要事件进行了回顾。产品质量、工程质量、服务质量都是中国产业的大问题。质量管理的关键是诚信和认真。关心质量的人读本书会受到启发。发展中国的要诀是解放思想、实事求是。关心历史的人读要书也会感到兴趣。总之，本书是一本可读的书。

本书适合于从事管理科学和质量管理研究与实践方面的读者阅读。

图书在版编目（CIP）数据

感恩录：我的质量生涯／刘源张著. —北京：科学出版社，2011
ISBN 978-7-03-030826-9

Ⅰ. ①感… Ⅱ. ①刘… Ⅲ. ①全面质量管理—中国 Ⅳ. ①F273. 2

中国版本图书馆CIP数据核字（2011）第068992号

责任编辑：马 跃 / 责任校对：张怡君
责任印制：张克忠 / 封面设计：耕者设计工作室

科学出版社 出版
北京东黄城根北街16号
邮政编码:100717
http://www.sciencep.com
天时彩印印刷有限公司印刷
科学出版社发行 各地新华书店经销
*
2011年5月第 一 版 开本：B5(720 × 1000)
2011年5月第一次印刷 印张：20 1/4
印数：1－2 000 字数：520 000

定价：68.00元

（如有印装质量问题，我社负责调换）

本书由中国科学院数学
与系统科学研究院资助出版
特此感谢

前　言

今年是我国推行全面质量管理30周年，中国质量协会副会长兼秘书长戚维明同志要我写一本书，把我这近60年的全面质量管理工作说一说。的确，这两个30年的经历可以说是波澜万丈。遇到了那么多的人，发生了那么多的事。再加上前一个30年是计划经济，后一个30年是市场经济的时代，大环境的不同自然对我的质量工作有影响。60年的时间里在质量战线上的领导干部都换了几代，工人层次的变化就更大了，我的质量工作也在思想上和行动上有过变化。这本书记载的就是这些事情：我与时代的变迁。不过，我不是写中国的质量管理史，我只是写写在这段历史里个人的经历和感受。真实完整的中国质量管理史是必要的，我希望我写的这点东西能为将来写史的同志做个参考。

一、质量生涯的准备

1949年2月我从日本京都大学经济学部毕业，因为当时的盟军已经封锁了日本，日本列岛与中国大陆的交通中断，我想回国也回不来，就进了京都大学研究生院，导师是青山秀夫教授。他给我的研究题目是统计方法在经济学研究中的应用。统计学原来在京大的传统是德国的记述学派，第二次世界大战后传来英美的实证学派，导师要我先学习一下数理统计为工具的实证研究方法，过了半年多，他要我做好准备去东京大学听课。当时东京有一批学者组织的称为统计工学的讨论班正在热火朝天地开展，于是我就去东京大学拜访了牵头讨论班的在化工系任教的石川馨教授。他很亲切，让我参加他的讨论班。在这里我第一次听到质量管理的话题，并且知道了小柳贤一和他的日本科学技术连盟。但是那时我的兴趣和努力却在经济计量学的学习上，对质量管理不过是捎带着了解一点。

1950 年 12 月由于青山教授的推荐，我去美国的加利福尼亚大学伯克利分校，进修凯恩斯经济学的理论和围绕这一理论的实证研究。1951 年的 12 月初，青山秀夫教授以福布赖特基金访问学者身份来到美国，第一站就是伯克利。在学校的国际会馆我去看他，他询问我的学习和打算。我无意间说出，毕业后还是要回中国。他的脸上露出一丝哀感，我知道，他推荐我来美国学习，是指望我以后回日本去他那里任教帮他的。他沉默了一会，对我说，既然这样，你还是改学工商管理，这对你的祖国也更有用。他了解，我在进京都大学之前，曾经学过两年多的机械工程，可能有点底子。于是听了他的话，我转到了刚刚兴起的运筹学。1992 年 2 月 16 日青山秀夫教授病逝，他的门生编写了纪念文集，《青山秀夫著作集　别卷　青山秀夫先生的学问和教育》，于 1999 年 4 月出版，公开发行。集子里我写出了这段往事来纪念他、感谢他。我是他唯一的中国弟子。

运筹学内容繁多，什么都要学习一点，其中的质量管理有当时的名师格兰特（Eugene L.Grant）教授，在加州的斯坦福大学授课。连续两个暑期，我都从伯克利去斯坦福听他的课，参加他的讨论班。他是一位既有理论又有实践的老师，讲起课来，旁征博引，引人入胜。我逐渐对质量管理产生了浓厚的兴趣，也下了些工夫。1955 年 8 月我毕业离开美国，回到了日本。这时，日本的质量管理成了气候，我再次求见石川馨教授，表明这次我要真正学习质量管理的愿望。由于他的帮助，我看到了一些材料，去过几个工厂，长了一些见识。

带着这点准备，1956 年 8 月我回到了祖国。

二、质量生涯的偶然和必然

回顾我的质量生涯，好像都是偶然。

我从小就想当个工程师，原因很偶然，我上高中的时候，我家楼下的一间屋子租给一位工程师。他是山东大学工学院毕业的高材生，就职于青岛的英美烟草公司。我母亲请他帮我补习数学，他挺喜欢我似的，就答应了。晚上他下班后，我到他房间去学习。日子长了，我看他生活的非常潇洒，羡慕得很，就想我长大也当工程师。其实，工程师是干什么的，我都不知道，问过这位王老师几次，他没告诉我什么。原因就是这样的可笑。

到了日本，为了躲避美军的空袭，我辗转换了几个学校，工程也没学多少。日本战败投降了，我倒考进京都大学经济学部，成了日本的最后一期的帝大学生。为什么学经济呢？当时日本人都在讨论为什么日本打败了，日本的技术不是很好吗？零式战斗机、武藏号和大和号的战舰，都是举世公认的超一流装备。结论是因为日本人不懂战争是经济实力的较量，所以他们认为要好好学习经济、研究经济。社会的认识成了社会的潮流。我随着潮流，学了经济。这是一种偶然。

学质量管理，我在上面说过，是由于青山老师的一句话，是个偶然。回国来能干质量管理，也全仗了钱学森先生的一封信。如果我真的去了长春第一汽车制造厂（以下简称长春一汽），恐怕我干不起来质量管理。这也是种偶然。“文革”开始不久，我被抓进了秦城监狱，足足待了八年八个月，有充分的时间学习了马列主义，反思了我十年的质量控制的工作，总结出了如果我能出去再干的话，我要怎样干的想法，这岂不是最大的偶然。果然出来了，拖着个“特嫌”的尾巴，这倒好，没资格想名利了，干脆全身心投入到厂里的工人群众中去。这也算个偶然吧。

细想起来，大大小小的偶然太多了。但是，不就是这些偶然催着我东奔西跑吗？是不是有个必然始终贯穿在这些偶然当中呢？要不然，我怎么在这 60 年有喜有悲、有得意有失望中，从未改行，只干质量管理的普及与提高呢。我想，大概就是那个概念，回家。我幼时受的教育是“忠孝仁义”的思想，特别是“孝”字由于家庭环境的原因深深烙在了我的心里。在外国的15载我无时无刻不在想家，一次想着想着被抓进了日本九州的佐世保宪兵队长崎分队的监狱。以后有机会再来写写这一段。回来了就想把家搞得好一些。这个家不仅是自己的“小”家——我的家，还有个“大”家——我的国。家有个生活质量，国有个发展质量，两个质量都靠产品质量。家与国要好起来，就得先把产品搞好。我的质量管理工作里，可以说是“忠孝两全”。其实，应该说，所有的中国质量工作者都是这样的。

三、质量生涯的收获

现在，人们称我为“中国质量之父”。这是怎样来的？1991年7月，中国台湾的一家很有影响力的《战略——生产力杂志》上的一篇文章称我为“中国品管之父”，后来这个说法逐渐传入大陆，为人知晓。当然，这也许本来是我们自己的同志们给我的称呼。不管怎样，这是极高的荣誉。不过，我更喜欢这样的评价，“他帮助中国的企业改变了对质量的看法和质量管理的做法”。在管理科学上，理论、方法固然重要，其实思想更为重要。思想能够传播开来，成为人们行动的指导力量，这才是管理科学的最大贡献。国内的许多同志都为质量管理思想的传播付出了辛勤的努力，我只是开了个头，当了一回帮手，或者，不客气地说，当了一回“舵手”。

我的名片上在名字的下面有一行小字“全国劳动模范”。这是炫耀吗？不是。这是提醒，要我记住1978年3月的“科学的春天”。这个春天里，科技工作者成为工人阶级的一部分，也有了被评选劳模的机会。更深的意义是要科技工作者自觉担负起作为工人阶级的历史任务。1979年我被评为全国劳模，在颁奖大会的主席台上从邓颖超同志的手中接过了劳模勋章。这是国家承认了质量管理的作用，是对全国质量工作者的鼓励。

真要说收获，并不是上面说的两件事。真正的收获是我通过质量管理的推行实践联想到许多学科内容时的喜悦。质量管理是个技术科学的问题，这不用多说。说一千道一万，归根结底，质量问题是要靠技术解决的。质量管理也是个哲学问题，里面有唯物辩证法的问题，有价值观的问题。质量管理也是个人文科学的问题，里面有秩序的问题，有治理的问题，有法律的问题，有道德的问题，有和谐的问题。质量管理更是个经济科学的问题，里面不仅是产品成本和价格的问题，也有资源的问题、环境的问题、市场的问题、竞争与协作的问题。质量管理一般认为是个管理科学，这也对，里面有权限和责任、组织和委让、标准和规范、体系和要素、意识和行动等问题。这些问题与质量的概念结合在一起会构成一个庞大的学科体系。近年我常常想写写这件事，只怕心有余而力不足。在这本书里，我写下这方面思索的一些片段，这里那里的一点一滴，不成体系。但总的来说，读者也许会看出我思想上的连贯性。

最大的收获还是通过质量管理我结识了一些人。这些人理解我、想着我、记着我。我也想着他们、记着他们、感谢他们。这本书就是我对他们的思念和感谢。

四、质量生涯的起伏

我的质量生涯大体上还是顺当的，但也有起伏。我把它分成了六个十年，前五个已经过去，后一个正在进行。每一个十年，如今回忆、思想起来，都有些鲜明的特色。不是说，像计划经济和市场经济这样的时代特色，而是说个人成长经历的特色。

第一个十年是我回国后开始我的质量生涯的期间。万事开头难，何况那个十年里，各种各样的政治运动不断，我既要适应当时人们在政治上的要求，又要适应人们在科学技术上的思潮。事事都要从头学起、干起。碰钉子，闹笑话，反正顶过来了。

第二个十年碰到了“文化大革命”。这场浩劫把中国的质量事业摧残到了无以复加的地步。我自己也遭受了一场厄运，被关进了秦城监狱。好在坏事能变成好事，我倒在这个十年里“脱胎换骨”了一下。

第三个十年是我质量生涯中“离陆起飞”的时刻。人人都有个名利思想，我却因为“特嫌”的特殊原因被动地摆脱了名利，可以“轻装上阵”。工作的目的和心态都有我自己的平和，工作也在一些同志的帮助下有了成就。

第四个十年是我质量生涯中发展的时期。我有了一些实际上的经验，也有了理论上的思想，更重要的是，我开始有了“知天命”的感觉。我已经过了 60 岁，晚是晚了许多年，但我有了我的“三感论”——时代感、使命感、科学感。这些就是我工作的动力。

第五个十年是我质量生涯中最从容的时期。人们称我“老”，我不讨厌；人们称我“泰斗”，我不反对；人们称我“之父”，我不在意。只想对质量工作能说几句中肯的话，办几件对质量事业有用的事。

本书的前五章因此叫做“尝试”、“反省”、“奋斗”、“开拓”、“发挥”的十年。第六章按十年计算，应该是2006年到2015年，但这本书只写到了2010年，那剩下的五年还在未来的前头。故名之“余热”的十年。

五、质量生涯的未来

到了我这般年纪，还谈未来！日本有句谚语，“说未来，会被鬼笑话的”。我说未来，怕是要陷入这种境地。中国质量协会成立 30 周年，为了纪念，我写了个题词：

看三十年，天翻地覆，整体质量形势，又好又快；

愿千万人，勤学苦练，全面质量管理，利己利国。

我在未来的质量生涯中希望还能为这千万人学习全面质量管理做些工作。现在的全面质量管理工作已经大大不同于我刚开始提倡的全面质量管理工作了。1976 年，我看到我们的国家和我们的企业是处在千疮百孔从而百废待兴的境地，我们的工人是处于从劫后余生转向涅槃重生的时机。1986 年，我看到我们的国家和我们的企业正在挣扎着从计划经济走向市场经济，我们的工人正在苦苦经历着竞争上岗的痛苦局面。1996 年，我看到我们的国家和我们的企业在竞争激烈的国际市场中站稳了脚步，我们的工人开始迎来了他们的新的农民伙伴。2006 年，我看到我们的国家和我们的企业进入了改头换面的阶段，我们的工人也面临着学习提高的要求。在这些不同的时期，全面质量管理有不同的问题和做法。我都尽力去思考、去摸索、去适应、去创造。然而，未来的十年呢？工人、干部都换了几代，都年轻化、知识化了。我同他们无可奈何地有了代沟，他们想些什么，我都不清楚。我的这套三感，“时代感，使命感，科学感”，还能说得通么？我重新学习吧，尽量再为新时代的新人的新全面质量管理做点工作。

本书的一个意图正是，希望引起青年读者的兴趣，从而投身到全面质量管理的队伍中来。

六、质量生涯的感谢

然而，本书的真正意图是感谢。我的质量生涯中要感谢的人太多，书中提到的许多位就不在这里重复。有几位我要在这里特别感谢。

中国质量协会第二任会长是宋季文同志。他从上海市副市长卸任下来，任轻工业部部长，之后又到中国质量协会挑起这副重担。我那时是他的一名副会长。他一点架子都没有，对我更是关怀备至。1989 年 2 月 8 日，宋老由他的公子南平陪同来我家，没有什么要事，只是来看看我。宋老酷爱围棋，南平也是此道高手，宋老要我同南平手谈一局，结果我大输。这次宋老来我家，给我的印象很深，我把他写在了我的日记里：一位温厚长者。一次我去他的办公室看他，谈起话来，他向我抱怨，到了中国质量协会，轻工业部办公厅的人就不来管他家生活起居上的大小事了。我说，您打电话吗？他有些不愿这样做的意思。老领导就是这样不愿占人便宜的。他大概看到我东奔西跑，不得安宁，想要我坐下来静思片刻吧。一次拍着我的肩膀对我说：刘老师，你要写书呀。是的，我没有什么著作，还自诩“述而不作”。我不曾忘记他的规劝，时常惦记着要写一本专门著作。宋老逝世时，我真后悔没有在他生前写一本书送给他。现在，这本书算不算得上他所想看到的书呢。

说到我的质量生涯，多亏了袁宝华同志。他是不用介绍的中国经济工作的领导人、中国管理科学的指导者。我记不清我是在什么时候什么场合第一次见到他的。1978 年，宝华同志继 1977 年的北美西欧行，从日本考察回国后，酝酿成立中国企业管理协会，找我去谈过一次话，我向他献言：治国需要信息，而只靠党内的一条渠道，不行，协会可以是另一条渠道，在这里大家平起平坐、畅所欲言，领导不但可以从中了解情况，还可发现人才。我又趁机向他建议再成立中国质量管理协会。不知是否因为这个缘故，宝华同志一直关怀照顾我，没有他的支持，不会有我的质量生涯。还有一件小事给我留下极为深刻的印象。1979 年，在一次会议的休息室，我正向宝华同志汇报什么工作，当时任国家计划委员会副主任的叶林同志进来了，他们两位开始谈话，我一看，立刻起身往外走。宝华同志喊住我，说不用走。当时我一下子想起一句老话，“用人不疑，疑人不用”。1997 年，宝华同志书写了一幅字联送给我，“少壮常怀强国志，华巅犹抱济时心。丁丑夏日”。这件条幅我挂在书房的墙上，不时地注视它一回。我理解，这是宝华同志自己的写照，我不揣浅陋，也愿意把它当做我的自述。

饶斌和黄正夏两位同志我在书中提到过，这里我要另外多写几句。1978 年我去十堰第二汽车制造厂（以下简称二汽），当时任厂长的饶斌同志在病床上接见了我。他向我细说了二汽当时的窘境，要我帮他想办法。他的言语、态度实在让我感动。我回答他说，我只懂得一些质量管理，看看质量问题讲讲质量问题吧。他说，好，我在病床上听你讲话的录音。第二年，他被调到北京，任第一机械工业部的部长。1983 年起，我在全国人大的全体会议上经常见到他，每次见到他，他都询问我和二汽的情况。黄正夏同志接任厂长后，对我更是给予了极大的信任，交给我极其重要的任务。2004 年我写的一本书《中国汽车工业的挑战和问题》在日本出版发行。我在书的序中写下这么几句话，“我要特别表明感谢的是东风汽车公司前身的第二汽车制造厂的初代厂长饶斌和他的继任厂长黄正夏。他们两位不仅是把我领进中国汽车产业的恩人，并且两位的人格和对建设中国汽车工业的献身精神一直使我敬佩和感动。能够得到二位的信任，因而在中国的汽车产业上做出一点工作，是我一生中的幸运和骄傲”。

我在秦城监狱呆的那段日子里，自然有许多的“难友”。虽然当时是互不知晓、互不谋面的，出来后，遇在一起，谈起来，发现彼此是“难友”，立刻产生一种亲近感。其中的一位是吕东同志。他在任第三机械工业部部长期间，我应邀去第三机械工业部做过全面质量管理的报告。那天的会是他主持的。他对我说，他是特地提前从外地视察回来听我的报告。有记者告诉我，他从别人那里知道我们是“难友”，大概因此，他要赶回来，看看我这个“难友”是个什么样子吧。后来他调任国家经济委员会主任，我们有了更直接的工作关系。还有一位，是张劲夫同志。他曾是中国科学院的党组书记，由于一个很有意思、别人看起来算是“犯上”的机缘，我和他倒成了朋友。他后来去安徽省任省委书记，到国家经济委员会任主任，和任国务委员期间，都曾对我的工作给予关心，特别是他把我介绍给当时的国务院总理赵紫阳，这对我是一种极大的信任。

这些同志和书中提到的其他一些人都是我全面质量管理事业的恩

人，这本书就是我的感恩录。

有些同志说我的经历太独特，太坎坷，太值得写下来。有些外国友人也劝我写本自传，甚至都给我找好了出版社。不是不想写，真要写下来，会有许多的碰碰撞撞，所以我一直在拖着。现在，中国质量协会的戚维明秘书长提出来，要我写写我的质量工作，我想，在全面质量管理的事业上像我这样的人在中国、在全世界，不会有第二个，也许有读者想看一看，就写它一写。所以，我要感谢戚维明同志，是他的好意促成了这本书的写作。我还要感谢《品质》杂志社的总编辑段永刚博士以及他的助手董金学和苏慧两位同志。他们对这本书的筹划给予了真诚的帮助。

我还要把这本书献给我的妻子张宁同志。没有她，不会有我的命、我的家、我的事业。书的草稿她曾看过，我发现，她是边看边流泪。我知道，有些章节引起了她的一些回忆。我还要把这本书送给我一个在加拿大、一个在美国的两个女儿。老大刘欣是在不满 20 岁，老小刘明是在刚过 20 岁离家远渡大洋的，而这 20 年的时间里，都只是她们与母亲相依为命生活过来的。我感谢她们，把我在这 20 年里没能给予的温暖替我给了她们的母亲。

我们夫妻的右边是小女儿一家
左边前边是大女儿一家
最左侧是老友的女儿朱瑛
按照中国人的传统
我 80 岁生日他们都
回来祝寿到此合影

目　录

第一章　尝试的十年：1957～1966年

这是我质量生涯的第一个十年。那以前的15年是在国外学习的时期，从学习到学习。回来的最初的这十年，是学习加工作。在工作中学习，在学习中工作。两个时期，同是学习，却大有不同。前一个时期是从书本的学习到书本的学习，后一个时期是在实践中学，再用到实践中去，周而复始。书本学习的乐趣是个人得到的，实践学习的喜悦是大家给予的。这一章就想写写这种喜悦。

第一节　结缘中国质量管理

一、回家

我是1956年8月回国的。25日从日本的舞鹤港乘船到祖国的天津，在新港上岸，住进了天津市和平区的惠中饭店。不久，组织上要求我们这批新归来的人填写工作志愿，我填的是长春一汽。为什么要填长春一汽呢？因为20世纪50年代初，我在美国上学的时候，图书馆有中国的《人民画报》。先后一两年的时间，《人民画报》大量的篇幅介绍了长春一汽的建设情况。我们学校里的中国留学生竞走相告，为祖国有了一个现代化的汽车厂而倍感自豪。我呢？一来我从小喜欢汽车，对这个工厂建设特别注意，二来我学的是质量管理，心想如果能回去，就到长春一汽去。现在回来了，这回，心愿总可兑现了吧。

坐日本船“兴安丸”回来的这批人，有原在日本留学的中国学生和旅日居住的华侨，也有原国民党政府驻日代表处的官员。我是唯一一个从美国转道日本回来的人。这批人住在一起，白天的时间就是学习。当时正好赶上中共的“八大”，我们就被安排学习“八大”的报告和时事，方法就是读报。组织要我领着一组不大会中国语文的华侨读报、座谈。晚上，就让我们参加文艺活动。我主要是看京剧。日子过的蛮紧张，也蛮有趣。不料，9 月 11 日我收到了一封钱学森先生写给我的信。钱先生在信中要我参加在中国科学院力学研究所内新建的运筹学研究室的工作。这封信幸好还留在我手里，如今已成了我家的墨宝。不过，参加并组织学习的任务不允许我立即赶往北京。国庆节期间，组织上率领我们到北京参观，我才抽空去拜见了钱先生，他要我不去长春一汽，就留在北京他的研究所里。11 月 19 日，我去中国科学院在三里河的总部办了正式手续，12 月初到力学研究所报到，成了一名力学研究所运筹学研究室的副研究员。从此，我与中国的质量管理事业结下了不解之缘。

二、名称的困惑

当时我们的研究所，在钱学森所长的领导下是非常融洽的，我第一次见所长时，是 1956 年国庆节过后的一天，他说欢迎我到力学所来。然后就是分配房子、分配家具这些事情。转眼过了春节，就正式上班了。钱学森所长找我谈话，询问了我的专业情况，听取我的工作设想，当场指示要我开始筹建一个研究小组。那时，离别祖国 15 年，我的中国话变得生疏，而且社会主义新中国的许多新词我还不大懂，所以在向他汇报时，就脱口而出说了个英文词 quality control（以下简称 QC），他马上就说："质量控制。"那以后我就把我干的行业叫做质量控制了。因此，我说这个名字不是我起的，应该说是钱先生定下的。日文把控制翻译成管理。他们出了一种专门期刊，名为《品质管理》，当时登的文章全是质量控制方面的东西。说实话，那时我头脑里在怀疑，质量到底是控制的呢，还是管理的呢？有好多年我就受这个名字的困扰。为什么呢？举几个例子来说，1958 年，当时第一机械工业部的一位处长白刚同志，陪我一道去杭州的空压机厂，当时那是一个很好的大厂。白刚介绍说，刘先生是搞质量控制的，到厂里来指导工作，又说了些客气话。结果，厂长一听，鼓掌欢迎，并发表讲话。我一听，厂长的讲话有点不对头了。他把我当成自动控制的专家了。他说，质量控制，太好了，没想到自动控制能运用到质量上，太符合他们的需要了。我说，不是，我的质量控制不是自动化控制，是统计的质量控制。他说："质量还要统计，我们这里班组就有统计员嘛!"当时中国工厂的班组建设有"八大员"，其中就有统计员。我这么一说，他的神情马上就变了，对我也就不屑一顾了。其实，早在 1957 年，就有当时纺织工业部纺织机械局的一位高级工程师董彦曾同志，陪我去过上海参观访问，去了上海国营第二纺织机械厂。这次是我在国内第一次向我们工厂的同志介绍质量控制。照例，我用控制图说明，用公差界限和控制界限判断超差产品的不同含义。立刻有厂里的工程师质疑，这不是数理统计吗?你看，一会说我是自动控制专家，一会说我是数学家，把我都搞糊涂了。这倒也好。那以后的年月里，我还真是抽空看了一点自动控制和数学的东西。我这个人，就是喜欢东看一点西看一点地打发日子。

可是后来我一查，原来国内出版过大部头的《机械制造大百科全书》。它是原苏联的书籍翻译过来的。其中的第 15 卷第 8 章讲的就是这个控制。不过，译成的中文是"统计检查"。当时我们国家全盘学习苏联，中国工厂的建设是苏联的援助，中国工厂的技术是苏联专家传授的，中国工厂的管理也是苏联专家指导的。尽管当时是"向苏一边倒"，苏联的教科书、苏联的书籍也都翻译过来了，好像国内人们对这一章不感兴趣，书的内容也就没人去认真学习了。可见，事物的名称很重要。我们不是说，"名不正，言不顺"嘛。从这番遭遇，我体会了，古人总结的经验教训是的的确确要好好记住。后来请教俄语专家，说这个词可能是翻译错了。我的俄语不行，专门请教了哈尔滨工业大学毕业的一个俄文比较好的学生，要他给我查查这个词到底是什么意思。他说这个词有控制的意思，但是中国翻译干脆就翻译成检查了。我想要把这个纠正过来。但是，一来要费口舌，二来来自苏联的名词术语一旦定型，再纠正要冒风险。所以我就不去管它了。现在，大家都知道，质量控制是质量管理的一个内容。而最近的十年里，的确质量的研究加进了控制论的思想和方法，质量控制逐渐在广度和深度上丰富了不少。

三、第一个讲习班

为了使质量控制的科学技术在国内传播开来，我请示钱学森先生，说想办一个讲习班。钱先生表示同意。于是，我就去找纺织工业部的高级工程师董彦曾同志，和刚从上海交通大学调来北京的第一机械工业部工艺与生产组织研究院工作的邵士斌教授，商量一起办这个讲习班。他们俩都非常赞成。通过他们两位的关系，我们拜访了时任第一机械工业部的汪道涵副部长和纺织部机械局的孙友余局长，汇报了我们的想法。两位领导听我介绍了钱学森所长的表态，立即表示同意。有了这三位领导的支持，中国第一个全国性的质量控制讲习班于 1957 年 9 月在位于北京东郊红庙的第一机械工业部的一所学校举行了。

学员来自第一机械工业部和纺织部机械局所属工厂的检查科和工艺科的工程师或技术员，记得大概有 40 多人，教师就由邵士斌、董彦曾、我三个人担任，合作编写了讲义。很可惜，我那本值得留存的讲义在“文革”的浩劫中丧失了。特别是其中的可以说是中国质量史上极为宝贵的一篇文献被湮灭了。开学的那天，钱学森所长到班上给学员们讲话，题目是“理论联系实际”，语重心长，教益深远。这篇讲话我们把它放到油印的讲义的首页上。但是，现在只能空自回忆了。讲习班的授课完成后，我们三个人又带领学员分赴上海、济南、青岛三地的工厂，试验或实习了部分课程的内容。

这次历时近三个月的讲习班在我们与学员的相互告别声中结束了。我们三个人的合作也就只此一次，因为邵士斌回上海，董彦曾回部里，我回所里，那以后三人聚在一起的机会没有出现过。那些学员们给我留下了一本通讯录，但我再也不曾碰见他们。这次的讲习班对于我来说，有很多很多值得记忆和思考的东西，留到说我的第二个十年的时候再提。这里我只提一件我意外的收获。当时红庙那个第一机械工业部的专科学校正好有一位苏联的专家在授课。不知他怎么知道的我，他邀请我到他的办公室一谈。我不通俄语，请一位翻译帮助，互相沟通。原来这位巴尔索夫先生是苏联莫斯科刀具厂的总工艺师，来华讲授工艺学，他听说我在讲质量控制，提出要我在他的学员班上讲一讲。我答应了。经过讲课，我同他成了朋友。他会一些英语，每次上课前后，我们就磕磕巴巴交谈几句。他很友善，对他的学员有很高的评价和期待，对我这个年轻单身汉也很感兴趣。我同他一直保持着联系，有空的时候，我找他去请教一些工艺上的问题，他每年都给我寄来贺年卡。直到 1960 年，中苏关系破裂，他回国后，就再也不通信息了。巴尔索夫是我生涯中唯一的一位俄罗斯朋友。如今，去莫斯科看他的许诺永远不会实现了。他那个班有 30 多个学员，都是第一机械工业部从各地工厂选送来的，我给他们的讲课是工艺与检验的关系，强调产品质量不能单纯依靠检验把关，主要还是靠工艺的改进。课程中自然说到正态分布，我就趁他们去沈阳的工厂实习的机会，请他们把实习的轴和孔的简单零件图和加工后的尺寸记录下来。他们回来送了我一本装订成册的记录，扉页上签满了他们的名字。我根据册子上的数据计算整理了一下，发现这些尺寸大都近似正态分布。没有他们的帮助，我想做也做不了这种笨功夫的工作。恐怕世上很少有人做过这样的实验。这本册子成了我的家藏典籍。我真希望那些学员中有人能看到我现在写的这本书。

第二节　理论联系实际

1958 年，国家发出了“理论联系实际”的号召。大学和研究院所的教学和科研人员都被要求到工厂去，使用自己掌握的科学知识解决生产中的问题，锻炼自己，提高本领。中国科学院力学研究所运筹学研究室内我们这个质量控制组首当其冲，义不容辞，立刻到北京市的一些工厂寻找理论联系实际的场所。有的工厂说无课题，有的说没必要，有的嫌麻烦，跑来跑去，最后北京东郊十里堡的国营第一棉纺织厂收容了我们。其实，质量管理这门学科的本质精神在于“理论联系实际”，从 1957 年我第一次去上海访问工厂起，就带着“美国的理论如何联系中国的实际”的问题去看，去想，去做。借着号召和运动的声势，靠着小组人员的努力，这件工作总算进行的顺利。

一、纺织工业

北京国棉一厂是一个很先进的工厂。机器、设备是从民主德国进口的，厂长、总工程师和大部分技术人员是从上海调来的优秀人才，工人也是当地招募的好青年。厂党委书记是李昭同志，胡耀邦的夫人。有这样人才结构的厂怎么可能不是一个好厂。那时我还没有结婚，单身一人，干脆住进了厂里的工人宿舍。白天，和小组的同志一道下车间，或进实验室工作，晚上跑到厂里办公室，同还留在那里值班的领导或干部聊天。虽然我在 1957 年，或访问考察或讲习实习去过十来个工厂，但是这次在厂的时间最长，接触的人员最多，了解的情况最深，得到的教益也最大。最重要的是我结交了一批朋友。这个重要性是我在 20 年后才体会到的。下文里我将一一说到这些朋友。

厂里用的棉花都是用通向场内库房的专用铁路从全国各地运来的。那一年，棉花的收成不好，棉花的质量下降了。厂领导向全厂职工发出了“用低级棉纺优级纱”的要求。它也成了我们小组的首要课题。棉花的质量主要有两个指标：纤维的粗细和强力。山东、河北、新疆等地产的棉花在这两个指标上都有差异，并且都受到了收成的影响，分别降低了等级的品率。这就需要搭配使用不同地方的低级棉花，纺出优级的细纱。而我们小组的成员多数是学数学的，一两个是学经济管理的，还有从部队转业到我们研究所工作的四个年轻士兵，外加北京大学数学系的一位年轻教师，一共十来个人，哪个也不懂纺织。从头学，我带头学。棉花纤维是怎样检验的；怎样经过“清、纲、并、粗、细”变成细纱的；又怎样经过“上织机、加印染、后整理”最后成为布匹的，一点一点请教，总算搞懂，可以开展课题的研究了。

最后，我们提出了一组说明棉花纤维性能与细纱性能之间关系的因果关系的方程组。主要是纤维的粗细、强力与细纱的条干、强力的关系。再根据这一关系，提出配棉的方案。关键的一处是对这一方程组的系数所构成的庞大矩阵计算求解。那时没有现在的电子计算机，我们那四个青年专业军人就用手摇计算机加算盘，昼夜不停地干了两个月。经过我们同厂领导、技术人员的反复讨论，方案得到了实施，我们厂做到了“用低级棉纺优级纱”。中国纺织学会知道了，纺织部副部长兼中国纺织学会会长陈维稷先生，亲自给我们发来邀请函，要我们去郑州参加学术年会，介绍这项科研工作。1959 年的 4 月，我们去了。那又是一段难忘的经历，暂且按下不表。

在这个课题之外，我们还寻找和进行了其他方面的课题研究。例如，一个是织布车间的劳动生产率问题。细纱上机织布时，纬纱可能发生断开的现象，这就要挡车工接上这根断头。断头和接断头的时间里，织机就得停产，影响劳动生产率。为了提高劳动生产率，预先防止断头，及早发现，迅速接上就是必须考究的事情。这就要求挡车女工不停地围绕自己负责的几十台织机来回的转。我们第一件要做的工作是调查实际的劳动生产率，办法是先在一张纸上标出车间内所有织机的位置，我们拿着这张纸进入车间，把有断头而正停工的织机标记上去。这件工作要求我们眼光敏锐、动作迅速，从车间的一头进去，从那头出去。一个班次要进车间查三次，一共查 12 个班次，搜集到一定的数据才可进行分析。我发现，当我们刚一进入车间，就听到有女工吹口哨。起初不懂，不久知道，这是女工大姐的示警信号，要她偷懒的姐妹们赶快动作起来。我不怪她们。“轻工不轻”，织机也好纺机也罢，作为挡车工的她们围绕这些机器，一天在班上要走 40 公里，还要聚精会神，脚手并用。那是劳累的很，偷个三五分钟的懒，人之 常情。

我们在北京的国棉一厂，有趣的事很多。你看，纺织女工的小姑娘里漂亮活泼的有不少，我们这组人里除了我都是高学历的年轻小伙子。这些人天天碰在一起，不发生有趣的事才是怪事。于是，北京大学的那位青年教师同一位美丽女工相恋，结婚了。我不知他们现在在哪里，他们比我年龄小的多，肯定还活着。我祝他们健康、幸福。

我们这次“理论联系实际”的工作，写成了书，定名为《运筹学在纺织工业中的应用》，交由科学出版社出版发行。1960 年 6 月初版，1966 年 3 月再版。世上评论，此书开创了中国运筹学理论联系实际的先河。

1961 年初，外出工作告一段落，我们回到所里。一天，我去国棉一厂，向书记、厂长、总工程师和熟悉的人们告了别。感谢他们在三年的时间里，教导了我，培育了我。

但是，北京的纺织界没有忘记我。1963 年，北京市纺织局组织了一次，也可以说首次质量控制讲习班，要我去主讲。这一次，我记取了我第一次为机械工业做的质量控制讲习班的教训，不去从数学的推导讲解如控制图的方法，而是用筹码做实验的办法了。我制作了 400 个筹码，写上从 0 到 9 的两位数字，放到盒子里，让学员们自己从中摸出 5 个，计算出需要的数字，到黑板上自己画出波动图和控制图，以此来让学员们自己了解质量特征的随机性和可控性。相信，这是国内第一次采用模拟办法的讲习班。多少年以后，国内盛行起计算机模拟的科研方法。这本讲义，本来要出版，那以后两年之间发生的政治事件让我耽误了这次机会。

二、机械工业

纺织不行，机械我倒是知道一点，因为1942年我去日本长崎的原高等商业学校改成的工业经营专门学校，也就是现在的长崎大学工学部，学过机械工程的课程。所以，我一回到国内，最先想去看看我们的机械制造业的工厂。1957年1月，我刚刚进入中国科学院力学所，经人介绍，就去访问了北京汽车配件附件厂。这个厂以后成了北京汽车厂，最后与外资合作成了完全另一种性质的企业。当时厂里的检查科科长荣竞先同志，接待了我。我问他用的是怎样的质量控制。他告诉我，主要是事后检查。这一点工作也让他伤了脑筋，加工件那么多，怎么检查。抱着求教的态度，他去北京图书馆查找资料，发现一本英文书，Dodge与Romig合写的那本 *Sampling Inspection*。这是一本很有名的，可以说是质量控制的经典之作。他说，他虽然看不太懂，更看不懂书里的数学推导，但对书里的几张抽样验收表却感兴趣。他就按着表的规定，对成批的加工完成件做了抽样，判断批是否合格，然后他再对合格或不合格的每批产品一个一个全数进行复查，看看抽样验收与全数检查的效果，对比起来究竟怎么样。他认为，这种抽样验收表还是比较可靠的。

我回到国内遇到的第一件事，听到的第一番话，就让我大吃一惊。那本书我读过，对抽样验收的有效性，我是通过数学的推导理解而相信不疑的，对数学推导所需的理论假设也没怀疑过。荣科长的这种“最笨”的办法开启了我最初的“理论联系实际”的思考。工程师是最讲实际的，他不轻信理论，他一定要看效果。这就是我从这件事中得出的结论。理论联系实际说说容易，做起来不那么容易，不那么轻松。

上文说到，1957年我去过上海的国营第二纺织机械厂，那是4月间的事。首先接待我的也是一位检查科的科长，记得好像姓徐。我是和董彦曾一起去的，先得向徐科长宣传质量控制，让他明白其中的道理，给他讲课。徐科长很好学，很愿意听课，他总是安排好工作，定好学习时间。工厂的一间小房间，一个小黑板，两个老师，一个学生。现在想起来，这样的教学在全世界的质量管理史上恐怕是独一无二的吧。经过他的同意，我在这个厂做了我的第一个试验。当时厂里的主要产品是精纺机，一个关键件是锭杆，就是插纱锭的杆子，两头稍细中间粗，不太长。最后的一道工序是无心磨床上的精磨加工。我到现场一看，看见操作磨床的是一位老师傅，他旁边站着一位小师傅，一问，原来是师傅带徒弟。只见，老师傅每加工完成一件，从床子上取下交给小师傅，小师傅量了外圆的尺寸，嘴里嘟囔说，粗了或者细了。我就把小师傅测量的尺寸按加工顺序画成了波动图的形式，对老师傅说，请你不用小师傅帮忙，你一个人干，他照办了，我同样把加工完测量好的尺寸画成了波动图。我把这两张图给老师傅和徐科长看，告诉他们，老师傅一个人单独干比有小师傅在一旁指指点点，尺寸波动的幅度小得多。这是因为，老师傅本来有高超的加工本领，完全可以把尺寸控制在较小的波动幅度，但是有小师傅在旁边示意尺寸大了或小了，这就干扰了老师傅的操作要领。上一个尺寸大了，并不意味下一个尺寸继续向大头走，也许就自然向小头走了。所以，还是让老师傅一个人操作，保持他所有的尺寸波动的随机性。每个师傅都有自己的加工指标的随机性，只是技术高的和技术低的随机波动幅度不同而已，高的比低的幅度小。我还开了个玩笑。自己上这台无心磨床干了几件，量出来一看，波动的幅度大的不像话。当然，厂里依旧还是师傅带徒弟的方式，不过，我想，道理明白后，带的效果会更好。

我的质量控制小组的活动，第一次是在北京国棉一厂，第二次是在长春一汽。时间是1960年的冬天，从北京国棉一厂出来不久，立即转战长春一汽，小组人员重新改编。去了以后，照例我们说明了“理论联系实际”的意图，到了厂里给我们分配的是底盘车间，开始寻找问题。那时长春一汽生产的是解放牌卡车，每辆卡车的驾驶杆下端有个涡轮蜗杆，它是控制左右轮同步转向的关键零件，质量出了问题，成为厂里的“老大难”。加工的最后一道工序是挤压，床子是当初苏联援建的最新式的机床，还专门配备了一名苏联技术员操作、看管这台机床，他在时，机床工作的很好，他走后，我们的人上去，产品出了质量问题。每天加工不到二百个，出两三个废品。这成了厂的“老、大、难”。我说，我们就搞这个问题，小组的同志有些为难。我说，怕什么，厂里人不是解决不了吗，我们解决不了不丢人；如果我们解决了，不就一炮打响吗。

我们先了解厂里人是怎样研究这个问题的。他们是拿着一个加工件，端详来，端详去，看有什么蛛丝马迹，可以查出问题的根源。我告诉我们的小组人，我们不是专家，这样看是看不出名堂的。我动员他们跟班劳动，从此入手，学习、熟悉加工的情况，以后再来想办法。加工操作的是位青年女师傅，我们帮她扫地，递零件，擦机床，一边注意观察她操作和测量的动作。很快她了解、同情了我们的意图。我们提出来帮她测量完工的工件，她也答应了。其实这种加工件的测量挺麻烦。上道工序的加工件流到这道工序，是把蜗杆的齿轮齿纹挤压的光滑，提高精度和强度。测量比较费事，定一个基准点 0°，再依次测量 90°、180°、270°、360°的螺距，每个都要合乎标准的要求才行。几天下来，我们有了五六百个数据，画成波动图和控制图，计算出几种统计分析的结果，发现总是在某一个角度上有点怪，好像问题就出在这里。我们又把机床的使用说明书借来，了解它的构造和加工动作。我们觉得可能机床一端的机座里的垫片磨损过度是造成废品的原因，估计磨损了 3 微米。找到那位女师傅，我们跟她商量，她说也许有道理，不过她不懂，要我们去找车间的工艺员。他也说可能有道理，但要换垫片，必须要有车间的机修员同意。最后，我们把操作员、检验员、工艺员、机修员和主任工程师请到一起，向他们讲解我们的想法，争取到了他们的同意，更换了垫片。

动手术的那天，我们才知道更换这台机床的垫片是一件很难的工作。新经手的机床，从来不曾打开过，万一打开后装不起来，可就麻烦大了。只是别无办法，不妨一试的心情促使大家下了决心。事后，加工的考验证明，问题解决了，皆大欢喜。厂里给了我们表扬，我们得到了锻炼。可惜，报道这件工作的《长春汽车报》没有留下来。完成的课题还有钢板的合理下料等几个，反正我们觉得能用得上的运筹学尽量试试，每个小组成员的能量尽量发挥发挥。

在长春的那段日子很艰苦。正赶上三年灾害，食物极端缺乏，厂里的食堂连苞米棒子都磨成粉掺合着给我们吃了，后果是人人大便出不来。当然发现以后立即停止了这种炊事做法。有人告诉我们，长春街上有家饭馆供应炖猪肉，我们小组几个人急忙跑去，吃了一顿，一人一顿五元钱，在当时是贵的出奇，也就只此一顿了。但是也有很开心的事。第一，长春一汽的厂房从外面看像座宫殿，里面的地板是木头砖竖着一块一块铺成的，机床设备都是当时苏联援建的最先进的，我真高兴看到我们有这样的大厂。第二，我看见，在一个车间的角落里，工人师傅们正在手工敲打制造我们的第一辆“红旗”轿车，旁边放着一辆美国的“林肯”轿车，大概是个样车。心里想，什么时候我们有轿车的流水线呢。第三，从我在美国加州伯克利的加利福尼亚大学东方图书馆看到正在修建的长春一汽的图片，我终于来到了汽车厂的车间干活，虽然是短暂的，总算了了心愿。

三、冶金工业

1961 年中国科学院化工冶金研究所所长叶渚沛先生找我谈话。他要我帮他做研究工作的实验设计。当时，中国科学院在现在的首都钢铁公司前身的石景山钢铁厂有一座小高炉，专为化工冶金所做实验。叶先生有一套独特的高炉炼铁理论，可以提高冶炼效率和铁水质量。他的这套理论名为“三高”，想法就是在冶炼时给高炉加高压、加高湿、加高温。我那时对冶金工业一无所知，叶先生自己给我介绍研究课题的构思，并且让研究组的研究人员给我讲解炼铁的基本技术和本课题的创新点。他还专门指派一位研究员负责同我的联系。我还几次跟随研究组去石景山看小高炉的生产情况。经过一段时间的学习，我初步对高炉炼铁和“三高”理论有了了解。

质量控制的“老三件”是控制图、抽样验收表、正交实验表。这三件都有各自的数理理论和成功案例，20世纪五六十年代学质量控制的人都会掌握它们的用法，我不过也是带着这三件回来的。科学实验的问题一般都有几个因素，每个因素有几个水平。例如，“三高”理论的实验里有个压力的因素，压力有高压的高、中、低三个水平。几个因素的几个水平的一种搭配就是一个实验方案。我的任务就是设计出所需的实验方案，能够安排尽量少的实验、得出尽量多的信息，以便科学合理地选出最佳的“三高”炼铁的技术方案。实验的设计要求事先考虑到数据分析的难易。当时研究所的年轻研究人员一般都不熟悉新的数理统计分析，也不知道实验设计的思想。因此，同他们的沟通和讨论成了我大部分的工作。

一年多的时间，总算交了卷。后来听说，攀枝花钢铁厂在冶炼钛含量高的铁矿石和处理浓度高而流动性差的铁水上采用的技术就是源于这次“三高”理论实验的成果。这期间，结交了一些年轻朋友，特别是叶渚沛先生成了我的长辈至交。叶先生是美国华侨，夫人是美国白人，有一个儿子和两个女儿。他两个女儿比我的两个女儿大不了几岁，常到我家来一起玩耍。“文革”期间，我被抓，进了监狱。外面传说，我是美日特务。叶先生公开对人讲，他才不相信刘源张这号人会是特务。那段日子，我家没了收入，日子过的苦，叶先生叫他的女儿们天天给我那两个女儿送牛奶来。我从监狱出来后，家里人告诉我，叶先生在中关村的大操场以反动学术权威和里通外国的污蔑遭到批斗，不久成疾而去世。我想起，一次去他家汇报工作，看见过李敦白(Sidney Rittenberg) 先生正在同叶先生夫妇谈话。难道这就是里通外国。岂有此理!

我从叶先生那里学了不少冶金知识和做人的道理。他从美国回来，是新中国成立初期的事，被安排在中国科学院的图书馆之类的地方工作。一次，冶金部领导要求苏联派遣一位高级别的冶金专家来华，部里的苏联顾问回答说，你们自己就有么，叶渚沛就是权威。这才把他找出来，请他组建并担任中国科学院化工冶金研究所的所长。1955年，奥地利发明了氧气顶吹的转炉炼钢技术，第一站跑到北京来，想把这项专利卖给中国。叶先生极力主张买下，但中央有人反对，之后还差一点因此把叶先生打成了右派。奥地利人立即从北京赶往了东京，日本人马上买下这项专利，奠定了日本日后成为钢铁大国的地位。什么事都从意识形态出发，不从国家利益考虑，这是那个时代的特点。误了多少事，害了多少人。叶先生的中国话远远不如他的美国话，我到他家同他谈话也多是用英语，这倒成了我复习英语的好机会。“文革”过后没有几年，叶太太带着儿女回美国去，走之前来我家告别，此后我再也没有见到这家可敬可爱的人了。

我不知道，叶先生是怎样知道我的。他找我去帮忙，是我的一大幸事。从人生上说，是一种偶然的幸事；从学业上说，是一次“理论联系实际”的幸事。是否由于这个经历，冶金部或是鞍山钢铁厂（简称鞍钢）在 1962 年要我去参加普碳钢的标准制定工作。这是我们国家第一次自己制定钢铁行业的技术标准。在鞍钢工作时的一件趣事，我愿在这里记下来。要制定产品标准，先要摸清产品的生产能力的表现。我就去查阅实验室的报表，想搞清楚产品性能的各项指标的情况。这才发现试验报表不但数量多、种类杂，而且保管和存放的极不规范。实验室里有，车间、厂部里也有，柜子里有，甚至办公室的床下也有，而且试验报表又和其他事项的报表混在了一起。光是清理和整理试验报表就费了我好多时间和好大力气。于是，一个星期六的晚上，我去当时鞍钢总工程师的马宾同志家，诉说了这件事，并且问他知道不知道鞍钢究竟有多少种报表，他自己又是经常查阅哪种报表。他听了以后，立刻做出决定，说要搞一次全鞍钢的报表展览。果然，下了通知，三天之后在鞍钢的大白楼的会议室举行，要求厂、处级全体干部参加。那天，我去看了，几条长桌上面摆满了报表，来看的人还真不少。马宾同志没讲话，我想，不用讲什么话。大家看了，自然会有感觉，会想到一些问题。鞍钢有这么多报表，自己看的是哪些，这么多的报表每种都需要吗，能不能精简一下。不久后，结束了我的任务，就回北京了。那次展览起到什么效果，我没有问。20 多年后，马宾同志移居北京，我还经常有机会见到他，但从未向他提起这件往事。可能那时连我自己也已经忘掉了。在我宣贯全面质量管理的日子里，我经常提到技术档案的保存和利用，这个问题的首次启发就是这次的鞍钢行。

四、电子工业

20世纪60年代，其实中国还没有什么电子工业。北京东郊的酒仙桥地区有个电子管厂，做的全是一些供电台发射用的大功率的电子管。他们听说我在北京的纺织厂做过质量控制的工作，就要我去同他们谈谈。本来我对电子这东西生疏得很，对电子工业更是大外行。去了也不过是参观而已，谈也谈不出什么话。那么，我为什么要在这里记上一笔呢。因为“文革”过后，我从秦城监狱出来后，有同事告诉我，研究所曾专门组织过人力去那个电子管厂，调查我当年去厂干了些什么勾当。那地方可是国防工业的大厂。真是，那个年代，欲哭无泪。

第三节　中国质量管理的模式

一、《鞍钢宪法》

20世纪50~60年代是“向苏一边倒”。苏联有个“一长制”。每个单位都有一个长，什么部长、局长、科长等，就那个单位里面，那个长说了算。用不着什么讨论。那时几乎每个中国政府单位和国有大企业、高等院校里都有苏联派来的顾问，而这顾问又是“一长制”的代表人物，因此苏联专家说的话就等于圣旨。这在中国不太合适，中国不是从重庆谈判就搞政治协商嘛。于是，东北有三个军工厂，联名给部里写信。说苏联的一长制不适合中国国情。机械工业部等有关领导就报到中央来了。文件因为太重要了，否认苏联一长制啊，就报到毛泽东那里去了。当时毛泽东正在办公桌上批示一个鞍钢送上来的报告文件，他就在鞍钢送来报告的纸上写了几句话。他说，咱们还是要“两参一改三结合”，“两参”，就是干部要参加劳动，工人要参加管理；“一改”就是大搞技术改造、技术革新；“三结合”一定要使领导（厂长）、干部（工程师）、工人三结合起来，一块搞革新。后来传出来，起个名字，因为写在鞍钢的文件上，叫《鞍钢宪法》。这样就把中国工厂的管理改变了，过去我到厂里去，看“两参一改三结合”，就开始想，这个两参，赞成，搞设计不到车间怎么行呢，工人参加管理呢，工人参加什么性质的管理啊，参加哪一级的管理啊。至于三结合，什么叫结合，开始考虑这个问题了。考虑成型就在第三个十年了。对我来讲，就是出些题目吧。从这时开始了解中国的工厂应该是怎么回事。因为我一回国，去工厂里就发现，中国的工人不一样，为什么呢，从他的表情看啊。举个例子来讲，我跟美国工人谈的时候，美国工人显然有个蓝领白领的界限。日本是下级服从上级，没什么好谈的。中国的工人，跟他们谈起来的话，彼此很平等。第二个更可贵的是，他们有解放感。这个企业是我的，不是为资本家打工的了，他有责任感，质量一定要搞好，工人的态度、神情使我很高兴。我从此开始考虑工人在企业里起到什么作用。

《鞍钢宪法》的主旨是对的，精神是好的。中国的领导、干部、工人在这部宪法的指引下，迸发出积极性和创造力。大庆精神就是一例。它的“三老四严”是当时全国工人、干部、领导的作风样板。对待事业，要当老实人，要说老实话，要办老实事；对待工作，要有严格的要求，要有严密的组织，要有严肃的态度，要有严明的纪律。这不就是质量管理应该遵循的要求吗？我的质量生涯中心向往的正是这些原则，但是，当我写这本书的时候，扪心自问，我们有许多事没有按这个要求做到。

二、“三个三的检验工作法”

有一件事情我很感动。就是 1963 年，在大连，第一机械工业部召开一次检查工作会议，第一机械工业部的检查员怎么工作。这有什么道理呢？因为当时中国工厂是老中青轮换，一半检查科的检查员都是年纪比较大的，在一线干了很多年，体力有些不支了，就到检查科了。这帮人的特点，文化程度比较低，因为都是老工人，责任心比较强。因为他们是从一线下来的，对自己负责的工序很熟悉，把这些人请到检查科来，再加几个年轻的检查员一起干。于是，就开这种会，讨论研究中国工厂的检查工作应该怎么做。我也参加了，因为当时我跟第一机械工业部很熟。去了一听会议总结，说会议经过大家讨论后，定了一个“三个三”的检验工作法，什么叫三个三呢？第一个三，首件检验、中间检验、最终检验。操作工开始加工，检验员来看加工后的第一件就是首检。加工过程中间检验员再来看一件或几件，这就是中间检验。加工完全部送检时，检验员的检查是最终检验。这个三在泰罗的时代一开始就有了。从原苏联学来的就是这种办法。第二个三是自检、互检和专检。工人自己把自己加工的工件检查一下，叫自检。工人把从上工序传下来的工件检查一下，叫互检。专检自然是专职的检验员对工人的加工件进行的检查。这第二个三的自检、互检、专检相结合的办法是为了加强工人对质量的责任意识。第三个三是，检验员首先是宣传员，其次是指导员，最后才是检验员。那个时代的检验员多是老师傅，从加工的操作下来当检验员的，他们有强烈的质量责任感，请他们来给年轻的工人宣传质量的重要性。这是宣传员的工作。这些老师傅都曾是加工操作的能手，请他们来给年轻的工人指点加工操作的要领，这就是指导员的工作。这两件工作做好了，最后的检验员的工作岂不就事半功倍。

我在底下听了这“三个三的检验工作法”，高兴得很，兴奋得很。这是我们的质量管理工作者的创造，是世界质量管理史上未曾有过的新事物。它是科学与国情的完美结合。它是精神管理的典型。说到精神管理，当时的日本人曾经讥笑，中国的管理是精神管理，言外之意是中国人不知更不会科学管理。但我觉得，管理是应该科学化，不过其中如果没有点精神，恐怕科学管理也起不到应有的作用。这“三个三的检验工作法”便是精神管理与科学管理的有机结合。我想起，曾任国家标准局局长的杨济之同志告诉过我的一件事。《鞍钢宪法》发表之后，他受命在政协礼堂向外国友人介绍这件技术革新的大事。那个年代来华的外国友人多是工会关系的人士。据他的记忆，会上提问的都是日本工会界的人士。日本人是“拿来主义”的信徒，也是实践这个主义的里手，他们感兴趣，就意味他们认为这个《鞍钢宪法》有价值。这件事还有后续的故事，等我在第三章里再说。回到“三个三的检验工作法”，很遗憾，那场十年的“文革”浩劫把管理打成了“管、卡、压”，把检验说成是对“工人阶级”的压迫，这样好的检验方法和方式没人敢再提了。现在，它变成了质量管理界的一件陌生事物。我曾给《上海质量》写过一篇短文，提起这件我们的创新。有位读者向该刊的编辑部询问“三个三的检验工作法”指什么。他说他查遍了文献，只有两个三。时代变了，经济制度变了，检验工作也在一些场合变得自动化了，难道这“三个三的检验工作法”就真地成了历史的文物了吗？读者朋友，您怎么想呢？

三、“中间公差”

20世纪60年代中期，三年“自然灾害”后的经济调整方针开始实施，工业生产恢复正常，在产品质量上发现了一个新问题。产品的部件、总成都是严格按照标准生产和组装，但是成品的机器、设备经常出现噪音、震动、泄漏的问题。专家们经过调查研究，认为是生产工人在加工操作上的习惯问题。工人师傅们在加工工件的内孔时，走公差的下限，即按最小尺寸加工；相反在加工工件的外圆时，走公差的上限，即按最大尺寸加工。思想是“宁可返工，不愿报废”。结果是“轴大，孔小”。这样的工件组装起来，往往不是过紧，就是过松，很容易造成上述的问题。当时，有的工厂采用“分组装配”的办法，把尺寸大小分成几个组，选尺寸大的轴与孔配合，依次办理。这样的做法费事费时，而且也不是彻底的解决办法。于是，提出来的办法就是“中间公差”。

简单说，“中间公差”法就是要工人按照图纸标注的公差如80%或90%的要求加工。实际上是迫使工人按公差中心对刀进刀，改变原有的走极限的习惯做法。可是工人们不答应，说：你这不是缩小公差吗，要我们这样做，你先把图纸改了。1950年创刊的《机械工人》在那几年的期间里刊登了许多篇介绍和实行“中间公差”法的文章。第一机械工业部的同志要我也来帮帮忙。我回忆起我记在本章第二节之二和在下面第四节之一中的经验，就去了几个厂向那里的技术员和工人师傅讲解“中间公差”法的道理，主要是向工人师傅们说，任其自然发挥自己的本领，不去强求走上限或走下限，按现行中国的产品标准，90% 不用说，80% 的公差要求都不在话下。常态心会导致正态分布的。我把这个想法，在 1964 年第一机械工业部沈阳讲习班上做了正式的讲座报告，请看下面的第四节。20 世纪 80 年代我从美国的有关文献中，了解到好像美国的工厂也在推行“中间公差”。现在，我看到国内的同行还在撰写、发表“中间公差”的文章。是不是“中间公差”还没有普及开来？我始终认为，不向工人们传授一点科学的知识，只是一味地要求工人们去做他不熟悉的科学做法，事倍功半。

我举了上面三个例子，说明我在我的第一个十年的质量生涯中了解了中国质量管理的模式。我从这个模式中看到了中国的质量问题，也看到了我们中国人的独立自主精神，更看到了我们中国人的创新能力。

第四节 中国工厂的干部和工人

一、工人师傅

这个十年，我去了好多工厂。之后，在秦城监狱受审时，一开始就要我交代去了多少个工厂。我边想边写，一个一个写下来，竟然有 56 个。所以，等到审讯员说我不务正业，不老老实实呆在研究所写论文，却在到处跑工厂，到底是何用意的时候，我竟一时语塞，回答不出来了。去了那么多的工厂，肯定见过许多工人。总的印象是，那个时代的工人值得称为工人师傅。他们大多是在解放前进工厂当工人的，解放后在自己的工厂里干活，有个当家作主的感觉，对产品质量就十分认真了。那个厂是不是真的是他的厂无所谓，反正那个时代的工人都是这样认为的。

我与这些工人师傅虽然谈不上有广泛、深入的交往，但是我逐渐明白了我必须向他们请教，才能了解产品质量问题的来龙去脉。因此，不管是纺织厂，还是机械厂，我都向他们学习一点操作，当一回徒弟。纺织厂车间里的接纱线断头，我学上一学；机械厂的车床、磨床，我也上去试一试。我真正知道了，学会一门手艺，练就一名能手，是件很不容易的事。这就更加深了我对这些工人师傅的尊敬。其中的一位，我想在这里把他写下来。

1964 年的初冬，第一机械工业部部在沈阳举办了一次讲习班，要我去讲一讲工艺和检验的问题。我定了个题目，称作“工艺精度”。其实它就是现在周知的工序能力指数的问题。我要讲一点理论，也要介绍一下经验。学员们尽管都是工艺科和检验科的技术骨干，理论他们当然听得懂，但他们更喜欢从经验介绍里理解理论。我上了几课，了解了这个情况，就跑到沈阳风动工具厂，找到了一位姓曲的老师傅，很糟糕，我现在记不起他的名字了。我把情况跟他说了，请他配合做次试验。我请他把他的加工工件中轴的外圆尺寸按加工顺序记录下 50 个，再画成点子的波动图。我略为讲了讲道理。他答应当天下午就动手。第二天的下午，我又到厂去看曲师傅，他拿出了外圆尺寸的记录和波动图。全部都是公差内的合格品。我跟他又讲了讲道理，一起计算出“西格玛”和工序能力指数，并且说明了它们的含义。我发现曲师傅很聪明、有水平，他说了一句，“我心想我们工人手上这点玩意的高低总有个说法，原来就是这个工序能力”。我请他在讲习班上把这次的试验讲一讲，大概他看我很诚恳的样子，就答应了。那天，他来讲课，我坐在底下听。真是现身说法！他讲的那样有感情，有体会。学员们非常满意。现在，我不时想起他，不知还健在否。这次讲习班结束，第一机械工业部领导决定，在全国机械工业工厂推行“工艺精度”的质量管理。1965 年，国家的政治局面开始不稳，领导们忙于去应付，这个决定的执行落得遥遥无期了。

二、技术干部

这个十年同这些人打交道的时间和事情可就多了。都是搞科学技术的，有共同语言。年龄上我同他们上下差不了几岁。年轻的技术员比我小几岁，工程师比我大几岁，很容易谈到一块。想写下来的人也就多了。

我在北京国棉一厂工作的三年期间，认识了好多位厂的技术干部。我那时住在厂的宿舍，晚上没事，常去厂部看看。有这样的机会我总是找正在值班的几位总工程师请教一些纺织的知识。比较亲近的一位是程光炳总工程师，上海人，好像有鼻炎，说起话来语音有点囫囵。他把我当做小学生一样，细心耐烦地给我讲解我所提的问题。他还时常给我讲一些纺织行业的情况和中国的纺织品在出口贸易中的地位。记得一次他兴高采烈地告诉我，北京国棉一厂生产的4040府绸终于在东南亚市场上打败了日本，迫使日本产品退出了这块市场。

厂的技术干部几乎全是上海人，其中一位专管梳棉机的青年技术员，我记得很清楚。个子不高，瘦瘦的。他的名字是王槐荫。那个时代的纺纱的老工艺还是“清、钢、并、粗、细”。我是一道一道工序地学习，“清、钢”的这部分教我的老师就是他。他跟别人有点不一样，别的技术员总是我提问他们回答，他却在我问他的时候，反过来问我一些问题。他对数理统计和质量控制感兴趣，问我的都是简单的事情，不难作答。王槐荫同志是我的恩人，20年后他救了我的命。这是那时我无论如何想不到的。在下面的第三章里我会再说到他。

还有一位，徐孝纯同志。他那时在国棉一厂好像已是一个很有影响力的技术干部了。1978年建立中国企业管理协会时，我跟他又碰到了一起，都被选为常务理事。不久，他创建了达美纺织集团，这是在他当厂长的北京印染厂的基础上成立的。一次，他找到我，要我当他集团公司的顾问。我问他给多少钱。他说，要我当他的顾问，是抬高我的社会地位，怎么还要钱。他这句话，让我明白了，这位企业家是只取不舍的那种人。他的集团搞的很成功，许多领导同志都对他的事业加以肯定和青睐。不幸的是，仅仅不到十年的时间，纺织产业成了夕阳，他的集团也就萎缩了。不过，我这个顾问依旧还是跑远路出席他的董事会。在会上，我总可以见到，那个50年代我在国棉一厂认识的熟人。

除了在工厂的技术干部以外，我还认识了几位海军的技术干部。1961年，数学所里来了一批海军军官，目的是进修运筹学，所里安排我给他们讲授可靠性。这是我第一次接触解放军的军官，而且还是技术军官，我有些好奇，也有些不安。质量管理与可靠性是有关系，产品质量就应该包括可靠性，不过我只是有点理论知识，但没有实际经验。第一堂课上我就如实跟学员们讲清这件遗憾事，告诉他们我的教材完全选自美国的AGREE报告，这是美国国防部在第二次世界大战后编写的关于电子设备可靠性的调研报告。他们住在所里的宿舍，晚上都到教室里复习，我有时也去看看他们，我跟他们年龄上差不了几岁，谈起话来并不感到很有隔阂。彼此有些熟悉了，我才敢问他们从哪里来，谁谁是尉官还是校官。课讲完后，他们给我出了道难题。中国那时的舰艇都是来自苏联，中苏关系破裂后，舰艇上的电子设备的元器件停止了供应，虽然设备的使用说明书上规定要更换器件，但好像还可以用。他们问我，有没有办法预测这些设备的使用寿命。我回答他们说，我们的舰艇我没有上去过，什么样的电子设备我也没有看到过，还有它们是在什么样的环境下使用，有没有过去使用的情况记录等问题。我说怕干不了，他们好像理解，也就不追问了。

这个十年，我是向我们的技术干部学习，并没有向他们传授多少东西。办了几次学习班，失败的有，成功的也有。但是我给他们的，怕没有变成他们的实践，尽管我可以举出当时的许多理由来说明理论没有成为实践的原因，但毕竟事实就是这样。他们给我的却是他们的实践经验，最宝贵的东西。这在以后我的质量生涯中表现为极大的帮助。我不能一一道出他们的姓名，允许我在此一并向他们致谢。

三、领导

这个期间，1956年我在中国科学院力学研究所，1961年起转到数学研究所，先后有幸在钱学森和华罗庚两位大师的领导和指导下工作过，他们给我的教导，我有专文叙述，不在这里写了。

我在这里唯一要写的一位的领导是李昭同志。上面我说过，搞“理论联系实际”运动的 1958 年，我们到了北京国棉一厂，收容我们的正是当时任厂党委书记的李昭同志。她平易近人，我们的勤奋工作她都看在眼里。因为我是我们这个工作组的组长，她时而找我去谈话，问工作生活习惯吗，有什么困难吗；我也几乎是定期找她汇报工作。有一次，她还要我为她讲解我们正在进行的课题“用低级棉纺优等纱”中的一些科学方法问题。我对她一无所知，只是在同她谈话时，感到和蔼可亲。厂里有位青年工程师的朋友，叫洪迺彬，是我的山东老乡，可他是在苏州上的纺校，能说上海话，很活跃，在厂里是个人物。过了一阵子，他才告诉我，李昭同志是胡耀邦的夫人。

确切的日期我找不出来了，好像是 1978 年，总之是在 1980 年 12 月公审“四人帮”之前的事。因为我的正式平反是在这个时间。一天我接到李昭同志打来的电话，要我去王府井的人民剧场参加会议。去了，才知道原来是李昭同志率纺织工业代表团访问日本归来的一场报告会。她要我坐到主席台上她的旁边，做完了报告，她还转过头来向我问道有没有话要说。我只是老老实实地听完她的报告，实在没有什么可说的。1956 年我离开日本，就再也没有回去过，日本的情况根本不知道，她讲的一些事我听起来都很新鲜。散会时，我在剧场的过道遇见认识的一位记者，他对我说今天的会对我意义重大。我感到不解，他说了一句，“你真是个书呆子，李昭同志是在为你平反呀”。我才恍然大悟，她为什么要我上主席台坐在她旁边，为什么做完报告后又问了我一句话。后来我从报刊上知道了，胡耀邦同志为受到不公对待的同志的平反费尽了心思。

还有一件，是 1980 年后的事。她要我去共青团城看看，告诉我那是耀邦同志的一项建设。去了，参观访问以后，当地的一家鸭鸭羽绒服厂要我去看看，还要与我座谈，听听我的意见。我在纺织厂干过，但对羽绒服的制作是外行，提不出专门的意见。我只提了一条建议。我说，中国的商品现在都有个商标，而商标文字的最后都是一个“牌”字，中国人一看就明白，这个“牌”字不过只是说这是商标，前面的几个字才是真的商标名称；外国人可不懂，心中疑问，怎么中国商品的商标是统一的；鸭鸭羽绒服厂的商标也是“鸭鸭牌”，标签缝在羽绒服上，把“牌”字去掉，就叫“鸭鸭”，这个词在英语、德语、日语里都有“对”或“好”的意思。厂领导表态赞成。回到北京后不久，我发现，鸭鸭羽绒服厂的产品商标改成“鸭鸭”了。而且，外语的商标就是“yaya”。当时，我没有收取咨询费而未留下个字据，现在，我怕那个厂大概不会有人知道他们的商标的由来。

我永远记住李昭同志，永远感谢她。

第五节　这个十年的总结

其实，这一章的标题已经把这个十年总结了——尝试。不过，还得细说。就是说，这个期间，我有三个尝试和三个成长。

第一个尝试是尝试了解国情、厂情和人情。书记这个称呼在日本是法院的书记员，专门为前来诉讼的人写状子，在中国竟然是大官的称呼。全国好像只有两种人：干部和群众。但人人皆互称同志，令我心暖。一切都得从头学起。正是“故国一别十五载，乡音未改语不通；且把国情从头学，以待不日同志称”。第二个是尝试办讲习班，我来讲，找人来习。感谢各级领导的支持，总算越办越好。并且从办讲习班这件工作，我才比较了解了我们的工人和干部。第三个是像上面各节叙述的，尝试做了些试验和实验。这些工作也使我了解了不少我们工厂的实际情况。

第一个成长是，我认识了新中国。我参加了 1957 年以后的各种运动。“反右”时，力学所党委书记正式宣布，我们这批刚从国外回来的，会上说话不做记录。刚回国来，说话嘴上无遮拦，真要是一一记录下来，就危险的很了。三年自然灾害，尽管所里还是有些照顾，发点羊奶给喝喝，但也是患上浮肿。不过总算挺过来了。1961 年陈毅副总理在人民大会堂宴请我们这批人，大桌子上一个直径几乎有二尺（1 尺＝0.33 米）多长的大盘子，盘子里满满的大块红烧肉。大桌子后面摆着一条长桌，长桌上摆满茅台、五粮液、西风等的各式各样的酒。元帅说："大家同全国人民共苦难，过来了。今天犒赏一顿，大家要吃喝个痛快。"1964 年，我去吉林省梨树县团结公社房身屯大队第四生产队参加农村社会主义教育运动，与农民同吃同住同劳动。一年的时间里，我亲眼看到了，土地是那样肥沃，农民却那样贫穷。第二个是，我搞了那些试验和实验，把书本上的东西变成了我身上的东西。像刚才说的，我同时认识了我们的工厂，也领会到"理论联系实际"不是那么容易。特别像我搞的质量管理在当时是要花许多口舌和跑许多路的。第三个是，我有机会培训了那么多的各种讲习班的学生，其实也锻炼提高了自己。认识那么多的工人、干部和领导，我不但从他们身上学到了许多有益的东西，而且着实结交了几位朋友。其中有的在以后的年月里支持、鼓励了我的工作，甚至改变了我的命运。这些事情我将在第三章中再加以细说。

除了这三个，还有一个大喜事，我在 1959 年和张宁结了婚。1960 年有了我的大女儿刘欣，1963 年有了我的小女儿刘明。

1956 年 8 月我回国后在天津接到钱学森先生的来函

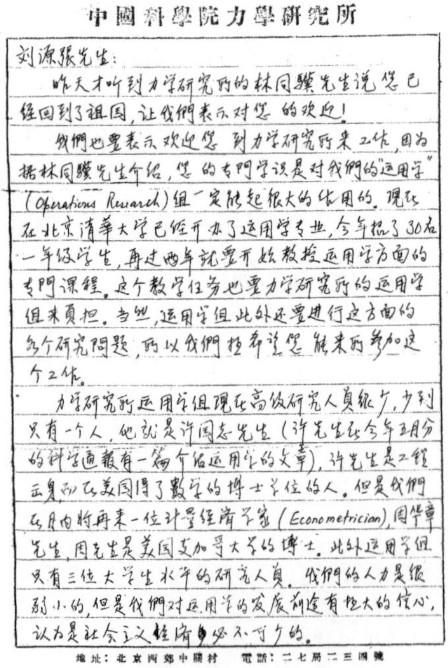

中國科學院力學研究所

刘源張先生：

昨天才听到力学研究所的林同骥先生说您已经回到了祖国，让我們表示对您的欢迎！

我們也要表示欢迎您到力学研究所来工作，因为据林同骥先生介绍，您的专門学识是对我們的"运用学"(Operations Research)组一定能起很大的作用的。现在在北京清華大学已经开办了运用学专业，今年招了30名一年级学生，再过两年就要开始教授运用学方面的专門课程。这个教学任务也要力学研究所的运用学组来負担。当然，运用学组此外还要进行这方面的各个研究問題，所以我們极希望您能来所参加这个工作。

力学研究所运用学组现在高级研究人員很少，少到只有一个人，他就是许国志先生（许先生在今年五月分的科学通報有一篇介绍运用学的文章），许先生是工程出身而在美国得了數学的博士学位的人。但是我們在月内将再来一位计量经济学家(Econometrician)，周华章先生，周先生是美国芝加哥大学的博士。此外运用学组只有三位大学生水平的研究人員。我們的人力是很弱小的，但是我們对运用学的发展前途有极大的信心，认为是社会主义经济必不可少的。

地址：北京西郊中關村　電話：二七局二三四號

钱学森先生的函件

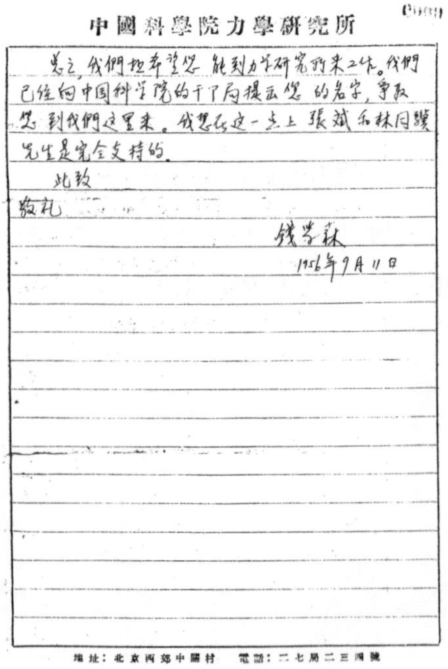

中國科學院力學研究所

总之，我們极希望您能到力学研究所来工作。我們已经向中国科学院的干部局提出您的名字，争取您到我們这里来。我想在这一点上張斌和林同骥先生是完全支持的。

此致

敬礼

钱学森

1956年9月11日

地址：北京西郊中關村　電話：二七局二三四號

函件第 2 页

在日本舞鹤港上船回国时

回国后的第一张相片

1962年在长春一汽

1964年在梨树县参加“四清”

我左侧两位依次是邵士斌和董彦曾

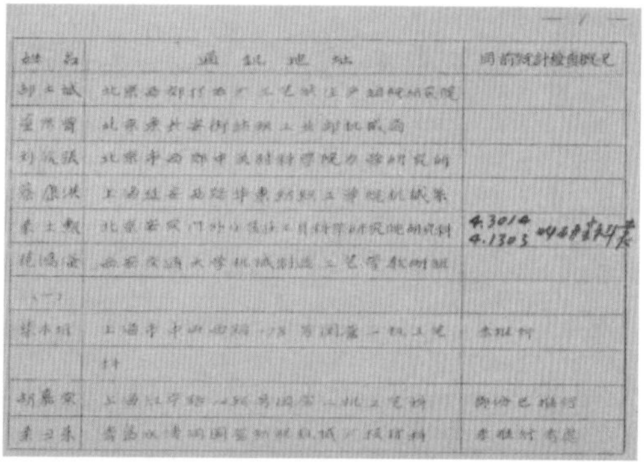

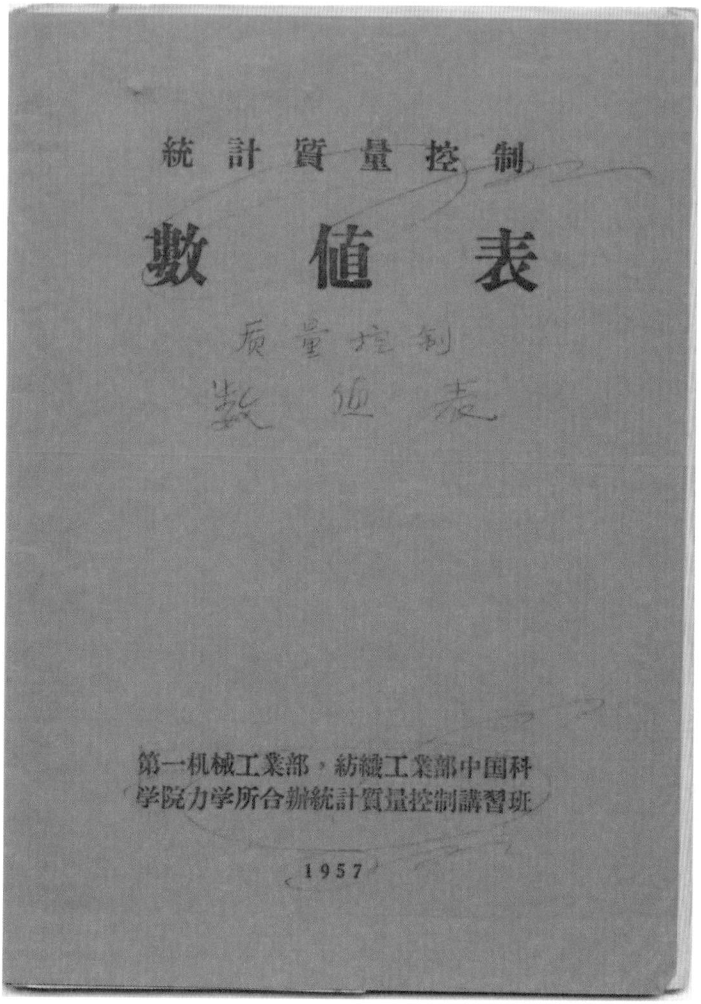

讲义丢了，
只保存这本参考书，
这是我国第一次
出版的统计数值表

在北京国棉一厂与工人们合影

在细纱车间实习接断头

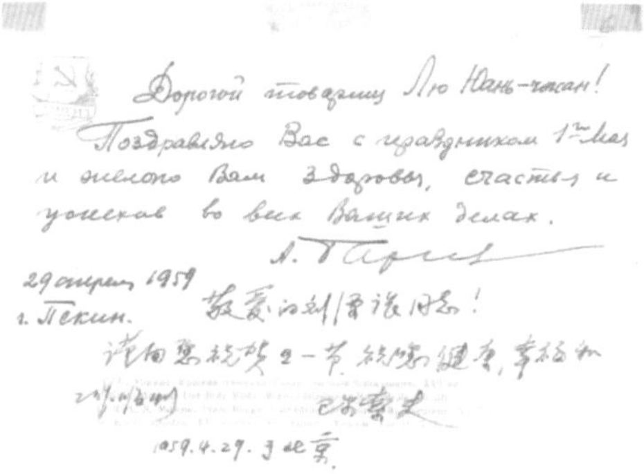

巴尔索夫 1

巴尔索夫 2

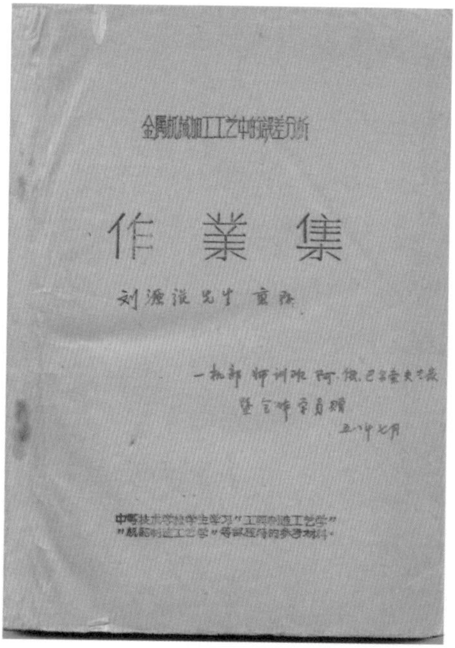

作业集

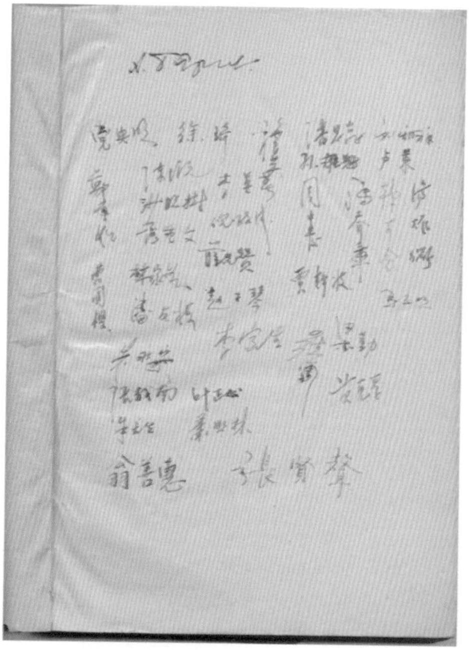

最上面的是巴尔索夫的签名

“文革”前最后的纪念，我右侧是严擎宇，我左侧依次是白刚和王淑君

这本讲稿是基于我下厂的经验和体会而介绍的新的科学方法

第二章 反省的十年：1967～1976年

几乎整个“文革”期间，我都是在监狱里度过的。“文革”究竟是个什么样子，我完全不知道。它的前因后果，我始终也没搞清楚。我的这个十年正是40~50岁的年纪，按常理，应该是为人最成熟、做事最成功的人生阶段。对我来说，却不是这样。但又不是空白的虚度，因为我有了一生中最长的一次反省。

第一节 秦城的日日夜夜

从1966年8月15日到1975年4月20日，我被关进了秦城监狱。今天还留有少许的记忆，趁着没有完全忘记，把它写下来。

一、换了人间

那天晚上十点半左右，家里闯进一帮人，自称是公安局的，没有给我看任何逮捕证之类的文件，也没有做任何的解释，就给我套上了手铐，把我拉上了一辆吉普车。上去后又马上用块布把我的眼蒙上。车子跑了一会，到了一个地方，把我拉下来，才把那块布和手铐取下来。在一个小房间换上囚服，黑色的。然后把我送进了一个大房间，足足有40平方米，正中间摆着一张很低的床。我坐在床上一看，发现头顶上天花板吊着一盏灯，亮亮的直照着我，估计有200瓦。我就在这张床上坐着躺着过了三天三夜。除了一天喂我三顿饭，什么也不问不管。第四天的下午，进来一个人把我领进了另一个楼的一个房间。进大门的时候，我留意看了一下，发现这是个筒子间的建筑。进了靠入口一头的房间，定下神来，仔细一看，房间有15平方米，门有两个，里面的是木门，门下方有个小小的门，上方有个小孔。这个门的外面是个铁栏杆门。房间的一侧还有个用墙隔开的1平方米的卫生间。一张矮床摆在对着门的墙根下，墙里面装有暖气管片，上面是一扇窗。窗户台不是平的，而是斜的。我打量着这墙足有二尺厚。到了晚上，按作息时间睡下，屋顶的灯暗了下来，只有一点微弱的光线。我心想，环境大大改善了。

第二天，一大早第一件事是进厕所，才发现马桶后面有个喇叭型的孔，大头在我这一方，小头镶着一块玻璃朝外边，过道的卫兵随时都可以观察厕所里的情况。这一夜一天的经历使我明白了这里的规矩。一天三顿饭和同时的三顿水从门上下边的那个小门递进来，下午让我出去放一次约一个小时的风。过道上 24 小时总有卫兵走过来走过去。按时铃响,该起就起,该睡就睡。我从来没有过这样有规律的生活习惯。

在秦城住了一年多，忽然又给我换了两次监狱。先去的是国民党时代的旧监狱，后去的是北京市的一所监狱。两个地方加起来，一年多点时间。这两个地方各有各的特色，总而言之，不是人呆的地方。最后还是把我搬回了秦城的“老家”。

但是，我怎么会到了这个地方？

二、审讯的形形色色和奇奇怪怪

在研究所里,听说过“5.16 通知”，说什么要抓“学术权威”和“里通外国”的反革命分子。这两样我都沾不上边呀。

审讯开始了。门哗啦地一声响，外面有人高喊一声“提审”，我就慌忙出门去，一个卫兵押着我进了一个大房间。一头摆着一张长方桌，后面坐着三个人。一个年纪大点，两个年轻的。距离他们约有三米远，放着一个板凳，他们示意要我坐在上面。他们问，我答，问答结束后，他们要我在记录上签字。于是一场审讯就进行完毕。就这样，审讯拖拖拉拉搞了三年半，有时连日干，有时隔个三五天。问官也经常换，前前后后大概有过30个吧。主要的是第一次审讯时的那个年纪大的和一个年轻的，年纪大的审了我三年半，年轻的那个一直陪了我八年八个月。三年半后的其他的时间，半个月一个月的，问官们来“问寒问暖”。内容太多，分门别类写几条吧。

1. 关于毛主席

“你恶毒攻击毛主席，借机会发泄你对毛主席的仇恨。”

“哪里的事。1965 年初，我从‘四清’回来，还专程进城请回一张毛主席的相片，高高供在我家客厅的墙上。每次吃饭，我都对孩子们说，要感谢毛主席。”

问官们说有确凿的证据，叫我想。可我怎么也想不出。近三个小时的审讯，我就是想不出来，最后搞得我也累了，气急败坏地叫了一声“罪该万死”。没想到，这竟然换回了问官的一句表扬，“你认罪态度不错”。

1975 年 4 月，我回到家里不久，收到公安部退回他们抄我家时拿走的日记、函件、相片。我的日记上有多处用红铅笔画的印记。一页是 1962 年我到成都的一家工厂的记事。那天厂长对我说，他们的人去西昌打了一头牦牛，晚上请我吃牦牛肉。我在写日记的时候，一时想不起牦牛的“牦”字，就用“毛”字代替了。赫赫然，这一行字的下面有条粗粗的红铅笔印。原来如此！

于是，我把那张毛主席像从墙上取下，放进了壁橱。他老人家的“神像”在我心中已经消失了。

2. 关于“敬爱的江青同志”

一次审讯，他们一上来就问我对“我们敬爱的江青同志”知道些什么。我忽然觉得今天这次的审讯好像比较轻松，就说我知道一些。

“那你说说。”

“她是毛主席的夫人。”

“对。”

“好像她身体不太好。”

“嗯，对。”

“因此只能在文化部管管戏剧、电影的事。”

“不错，你知道的不少么。”

听问官这么一说，我倒有点得意起来。

“听说30年代她在上海当过演员，名字叫蓝苹。”

不料，忽然一下子问官变了脸，勃然大怒，朝我喊叫，

“你从谁那里听来的？你这是对敬爱的江青同志的污蔑。”

一看架势不对，只好说想不起来。我隐隐约约感到，不管我说谁，那个“谁”肯定要倒霉。问官要我下次审讯时交代。以后过了三次堂，我总说还没想起来。但这不是个办法，急的真是像热锅上的蚂蚁。灵机一动，有了。

“我是从斯诺写的《西行漫记》上看到这条记载的，”我还特意加了一句，“我是在美国看的英文原著”。问官哑口无言。说实话，我真的不记得那本书里是不是有这一段话。反正关于“敬爱的江青同志”的审讯过了关，而且还给问官了一个“哑巴吃黄连”。痛快之极！

3. 关于“中苏论争”

有好几次审讯都是问我对“中苏论争”的看法。我比较关心时事，对20世纪60年代的批判苏联的九篇论文都曾读过。问官要我“一论”、“二论”地对每论说出它的内容和我的想法。尽管记不太清，我还是尽量回答了。

“你记得很清楚，你说说，这些文章都是谁写的，在哪里写的。”

“谁写的，不知道，反正是大人物。写的地方肯定是宾馆。”

“为什么是在宾馆?”

“我们科学院，有要紧的文章，听说都是集中到宾馆写的。”

“你说对了。其实，在这些论文发表之前，你就已经知道内容了，所以你才记得那么清楚。”

“我怎么会事前知道。”

“你去过范若愚家吗？”

“我根本不知道范若愚这个人。”

“不知道，你是他家的常客，许多党内的文件都是你在他那里看到的。”

离谱，这是怎么回事。其后的几次审讯就是问我跟范若愚的关系，他越问，我越说真的不知道范若愚这号人，问官也看出我真不知道，关于“中苏论争”的审讯也就结束了。

4. 高级特务

“抗日的时候，你去日本，抗美的时候，你去美国。现在不打仗了，你回来，一定有不可告人的目的。”

是呀。这“失落番邦十五载”的来龙去脉、前因后果说起来话长。审讯到了这个阶段，我感觉到，这帮问官是无中生有、胡说八道，跟他们认真不得，懒得跟他们摆事实，讲道理了。既然暗示说我是特务，干脆认了。

“从你在天津新港下船那一刻起，我们就注意上你了。留你在外面活动了十年，今天是抓捕归案。”

简直是笑话。一回说我曾去沈阳跟上线接过头，可又说不出时间和地点。既然早就注意了，可又拿不出照片来。一回说，他们抓捕到的美国特务供出我是同伙，可又说不出那个美国特务的名字。

“既然你承认你是特务，那你交代你的上级是谁。”

“我没有上级。”

“下级呢？”

“我也没有下级。”

“那你这个特务是怎么干的？”

“我是单干，越是高级的特务越是单干的。”

“好，那就按高级特务办你。”

就这样，彼此认可，我成了高级特务。

“现在，你交代你都干了哪些特务活动？”

“我什么也没干。只是在想要干些什么，还没想出来，就被你们抓进来了。”

以后的多少次审讯，不管问官问东还是问西，我总是坚持我是什么也没想出来、什么也没干过的高级特务。

5. 惊醒

这是在国民党旧监狱的事。

一天夜里，我被带进审讯室。进门瞄了一眼，黑压压坐着的站着的约有十几个人。第一次审讯我的那个上年纪的问官就坐在正中间的一张椅子上。他的名字是孙金喜，我怎么知道这个名字？每次审讯结束时，给我看审讯记录并要我签字。一次我拿过记录册子，看到封皮的一页上主任审讯员的一栏里写的是孙金喜三个字。他当时还嘟囔了一句，“啊，你知道了我的名字”。这怪谁，他自己不小心，先在记录册子上签下了自己的名字。真是“冥冥中自有安排”，老天爷让我记住了这个“仇人”。他说，要给我点颜色看。话音一落，那帮人一拥而上，把我的两条胳膊向后举起，疼痛难忍，我不由自主地跪在了孙金喜前面的地上。孙金喜猛地一脚踹在了我的脑门上。他这一脚踹的好，踹醒了我的迷梦。他们自称是代表毛主席的，我哪里还相信！完全是一群无赖。这哪叫审讯！

另有一次也是在国民党旧监狱的事。

这次提审是晚冬的一个夜里。从我的狱房去审讯室，要走出去穿过一个小院子，这里没有放风的待遇，因此这段小路上的行走就成了我接触新鲜空气的唯一机会。小院子夹在房屋和高墙的中间，在路上我仰望一角天空上散落着的星星，想起了是否还住在家里的妻子和孩子。进了审讯室，顿时觉得暖和得很，才看见屋子中间有一个大火炉。我的狱房里没有取暖的设施，冷的我好像耳朵都要冻掉了似的。孙金喜要我站到大火炉的旁边，我站在离火炉三尺远的地方，高兴可以好好暖和暖和身子。这个大火炉有一米多高三十厘米多粗，朝问官的那面立着一块跟炉子一般高、宽宽的铁板。逐渐烤的我感到有些热，就往右挪了一步。这时孙金喜大喊一声，“不许动，退回去”。又自己从座上下来，踹了我一脚。慢慢我口干舌燥，浑身冒汗，他们问了些什么，我回答了些什么，脑子里一片空白。从审讯室出来，走在那条小路上，我看见天空已经微微发白了。进了狱房，一位中年的狱卒要我把衣服都脱下来，他好拿去替我烘干，对我说，“要不的话，明天衣服一冻，你脱都脱不下来”。一脱衣服，我才发现从里面的裤衩、背心、衬衣到外面的棉衣棉裤全都湿透。我只得裹上毯子卷曲着身子睡下。什么都不想，什么也都不知道了。

6. 好人

这位中年的狱卒是个好人，还有另一位好人。

第一次审讯时的两个年轻人中间，有个穿军装戴眼镜的。每次审讯都是他做记录，他的字写的很漂亮，我想他大概练过书法。在秦城的一次审讯，孙金喜中途从他那头的右侧的一扇门走了出去，只剩下这个年轻人一个人。他走下来到我面前，弯着腰低声对我说了一句，“你要好好注意身体呀”。他刚要转身回到审讯桌，忽然孙金喜走了进来，我看见这位年轻人的脸上刷的一下变得煞白。从那次以后，我再也没有看见这位年轻军官了。是他自己知道这是他最后一次参加对我的审讯，而向我表示他的意思呢，还是他被孙金喜发现他竟然独自离座走到我面前，触犯了审讯的规矩，而被禁止参加审讯了呢，我不清楚。不过，他的那句话对我是多么大的温暖，他知道不知道呢。

三、释放

1972 年还是 1973 年，我记不得了。已经回到了秦城的一次审讯，问官换了，不是孙金喜。我有些烦了，一开始，没等人家说话，我就问，怎么还不枪毙。

“干嘛要枪毙？”

“我不是招供了，我是高级特务。”

“谁说你是特务，不是还在审查么？”

真是一声春雷，审讯突然变成了审查。并且也没了在什么审讯记录上签字的麻烦。自那以后，每隔个十天半个月就有几个人来审查我，其实也没有什么大不了的话题，只是闲聊几句而已。又过了一段时间，来的人告诉我可以否定原来的供词，重新写材料。我说，翻案罪加一等，绝不翻案。一次来了一位女审查员。

“你是属猴的。”

“不，我属老鼠。”

“你怎么会是属老鼠。给你个杆，你就往上爬，岂不是属猴的。”

“给了我根杆，我不往上爬，又能怎么样？”

她不吭声了。就这样，这些人没有达到要我翻案的目的。我心想，是不是特务要由证据说了算，不能因为我说我是特务就定成特务，也不能因为我说不是就不是。既然是审查，我所交代的一切足以说明我是个什么样的人，就凭这些材料说话就行了。我已没有还要说的话了。

到了1975年的4月，一天，狱门忽然打开，进来一个卫兵，端着一个洗脸盆，里面还有个剃须刀，说要我洗洗脸刮刮胡子。另外还有一包衣服，说要我里里外外都换上。干完这些事，卫兵把我领进了那间审讯室。进去一看，不见我原来坐的板凳，却在审讯桌前面放了一张椅子，要我坐下。这是一种交谈的布置。

“今天你可以回家，结论以后再送交给你”。

我没说话。

“你有什么意见，可以提”。

“要我提，我就说说。第一，我希望我们国家的审讯要科学化一些。至于怎样科学化，可以研究。第二，放风场的电网可以取消。墙那么高，怎么会爬上去，再说，露天的放风场墙上架有过道，解放军在上面走来走去守望着，谁也跑不掉。取消电网，可以为国家省几个电钱。”

他们没有表态，看样子，是不打算听什么意见。

陪了我八年八个月的那位年轻审讯员送我走出审讯室，到我初进秦城时的那个小房间，拿回了我当初带来的零碎物品，路上他还对我说了一句，“希望你继续发扬你的爱国精神”。真有意思！

走出大门，我回首细细看了看这扇高大的秦城监狱大门。蒙着眼进去的，睁着眼出来的。但是更应该说，我是糊里糊涂进去的，糊里糊涂出来的。所里来接我的是顾基发同志，我不知道他当时在所里的职务，坐上所里的吉普车，相对无言。后来我的事好像是他管着，但他没有为难过我。

四、平反

回到家里，过了一个月吧，公安部来了两位官员。他们要我说说审问过我的那些审讯员的情况，特别是我对那些人的印象，并且补充说，他们正在重新整顿公检法的人员。30几个人中我只知道一个人的名字，他叫孙金喜。我说，这个人极其恶劣、下流。他们告诉我，他们了解，已经把他开除并遣返老家了。他们拿出一叠相片，要我指认。我认出了好几个人，其中就有那个陪了我八年八个月的年轻人。当然，这时他已不算年轻了。我对公安部的人说，这个人一开始，满嘴的马列主义，净是些表面话，八年多的时间里，我看他有了不小的进步，说起话来，比较稳妥了。其他人，我没有什么好说的。遗憾的很，那叠相片里没有那位青年军官。

又过了一个来月吧，研究所里政治部的人给我家送来了《结论》。其中有一行字，"特务嫌疑，查无实据"。妻子看了，说不能签字，这不还是那句话，"事出有因查无实据"，并没洗刷掉特务的嫌疑。对，不签，宁肯背着这个特嫌的黑锅。没有结论，在那个年月里过生活是件并不轻松的事。不过，不去说它了。

等了将近四个年头，1979年1月10日，中国科学院给我下了平反结论，文中说，陈伯达、"四人帮"强加以刘源张同志的所谓特务嫌疑，纯属诬蔑迫害。院党组决定平反这一冤案，恢复名誉，一切诬蔑不实之词，予以推倒。这里，我要深深感谢中国科学院的廖冰同志。她是院党组成员、计划局局长，为我们兄妹的平反费尽心思，几次到我家来同我谈心。她已逝世，看不到这句话了。2007年解放军文艺出版社的《中国女子大学风云录》介绍延安中国女子大学的同学中，有一篇题为"南洋小姐跨海抗日"，写的就是廖冰同志。

1980年公审"四人帮"。11月23日，《人民日报》等中央和地方的各大报纸纷纷刊出了“谢富治的罪行”。我读完，才知道我是为何和如何进去的秦城监狱。不过，我是幸运的。国家主席刘少奇同志竟然遭迫害惨死在一所地方的小监狱，我反倒成了他的治丧委员会的一员。世事之难料，以致如此。

第二节　我的反省

从审讯改为审查以后的日子里，他们告诉我监狱里有个图书馆，我可以借书来看，但只限马恩列斯毛的书。我就先把《马克思恩格斯全集》一册一册地借来读，一共 45 卷。读这些书成了我在秦城后期三年多每天的功课。同时，有了思索的愿望。

一、享受特殊待遇的囚人

一天下午，卫兵把我带上了楼，进到一间很大的房间，好像是个会议室。窗户边站着一个人，看见我进来，就让我坐下，跟我谈起话来。中年人，不高不低的个子，穿着一身蓝布制服，态度很文雅，也很和蔼。他对我说，“听说你学习的很用功，好嘛。我们想学习，还没有这样的环境呢”。心想，这个人说风凉话，不怕别人感冒，就没搭理他。接着他又问了问我的身体怎样，有什么要求。我就向他提出来，能不能给我些笔和纸，我好写一写学习的心得。他回答我说，这个监狱有三个部门，看管的、审讯的、后勤的；你提的问题要三个部门共同讨论。我看到他有些为难的样子，对他说，算了吧。他又说了几句要我注意健康的话，我就向他告辞了。

没过几天，我狱室的门打开，卫兵给我拿来了一个塑料壳的暖水瓶。这东西还了得，把里面的胆打碎，可以用来抹脖子的。看来他们断定我是不会自杀的了。从那以后，每次送饭时，都给我灌上满满一暖瓶开水。这太方便了，不但随时可以喝上开水，还可以用来擦洗身体，让我感觉舒服一些。每次灌水，那种热水冲击瓶胆发出的声音很响又很长。在门外的过道的走廊里造成回声可以一直传到另一头。我的狱室在过道的这一头的第一间，可以判断出送饭的依次给每个狱室的人打水时没有这种声音。我是独享这一待遇的囚人了。还有一个旁证。一次开饭时，他们给我的暖水瓶灌满了水，过了一会，听见过道那头有人大声呼喊，"怎么给别人暖水瓶，为什么不给我一个。我抗议"。原来是孩子们舅舅的声音，怎么他也被抓进来了。回家后，见到他，他说那个大叫大嚷的正是他。

二、反省是怎样引起的

在秦城审讯的初期，问官给了我两条评语。一是"不学无术"，二是"不务正业"。在读马恩的书时，我常常边读边想，我是不学无术吗？我是不务正业吗？什么是学，什么是术，学和术又是什么关系？正业是什么？还有闲事吗？我想，学指的是学问，是从书本上学到的知识；术指的是本领，是从实际中锻炼得到的认识。两者的关系就像孔子说的"学而时习之"的关系，这样做，才能"不亦说乎"。或者借用马克思说的，学是认识世界的东西，术是改造世界的东西。学了不用，等于没学；用了没有收获，或是没有用对或用好就是无术。凡是对人民对国家有利的工作就是正业，无利或不利的就是闲事。而有利或不利的判断有个什么准则？它是主观的，还是客观的？我把我过去十年的工作从这样的问题和观点出发，重新审视或者对照一遍，觉得很有意思。读着读着，想着想着，好像这狱室大了起来，时间快了起来，自己也高兴了起来。

另有一条。问官骂我削光了脑袋，想钻进中国共产党。在乡下搞"四清"，到了中期，上级传达通知，说要发展组织。我也急忙写了入党申请书，交给了党支部。当时我刚刚读完刘少奇同志的《论共产党员的修养》，感到他说的全是大实话，如那段讲入党动机的话。因此，我觉得我也可以申请入党。那以后的两年，一点消息也没有，组织上不曾找我谈过什么话。说实话，我也逐渐忘了这件事。问官这一骂，倒引起了我的沉思。当我看到那些问官胸前挂着毛主席纪念章，口口声声吹嘘自己是中国共产党党员的时候，我真有了疑问。他们是共产党吗？共产党的本质是什么，它是什么样的人组成的？我想从马恩的书里找找答案。过去在外面，毛泽东的文章读了不少。在美国上学的期间，黑人学生还特地找我去给他们做了一场《论持久战》演讲。马恩的书很少看。因为是学经济，在日本和在美国，我都曾把《资本论》作为课外必读学过一些，但从未通读和读通。这次有机会，下决心，好好读读。

三、反省了些什么

1. 北京国棉一厂的笑话

第一章里说过，我正式开展质量研究工作是 1958 年在北京的国棉一厂。交给我的课题是“如何用低级棉纺优级纱”。当时厂里用的棉花来自全国各地，有新疆的、山东的、河北的等。不同产区的棉花有不同的质量，主要是棉花纤维的长短和粗细的差异。工作的第一步就是要把各地棉花的长短、粗细的程度确定下来。先要从捆包的棉花中合理地抽取少量的棉花做成样本，再在试验室测量它们的长短和粗细。等各地棉花的数据出来了，我根据书本的知识，很仔细地计算出它们各自的长短和粗细，用平均值加减 3 倍标准差的形式把它们一一标示出来。在同厂里技术干部的讨论会上，我就抽样、测量、计算的方法做了介绍和说明。没想到，等我把这些计算所得的数据罗列出来以后，招来了哄堂笑声。一位老工程师说道，他干了一辈子的棉花检验工作，没见过这么长和这么短、这么粗和这么细的棉花。显然，3 倍标准差的幅度是过大了。当年休哈特（W.A.Shewhart）定下 3 倍标准差的准则是基于产品质量经济性的考虑，就是说在当时的工艺条件下把产品质量控制在这么大的区间内是个“多、快、好、省”的管理办法。棉花纤维这类天然原料应该有别的考虑。拿这个例子看，我是“学”了，但没学到“术”。我本来应该先把计算结果向工程师多请教的。

那以后在各地的工作，我就很注意向工人师傅和工程师请教了。例如，1962 年在鞍钢参加普碳钢的标准制定，我从产品的各个性能的测试报表的数据上，判断质量的生产能力，用的还是平均值加减 3 倍标准差的办法，来区别有用数据和无用数据。凡是跑到控制界限外的数据，我都一一追查它们的原因，直到核实情况之后才决定丢弃或保留。在这个过程中，我向有关人员的请教不但使我学到了钢铁的冶炼知识，还让我了解了不同岗位上不同人员的思维意识。本来，书本和老师都向学生告诉过，对数据的来源和性质必须细致搞清楚，现在的老师们大概也是这样说的吧。我可是经过教训才深刻认识的，又通过实践才真正明白了它的含义。“学”和“术”结合起来,构成了真“学术”。

我不认为，我是完完全全的“不学无术”！

2. 第一个全国性质量控制讲习班的失败

1957 年夏天的质量控制讲习班，因为是全国第一次，得到了许多领导的支持，邵士斌、董彦曾和我三个讲师都非常认真，写出了油印的三大本厚厚的讲义。我负责的是控制图再加一些必要的概率和数理统计知识。当然，我们事前也了解了一下，从全国各地来的学员都是大学工科毕业的工程师，也都有两三年的工作经验。我呢，虽然学的是这个专业，但去工厂的经历很少。在美国上学期间，只有一次跟着一位华侨到旧金山附近的一家服装厂看了看，主要是回国之前在日本住的那一年去了汽车和家电的几家工厂，还算接触到一些实际情况。面对这些高学历高职位的学员，我想，我这个从事质量控制专业的博士总得露两下。于是，讲课时注重理论，微积分、集合数学都用上了，至于应用的事例介绍的很少。例如，讲正态分布，画几个图说说就可以，我却偏偏要从误差理论的数学上去证明正态分布的形成。我的那些讲话或讲解怕都从学员们的头顶飞过，不曾在他们的脑海里留下什么痕迹。他们当然都学过高等数学，但多半都在繁忙的工作中忘掉了吧。现在，我自己也记不得多少数学了。当他们去外地工厂实习的时候,我给予他们的帮助又太少。这次的讲习班只能说,失败了。原因呢,我坐在我狱室的矮床上回想起这件事，觉得“不学无术”的表现之一是“好为人师”。这与“善为人师”差了十万八千里。那以后，我逐渐改了，“甘当小学生”。以后的几次学习班，我尽量做到“互教互学”。我给自己下的结论是，我并不像问官评我的那样一钱不值。

3. 一位我不知姓名的日本老师

1959年年初，日本有一个工会代表团来到了北京，其中的一位纺织专家来北京国棉一厂访问，厂长让我陪同接见。先在会客室座谈，由厂长介绍厂的一般情况，客人表示对接待的感谢，同时他提了几个问题，主要是询问厂的生产效率，厂长没有做出答复。然后，请他参观工厂。整个参观过程我都跟在他的后面，注意看他的举动。进纺纱车间时，不像别的参观者匆忙迈进车间，他是在车间大门的入口处停留了一会，不到一分钟吧，上下左右观看了一番，再进的车间。国棉一厂的精纺机是从民主德国进口的，电动机装在机器的外面一头。只见这位专家把手放到电动机外壳上，好像是微微摸了一下。他看了看女工接断头的情况，之后我们就去了织布车间。他也不像别的参观者那样从车间的一头一直穿过车间从另一头出去，而是绕了半个车间一圈才出去的。回到会客室，他先称赞了我们厂女工的勤奋和技术，接着就说出了他对厂的生产效率的估计，千锭小时计的产量是多少，飞花有多少。厂长表示钦佩，说他给出的数字与厂的实际数字很接近。趁他的陪同人员同厂的人谈话的时间，我向这位专家请教，他是怎样做出这些估计的。他听了我的日语，大为惊讶，问我是个什么经历。我告诉他我是从日本京都大学出来的，他就给我讲了他的理论和经验。第一，温湿度的变化对纺织品的生产很有影响，好的管理必须首先对温湿度要有个合适的控制。他在车间入口停留的那一刻就是为了体察车间的温湿度，因为是刚从会客室走来，那一刻的感觉比较可靠，顺便也可看看飞花的情况。第二，机器的运转是由电驱动的。从外面进来的电在电压和频率的一些小波动会对精纺机上各个纱锭的转动产生影响，摸电动机外壳是企图感到电压和频率的变动，再看看女工的接断头，顺便也就看看各个纱锭的情况。这样下来，心中就差不多有数了。当然，温湿度、电压和频率的知识，书本上都有，但在生产的实践中把这些知识的用处发挥出来，是要些实践、时间和细心体会。匆忙间，我没向他要名片，我自己那时并没有名片，没法交换。我不知道他的姓名，甚至现在他可能已经作古。古有“一字师”之说，这位专家的一席话可不仅是我在这里记载的小 200 字。他是在传授我一种“学术”和学贵在实践的道理。他是我的一位老师。他教给我的理论和经验，不料，30 年后竟然在日本见到了一个实例。这个故事，我会在第四章讲给大家听。

4. 我的正业是什么

问官说，我不坐在研究所的研究室内写论文，却到处跑工厂，又打入党中央的要地。问我，到底有什么企图。写论文、跑工厂的事等会再说，先说打入党中央要地的事。1957 年 1 月末的一个夜里，钱学森所长领着刚刚成立不久的运筹学研究室的许国志、桂湘云和我去见当时中共中央宣传部科学处处长的于光远同志，向他汇报介绍运筹学的工作和运筹学研究室的成立。从一个现在我也弄不清楚的大门进去，没有什么灯光，黑暗的看不清，感觉好像走进了一座大庙似的屋子，于光远同志已在那里等候着我们。这个十年里，这是我进到中南海的唯一一次。其实，我只在那间屋子里呆了不到两个小时，其他地方哪里也没去，什么也没看见。这件事竟然被说成“打入要地”并且“有企图”，我把这前后经过一说，心想，问官们自己也会觉得太夸张了吧？

跑工厂是“不务正业”、“窃取情报”吗？要我说，搞质量控制的不跑工厂才是不务正业。但这话又怎样向问官解释呢，所以审讯时，我只就是否“窃取情报”做辩解。我去的工厂都是民品的工厂，看的、问的全是产品质量的报表，上面的数据都不是值得“窃取”的情报。问官们也只好不多问了。其实，这些人哪里知道报表是什么，数据又是什么。现在，在狱室里能够坐下来读书和思考，对“正业”这个问题我要仔细想想。特别是，如果还能出去，我的正业是什么。

企业、工厂和人一样，有时也患病。有各种不同的病，其中之一是质量病。这种病也有急性和慢性之分，急性的只是产品性能的狭义质量的问题，慢性的会牵扯到产品的成本、交货期或更多其他方面的广义质量的问题。我想，再出去的话，我就当个工厂大夫。一般说，临床医生是不需要写论文的，恐怕他想写，也挤不出时间来写。然而，我是中国科学院研究所的一名科研人员，写论文是一种证明，证明你有科研的能力，也是一种责任，要为研究所地位的提高或权威的奠定尽到一份责任。我有没有这种能力呢？十年里，我编写过一本书，介绍我们在北京国棉一厂的科研工作，由科学出版社出版，翻译过三本书，是运筹学和计算机方面的，由上海科技出版社出版。也写过一些讲义，都是内部出版。内容可以说都是当时最新的东西。仅有的一次写论文的机会，我把它丢了。1959 年 10 月 19 日中国科学院编辑出版委员会给我来了一封信，信中写道，“钱学森所长推荐您的‘纤维性能与细纱强力的关系’值得向国外报道，希望您根据工作报告会上的内容加以充实，写成论文形式”，并且要求“译成俄、英、法、德任何一国文字”，“以便在《科学记录》上发表”。这是那个日期之前，我在力学所的阶梯讲堂向全所做我在北京国棉一厂的科研工作时，钱先生来听的结果。我没有写。如果我写了，发表了，那么我的命运也许有了改变。也许就到不了这个地方。但谁知道呢。我的正业就这么定了，能不能当成工厂大夫，写不写论文，出去再说。那一阵子的狱中反省给了我要出去的强烈愿望。

5. 马克思和恩格斯

我通读了《马克思恩格斯全集》，有的卷还读了几遍。我真的感谢上天给了我这样的机会。马克思的见识、思想、文采是不用说的了。《资本论》的第一章难懂，这一关过去就容易多了。我以前总是卡在这一章上。读了两遍，我倒觉得它像一本历史小说，一本人类社会的历史文学。狱中没有人可以与我讨论，也没有人可以讨教，我就自己独创新说了。但是，我更喜欢的是恩格斯，喜欢读他和马克思的通信，我想象，他一定是个光明正大、豪放磊落、富有人情味的人。一次，他给马克思写信，说他到伦敦来还要为从欧洲来到的革命同志解决性生活的问题。他写的论共产党的文章说，共产党的活动就像早期的基督教。那个时代的基督教徒为了躲避为政者的迫害,转入地下活动。不过，宗教不是鸦片吗？原来在马克思的时代，鸦片是被当做一种镇痛和安慰的用品，不像我们中国人，一提鸦片就认定是毒品。共产党人在从事地下活动，需要相互鼓励和安慰，应该是正常的吧。当他接到马克思的信，说马克思看到燕妮又穿上漂亮的礼服出席上流社会集会时感到欣慰，恩格斯也感到非常的高兴。是呀，那之前，恩格斯还给马克思多寄了几十英磅。中国共产党史我不清楚，可以说几乎无知，尽管我在日本读书时，曾跟国内的同学通信联系，要去延安。读马恩的书，使我联想到了中国共产党和中国共产党人。

中国共产党打败了国民党，缔造了新中国，我在 1956 年回到祖国，的确看到了新气象。可是，以后的那十年，怎么那么多的政治运动。我又怎么被抓了进来。我想到了我所认识的几位。第一位是钱伟长先生，他是不用在这里介绍的知名学者，1957 年被定成了右派。在清华大学的一场批判会，我也被通知去参加，因为他曾是力学所的领导。会场上，他坐在一把椅子上，要我们每个人从他前面走过的时候，批判他。轮到我，可我真不知道应该说什么，到了他面前，急的我突然冒了一句，“你是怎么搞的？”就算批判，过去了。还有一位，是力学所的实习研究员欧阳绛。我到力学所上班的第一天，他到我办公桌前来找我谈话。他说他是所党支部的宣传委员，向我解释了党的宗旨，要我努力工作，要求进步。我似懂非懂，反正觉得这位同志值得尊敬。谁知，过了两个多月，工间操的时间，所的广播喇叭传出了，欧阳绛是反党的右派分子。又过了个把月，他到我家来辞行，说他要下放到山西去，同时告诉我，他的妻子已经同他离婚了。我真的搞不懂了。

到了秦城监狱，我又碰见这批问官的中国共产党员，他们是共产党员吗！有孙金喜那种人，但是也有其他的人呀。那位戴眼镜的年轻军官，那位为我烘干衣服的监狱管理员，那位对我讲，他自己想学习，却没有我这样环境的温文尔雅的高级干部，不也都是中国共产党员吗！到底是谁代表中国共产党，在执行党的政策呢？而这党的政策又是哪些中国共产党员制定的呢？马恩的书没有告诉我这些问题的答案，我在这间狱室里也肯定找不出答案来。一切出去再说了。

6. 锻炼

反省是思想上的，锻炼是身体上的。既然我有了要出去的愿望，感到也有了出去的希望，我就注意身体的健康了。先从头脑做起，“九九表”是从小就背熟了的，我开始心算的练习。二位数乘二位数，比较容易，三位数乘三位数，难点，可也算得出，记得住。四位数乘四位数就不行了。微积分的那基础的几条定理，我默默从头推导。做这些练习是不想让脑子的功能降低。身体锻炼，我自己想出几个新招。把头顶着墙壁，脚逐渐往后挪，头逐渐向下动，看身体和墙能形成多少度的角。一次，练着练着，卫兵从门上的小孔大喊一声，“你干什么！”我告诉他，这不是撞墙自杀，是锻炼。我自幼喜欢京剧，看了不少，于是模仿跑圆场，在我这间十平方米的空地上用京剧的步法走了起来。走圆圈，走八字，翻来覆去地走几十遍。到了放风场，就跑上几圈。尽管如此注意锻炼，等我出去，到医院检查了一下身体，医生告诉我，我的脊椎骨的下侧几节韧带已经钙化，坐卧要谨慎，举重物万万不行的了。原因可能是长时间一个姿势坐在矮床上看书的缘故。不过，不管怎么说，我的身体还算是好的，以致我出狱后，《健康报》的记者来家采访，要我谈谈是如何保养的度过那八年八个月。

第三节　我 的 认 识

总结我第一个十年时，我说我有了三个成长。这第二个十年我在监狱的遭遇使我有了三个认识。我没有说“成长”，因为 40~50 岁的年龄正是一个人最成熟的成长期，我却尽在回忆和反省的磨难当中，谈不到向前发展和成长了。

1. 对党和新中国

说实话，我和那个时代的大多数中国人一样，奉毛主席为神明，视共产党为救世主。监狱里的审讯使我丧失了这种信念。问题不是抓我不抓我，问题是那些自称代表毛主席的问官们的言语举止。另举一个例子。秦城早期的一次，一天的下午，忽然狱门打开，卫兵进来领我去洗澡，回到狱室，还没等到身子全干，立刻提审。进了审讯室，坐在板凳上，等了一会，只见从我身后的一扇门进来一个女的，50来岁，穿着很是合体的军装，一双皮鞋走起路来，磕噔作响，昂首挺胸，神气得很。她从我身旁走过，还瞟了我一眼。她一屁股坐下，就对我破口大骂，说我一家子男盗女娼，说我自己是双料特务。根本没有什么审讯，只是骂人。骂够了，她就走人了。我回家后，问了问公安部的来人，才知道她是陈伯达的老婆。嫌囚人脏臭，特地要我洗了澡，她再驾临。陈伯达是个大得很的共产党高级干部，他老婆也许是比他还要大得很的共产党高级干部，我那天当然不知道她是谁，但猜测肯定是个高级干部。摆那么大架子的高级干部，八年八个月里只碰到她这么一个。当时我想：一个就够了，共产党的高级干部是这副样子，共产党还能好到哪里去。

我在监狱里面，外面的事情一点也不知道。只有一次审讯的时候，有人问我知不知道张劲夫。我说，当然知道，劲夫同志是中国科学院的领导。于是，他们给我看了几张相片，上面是劲夫同志胸前挂着一块大牌子，被一个人按着低下了头，写的什么字我都没心思看。他的神情我也没忍心端详。只觉得好像外面发生了大事。我听过劲夫同志的几次讲话，讲到慷慨激昂时，就脱上衣、挽袖子。我很喜欢听他做报告，很有感染力。他是新四军出身的老干部，为革命出生入死。新中国是他们这批人打出来的。怎么现在会受到这种待遇呢！有一天，只有这一次，忽然广播喇叭响了。我没看到狱室里有喇叭，大概是过道上安装的。广播说，林彪出逃，摔死了。简直是晴天霹雳。中国共产党怎么了？天下是不是大乱了？监狱只许我读马恩列斯毛的书，不给我报纸看。这些事，这些问题怎能从这些书中找出什么消息！

但是，中国共产党和新中国，我不得不想。我又想到了刘少奇同志的《论共产党员的修养》，既然入党的动机那么多样，难免有投机分子入了党；党如果管不好那么多的党员，自然就会有变质的党员。就拿我在监狱碰到的这些党员，不是就有我认为是好和坏的两种人吗？我相信，世上总是好人多，坏人少。依此类推，党员也应该是好的多，坏的少。关键是别让坏党员当了权。可是，我觉得外面似乎已经是这个样子了。那个嫌我臭的女军官，看她那个谱，是个将军级的吧，当了权，就骂人。逼劲夫同志低头的怕也是坏人当权的结果吧。林彪已经是毛主席的接班人了，怎么还会出逃呢。新中国落在这帮人手里，将会怎么样呢？我越想越糊涂，无法再想下去。

话又说回来，看最近几次的审讯变成了审查，又暗示我可以重新交代，又给我改善了待遇。这是搞的什么名堂？莫非是好人在和坏人斗，拿我当了个典型。这也好，如果放我出去，就证明是好人的胜利。无论如何，对共产党和新中国，不能失去信心，失去希望。这就是我结合学习马恩著作和“孤立”思考所得到的结论。

2. 对工作

过去的十年做了些工作，在监狱的后三分之一的时间里，结合马恩著作的学习，我做了一次回忆和总结。有成功的经验，也有失败的教训。加在一起，我找出了三条收获。

第一条，我结识了一些朋友。许多是处长、科长级的干部，有在长期或短期讲习班上的学生，还有帮我在厂里做过试验的工人师傅。更不能忘记的是“四清”期间，我负责培养的农村生产队的会计，那位在我祖母病重组织叫我回北京时，套车送我赶到四平的尹顺。我想起他们每个人的面孔、姿态、言语，感觉仿佛他们都也在想着我。奇怪的是，虽然我交代过我与他们其中的一些人的交往，怎么问官们向来没有问过我这些人的事。问官们认为他们不重要，我却认为他们很重要。想起他们，我感觉不孤单。我相信，我在他们每个人的心里留下了点印象。还有把张宁介绍给我做妻子的大媒人——吴半农先生。他是同我一条船回来的原国民党政府驻日代表团的高官，回来后就任外交部的国际关系研究所的高级研究员。问官一句话也没问过他，如果我是特务，怎么可能不去利用这种关系呢？问官却来问我根本不认识，甚至不知道的范若愚。我真搞不懂问官认定我是特务的根据是什么。想起这些人和事，时间也就不知不觉的过去了。

第二条，关于走群众路线。我在监狱里读到的书中，马恩的书是经常读，列宁的读了一点，斯大林的基本上不读，毛泽东的有几篇我反复用来对照我过去十年的工作，《矛盾论》、《实践论》和关于群众路线的论述是我的主要工具。这几篇我在外面也读过，但没有“带着问题学”，这次不同了。

前五年我只是利用我在国外学到的一点东西，办个讲习班，做几个实验，解决一两个工厂的质量问题。说是五年，由于各种政治运动，再加“自然灾害”的影响，干工作的时间不过三年多点。这期间没有真正定下心来，对质量和质量管理做一番深入的思考。虽然我早已有个认识，就是说，产品质量的现象不能从单一的产品而是从产品的集体去看，不能从静止的产品而是从运动的产品去看。这种认识的产生来自产品质量特征所形成的分布和波动。质量管理因此就是在产品质量特征形成分布和波动的过程中尽量减少它们的变动。但是，质量和质量管理的实质是什么？专家们说质量的实质就是变动，质量管理的实质就是减少变动。这是实质吗？这是现象。“我们看事情必须要看它的实质，而把它的现象只看做入门的向导，一进了门就要抓住它的实质，这才是可靠的科学的分析方法。”“事物发展的根本原因，不是在事物的外部而是在事物的内部，在于事物内部的矛盾性。任何事物的内部都有这种矛盾性，因此引起了事物运动和发展。事物内部的这种矛盾性是事物发展的根本原因，一事物和他事物的互相联系和互相影响则是事物发展的第二位的原因。”当我在狱室里读到这些段落时，真有豁然开朗的感觉。我想了许多，并且这许多想法我在后来的日子里加以提炼，用到我的质量管理实践。这些事例将在后文叙述。

走群众路线，我一回到祖国，就听说了这个词。研究所和研究室里党的书记经常对我们讲，要学会走群众路线。那个前五年，我领着几个年轻人下厂，遇到难题就去请教工程师和工人师傅，这就是走群众路线吗？后五年学习领会的《鞍钢宪法》和大庆的“三老四严”就是群众路线吗？那个“三个三的检验工作法”就是群众路线的具体体现吗？我觉得，这对我不是大问题。我16岁那年在青岛的一家私营制药厂当过三个月的学徒工，跟那里的工人相处的还不错，并且好像接触过地下党的活动。“我党20几年来，天天做群众工作，近十几年来，天天讲群众路线。”“要联系群众，就要按照群众的需要和自愿。”“当群众还不觉悟的时候，我们要进攻，那是冒险主义。群众不愿干的事，我们硬要领导他们去干，其结果必然失败。当群众要求前进的时候，我们不前进，那是右倾机会主义。”我读到这些话，想到了推行中间公差的经历，的确是这样。但是，我问，这里说的群众指的是哪些人？是农民，是工人，还是什么人？在外面，每次填表，身份那一栏我要填群众，因为不是党员，只能写群众。难道党员就不是群众了。反正跟我的工作有关系的是工人，我要走群众路线就走到他们中间去。出来后的日子里，去任何一家工厂，我都是一道工序一道工序地跟着工人师傅学着一道干，直到我的身体干不了为止。我逐渐体会到，群众路线不只是个思想意识问题，也是一个言语感情的问题。书生语言是难以同工人打交道的。

第三条，工作方法。我根据那十年的工作，总结出我的工作方法三原则：“领会领导的意图，摸清群众的情绪，选用科学的方法。”你干的不是领导想干的，那你肯定不受欢迎。第一章里说的我在杭州制氧机厂类似笑话的遭遇，是我最初感到的领导意图一例。北京讲习班的失败和沈阳讲习班的成功可以说是，是否摸清群众情绪的结果。针对问题选用适当的科学方法或工具，而不是改换问题来适合你的方法。

我在几个厂的工作能够完成任务，依靠的正是这一点。对照《矛盾论》、《实践论》和毛主席关于群众路线的论述，我觉得我的三原则合乎它们的精神。科学研究讲究方法论，我想工作也有个方法论的问题。

这是后话，但说到我的三原则，就提前在这里说说。1991 年，亚太运筹学会年会在北京召开，会议要我以原中国运筹学会副会长的身份做个大会发言。我加上出来后 15 年的工作经历，向听众介绍了我的工作三原则，这是我第一次对它的公开讲解。讲完之后，两个年轻人到讲台找到我，批评我是“拍马溜须”，“完全没有科学精神”。其后不久，我收到出席亚太运筹学 1991 年年会的国际运筹学会会长默勒巴合（Muller-Merbach）教授从德国寄来的一封信，信中说，他完全支持我的三原则，并且在他的讨论班上对学生们引用过。他的信使我感动，真是他乡有知音。2000 年 5 月，由河北科学技术出版社出版的《中国管理科学历程》中，作者称我的三原则为“刘氏三原则”。过誉了。其实，凡是认真以管理科学从事管理工作，并想解决管理问题的人都会最终达到这个认识。

这些就是我通过反省达到的三个认识。

第四节　回　青　岛

1975 年的 8~9 月，我去青岛休养了一段时间。同妻子和两个女儿一起住到了好友唐之曦的家里。唐大哥是青岛市立医院的名医，唐大嫂是药物研究所的研究员，他们两位把我的身体状况彻底地检查了一遍，解除了我身体和心理上的问题。我们的两个女儿刘欣和刘明跟他们的两个儿子唐国强和唐国建玩在一起，开心得很。唐大哥跟我谈论一些唐诗宋词，唐大嫂跟妻子聊些家常，在这样其乐融融的气氛中，我胖了好多，壮了不少。那种走在路上好像总是有人跟在后面的错觉，没有了。

青岛是我的老家。我出生在那里，我长大在那里，我从那里上北平考进的燕京大学，我从那里上船离家去的日本。那以后的 15 年，我只有在梦里回家。回国后住在北京的 20 年，我很少回去，这次回去，才发现我的老家真好。我说不出道理来，我就是想，我的老家真是好。

暑期过去，我们又回到了北京。

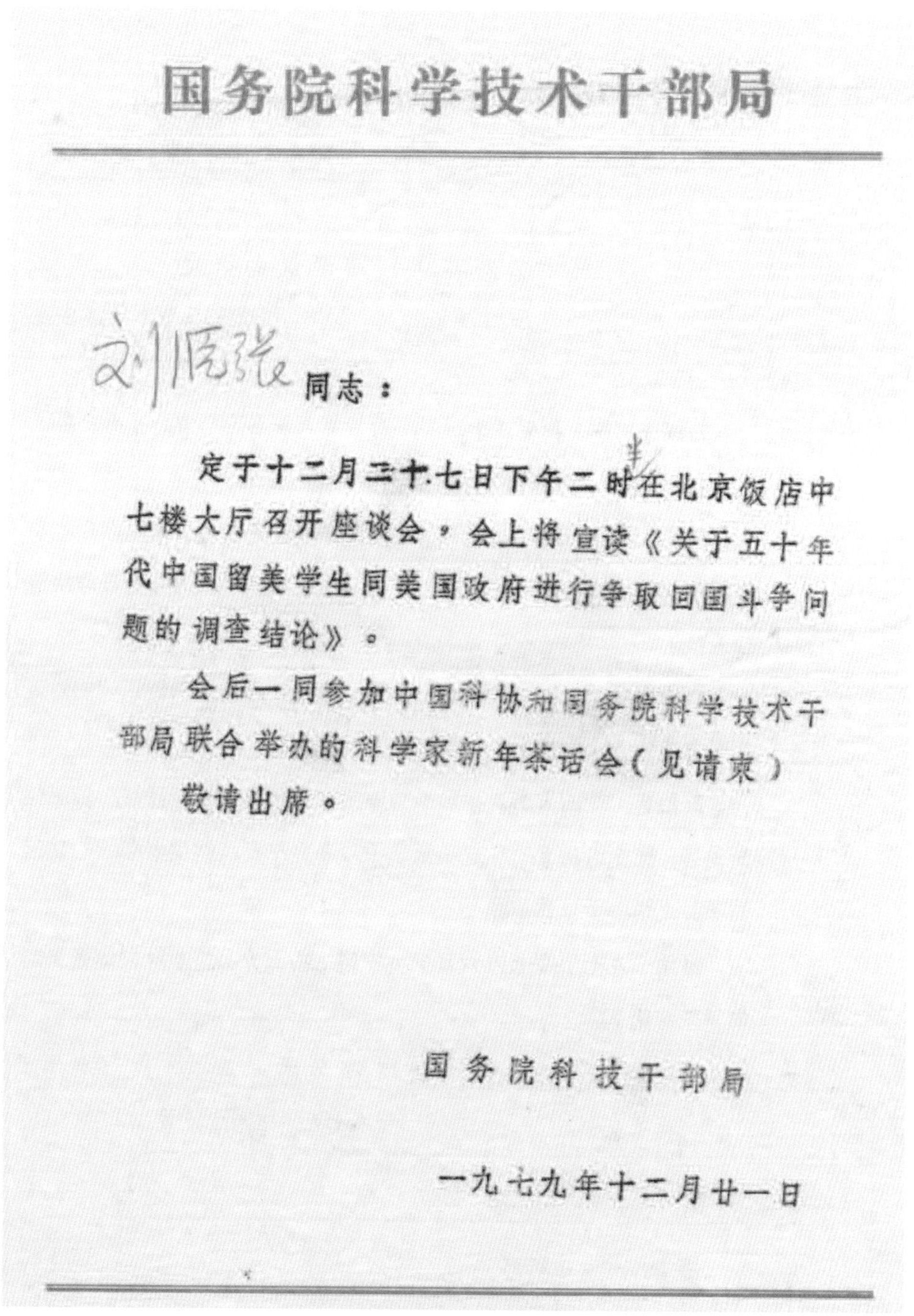

国务院科学技术干部局

刘源张同志：

定于十二月二十七日下午二时半在北京饭店中七楼大厅召开座谈会，会上将宣读《关于五十年代中国留美学生同美国政府进行争取回国斗争问题的调查结论》。

会后一同参加中国科协和国务院科学技术干部局联合举办的科学家新年茶话会（见请柬）

敬请出席。

国务院科技干部局

一九七九年十二月廿一日

“文革”时这一斗争

反倒成了“反革命”罪行

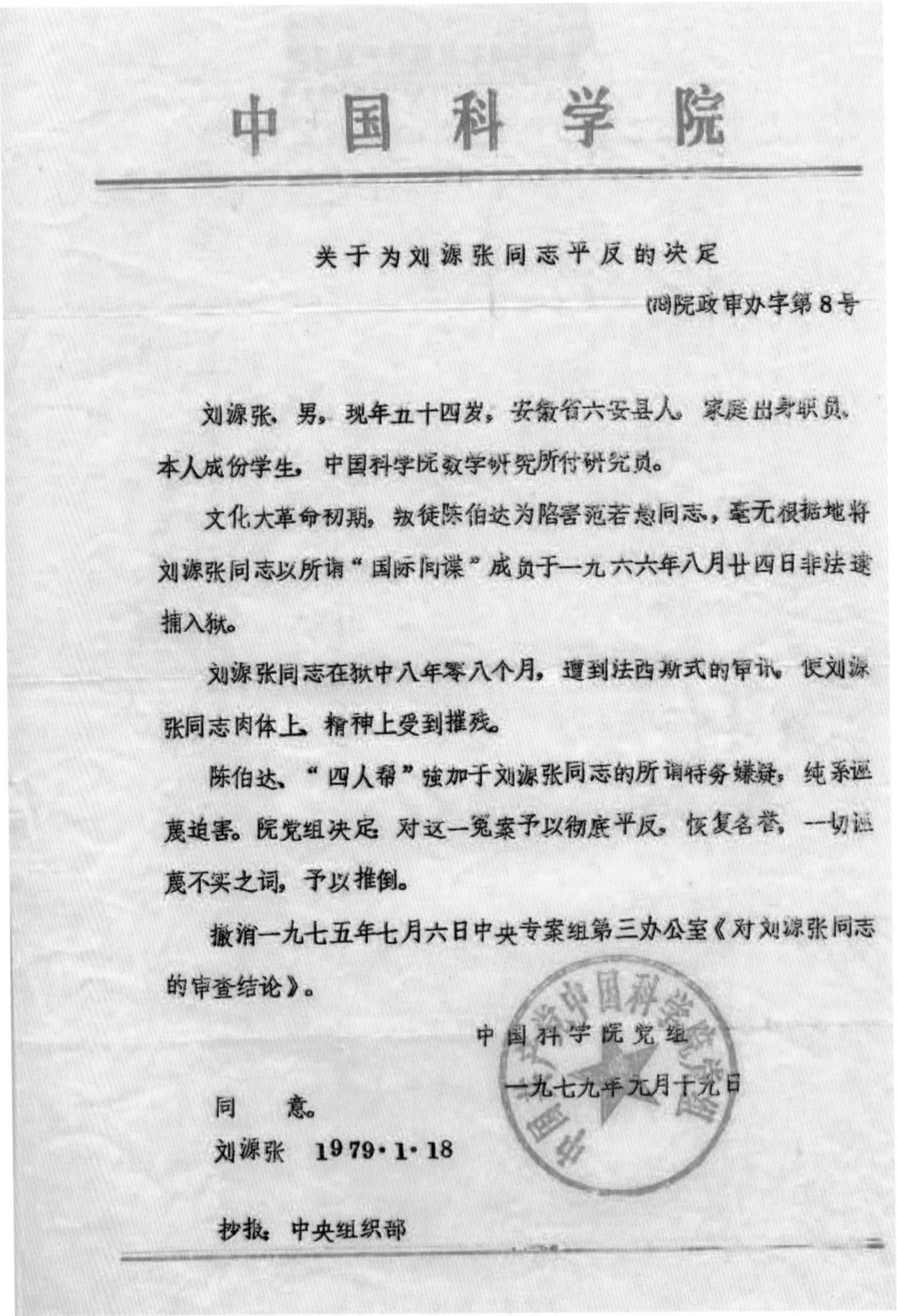

中国科学院

关于为刘源张同志平反的决定

(79)院政审办字第8号

刘源张，男，现年五十四岁，安徽省六安县人，家庭出身职员，本人成份学生，中国科学院数学研究所付研究员。

文化大革命初期，叛徒陈伯达为陷害范若愚同志，毫无根据地将刘源张同志以所谓"国际间谍"成员于一九六六年八月廿四日非法逮捕入狱。

刘源张同志在狱中八年零八个月，遭到法西斯式的审讯，使刘源张同志肉体上、精神上受到摧残。

陈伯达、"四人帮"强加于刘源张同志的所谓特务嫌疑，纯系诬蔑迫害。院党组决定：对这一冤案予以彻底平反，恢复名誉，一切诬蔑不实之词，予以推倒。

撤消一九七五年七月六日中央专案组第三办公室《对刘源张同志的审查结论》。

中国科学院党组

一九七九年元月十九日

同　意。

刘源张　1979·1·18

抄报：中央组织部

平反决定

人民日報

RENMIN RIBAO

1980年12月
23
星期二
庚申年十一月十七
北京地区天气预报
白天　晴
风向　北转南
风力　二、三级
夜间　晴间多云
风向　南转北
风力　一、二级
温度　最高　0°
最低　零下10°

1968年7月，谢富治秉承江青、康生的旨意，抽调了七百多人，在公安部开展清查档案的工作。谢富治对清档工作人员说："清档是从档案中查党内最大的一小撮死不改悔的走资派的反革命罪行"，又说："清档要坚决保卫无产阶级司令部"，"特别是江青同志，……不能有一字一句的损伤"。这就清楚地暴露了他们清档的目的。在清档过程中，他们歪曲事实，颠倒黑白，任意把一些领导同志批阅或处理过的文件，诬陷为"包庇反革命"，"资敌通敌"的"罪证"，被涉及的领导同志达163人。他们在一个案卷中找到朱德同志1942年代表八路军致函蒋介石要给养一事的材料，就诬陷朱德"私通"蒋介石。谢富治还荒谬地把香港一家反动报纸1934年造谣诬蔑叶剑英同志"企图投敌"的文章抄报中央。毛主席看到材料后，曾给以严厉批评，批示说："还是老一套谣言，早已看过，现又送来。"

十年浩劫期间，林彪、江青一伙制造了许多轰动全国的大冤案，其中包括：把刘少奇、王光美同志诬陷为"叛徒"、"特务"，使刘少奇被迫害致死，以及"61名叛徒集团"案等。这些案子，谢富治都曾积极插手，负有直接责任。

有的案件株连很广。如1968年6月，谢富治伙同陈伯达制造了一起所谓"国际间谍"案，诬陷原中央党校副校长范若愚是"打进党内来的""间谍"。审查过程中，因发现范若愚与原科技大学教员蔡素文有来往，又将蔡拘留，诬陷她"里通外国"，有"特务嫌疑"。在拘捕蔡素文时，因发现中国科学院化学研究所副研究员张斌（女）及其兄刘源张（原中国科学院数学研究所的副研究员）与蔡素文有亲戚关系，过去曾留学美国和日本，便诬控二人为"美、日特务"而将他们逮捕。接着被捕的还有刘源张的亲属共10人，蔡素文和刘源张的其他亲友受株连而被审查、搜查的近一百人。范若愚被关押了7年多，蔡素文冤狱达9年，刘源张和张斌也分别被无辜关押9年和7年。这样大的冤案，其株连之广简直比得上封建时代的"诛九族"。可是，谢富治居然还无耻地宣称："逮捕的不算多。一百多个人这一个劳动人民，就是案子不成立，也冤枉不了他们。"

谢富治当时负责领导许多专案组。他授意专案人

……外，其他副部长都被逮捕、关押；副部长徐子荣被迫害致死。在北京市公安局，谢富治等则捏造出一个"反革命集团"，有一千六百多人受到迫害，其中有72人被捕下狱。据全国不完全的统计，"文化大革命"中，各地受打击迫害的公安干警共达三万四千四百多人，其中有一千二百多人被打死、逼死，三千六百多人被打伤致残。

1966年夏天"文化大革命"开始不久，社会上发生一些打砸抢事件，谢富治作为公安部长，对此不但不设法制止，反而表示支持。他对公安人员说："不能按常规办事，不能按刑事案件去办，如果你把打人的人拘留起来，捕起来，你们就要犯错误"，"打死了就打死了，我们根本不管"，"过去规定的东西，……不要受约束"。在谢富治等的煽动和支持下，各地一时打砸抢成风，社会主义法制荡然无存。统计表明，1966年8月下旬到9月底40天内，北京市被打死一千七百多人，被抄家三万三千六百多户，被驱赶出北京市的所谓"五类分子"共八万五千多人。"文化大革命"以前，中国良好的社会秩序曾受到国内外舆论的一致赞扬，但在"文化大革命"那些动乱的年月里，社会陷入极度混乱。哪一个正直的中国人能不为此痛心！

谢富治对检察、法院系统也进行了严重摧残。他诬蔑检察院"完全是抄苏修的"，法院是"沿用国民党的"，煽动群众"大破"、"大批"。在林彪、江青一伙的支持下，谢富治把"砸烂公、检、法"的反动做法推向全国，使公、检、法机构及其各项正常工作陷于瘫痪。最高人民检察院检察长张鼎丞、最高人民法院院长杨秀峰等和全国大批检察、法院的工作人员遭到诬陷、迫害。

※　　※　　※

谢富治是1972年死的。当时，"四人帮"还在横行，谢富治的反革命面貌不可能被揭露出来。但是，历史是无情的。随着林彪、"四人帮"的垮台，谢富治的罪行终于被揭露。今天，全国人民虽不能看到他站在被告席上受审，但历史已宣判他为千古罪人，他和这个反革命集团的其他主犯一样将遗臭万年！

新华社记者　陈家咏

冤案的始末

UNIVERSITÄT KAISERSLAUTERN

Betriebsinformatik und Operations Research
Prof. Dr. Heiner Müller-Merbach

Universität Kaiserslautern · Postfach 3049 · 6750 Kaiserslautern

Erwin-Schrödinger-Straße
6750 Kaiserslautern

Gebäude 14/482

Telefon (0631) 2050 · Durchwahl
Telex 45627 unikl d
Telefax (0631) 205-3381
Zahlungen an Landeshochschulkasse Mainz
Sparkasse Mainz Nr. 54 825 (BLZ 550 501 20)
Postscheckkonto: Ludwigshafen a. Rh. Nr. 25011-67

Prof. LIU Yuan-Zhang
Institute of Systems Science
Academica Sinica
Beijing 100080 北京

CHINA 中国

Ihre Zeichen | Ihre Nachricht vom | Unsere Nachricht vom | Unsere Zeichen | Kaiserslautern

MM/W 16th September, 1991

Dear Prof. Liu, Liu-San,

it was a pleasure meeting you and talking to you at APORS '91 in Beijing. Thank you for quoting me at your plenary talk on 27th August.

I myself fully support your three principles that you presented in your lecture. I quoted them again in my workshop "Education for OR" on 30th August.

I enclose some publications which might be of interest to you.

Very sincerely yours,

Heiner Müller-Merbach

encl.: (i) My Opening Address, APORS '91.
(ii) My paper "On Technical, Pragmatic and Ethical Action" of the Conference "OR and the Social Sciences".
(iii) My paper "OR and Developing Countries".

II-29

德国教授来信赞成我的“三原则”

1980年5月18日　星期日　第三版

新华社记者摄

…会的党政军
…代表名单

…孙敬文　王伯华　李代耕　宋养初　胡　明　韩纯善
…吴光　田　坪　马　毅　郭维城　曾　生　梅益伟
…子楠　范式人　吴　波　任之良　陈希愈　张定繁
…学文　王　磊　杨少桥　牛荫冠　周巍峙　徐平羽
…和　江　丰　徐光霄　张承先　段洛夫　张孟旭
…凤　郭明秋　陈曾固　钱信忠　柯　麟　何　穆
…文四　吴高棠　钱三强　梅　益　陈翰笙　孙冶方
…述　吴庆彤　谢　贯　韩　涛　金树望　康永和
…开信　刘卓甫　陈　先　沈　图　沈振东　肖　桐
…井桂　谢北一　曾维颖　李元如　李　瑞　薛伟民
…翰　王大钧　苗浩　李乐山　方　泉　武博山
…雨　魏今非　叶篤士　陈绵伯　罗　俊　胡昭衡
…培章　王耀庭　王鹤生　张化东　黄　嵌　杨放之
…贤法　张　中　刘　毅　李梦夫　曾绍东

中国人民解放军各总部、各军兵种、国防科委、…国防工办、军事院校、北京部队、北京卫戍区和其他…部门的负责人：何云文　赵浩田　甘渭汉　黄玉昆
…金生　宋云谦　史进前　华　楠　饶正锡　李　耀
…漫云　周文龙　李开湘　梅嘉生　卢仁灿　彭　林
…汉丞　成　钧　黄立清　薛少卿　邝任农　周　彪
…世安　宋承志　金如柏　丁本淳　李元明　陈鹤桥

董竹君　唐生明　罗章龙　陈难晨　王家桢　米暂沉
许闻天　李伯球　巨　赞　张　杰　王伟业　李德培
汤履道　杨高坚　阿沛·才旦卓嘎

各界知名人士：陶　涛　毛鹤年　程　望
唐振绪　侯德原　郑万钧　陶孝成　王承书　姜圣阶
谢光选　杨家墀　蔡金涛　彭桓武　吴仲华　[illegible]
谈镐生　陈世骧　张　维　钱俊瑞　尹　达　冯　至
钱钟书　傅懋勣　郭鹤桐　严中平　林涧青　梅　行
林默涵　陶　钝　丁　玲　艾　青　刘白羽　贺敬之
司徒慧敏　马彦祥　金　山　吴　雪　叶乐漪
蔡文姬　戴爱莲　徐肖冰　吴印咸　侯宝林　钟敬文
杜近芳　贺　芝　刘诗昆　方掬芬　王　昆　白淑湘
赵　青　谢美善　于　蓝　钱　江　肖　三　弓光翠
赵燕侠　阿依吐拉　华君武　蔡若虹　戴伯韬
胡　华　宋　涛　韩天石　冯　定　林　克　何东昌
贾　震　苏维益　潘安修　张玉寿　王企贤　景曼如
肖淑芳　阎兴久　刘纯朴　叶多嘉　徐寅生　黄　中
郑淑辉　黄　健　马燕红　屈银华　韩昌瑞　黄树则
白希清　鲁之俊　季仲朴　邓家栋　栗秀真　吴蔚然
郭士奎　尚天裕　吴英恺　严仁英　李河民　林　栋
诸福棠　王若水　穆　青　夏　青　殷　参　曾彦修
吴文藻　张国基　庄明理　陈崇基　洪丝丝　陈福顺
苏　惠　赵云容

中共北京市委和市人民政府等方面负责人及部分劳动模范：贾庭三　叶　林　王　纯　赵鹏飞
毛联珏　李立功　王　宪　王笑一　刘瑾夫　刘祖春
白介夫　刘导生　余涤清　叶子龙　陈克寒　廖沫沙
丁瑞南　顾思乡　倪月兰　王学礼　徐庆文　刘宗杰

我从秦城回家不久，孩子们的姥姥就回到了自己的家
我们去看望她老人家

在青岛的鲁迅公园
之曦兄和定民弟
现在他们都走了
我刚刚 17 岁就乘船去日本
弟弟背着我的铺盖卷送我到码头
离家 15 年全是唐大哥照顾
我的娘和祖母的健康

在青岛苏州路唐大哥家的
老房子后院的我们一家

妻子和我在青岛海边的礁石上
劫后余生百感交集终于可以笑一笑

第三章　奋斗的十年：1977～1986年

这个十年是我到处奔波的时期。女儿们说，我们这个家成了爸爸的中转站。有许多的人和事，有许多的酸甜苦辣，我想把它们写下来。

第一节　生活的困境

一、回到了家

回到中关村，第一个印象是，怎么那么多的孩子，楼前楼后玩闹着。进到家，原来的三间屋子，搬进来了两家，加上我家就是三家。一个小小的厨房里摆着三家的蜂窝煤炉，做饭时，三家要轮流进去。我家的一间是面积最大的，16平方米，中间摆着一张床。回家的第一个晚上，妻子、岳母我们三个人睡在床上，女儿们临时用木箱子搭起个床，睡在上面。我对妻子半开玩笑地说，我还是回秦城吧。那里睡的吃的都比家里强。然而，家毕竟是家，看着脸上露出笑容的妻子，健康活泼的女儿们，还有那十年来维护着这个家的岳母，想到自己近十年没有尽到的家庭责任，心里的滋味无法形容，幸福感和内疚感搅在一起，不知自己应该怎样做才好。

原来的老邻居、所里的老同事都到家里来看望我，发生了几件趣事。一位妻子友人的邻居是位女编辑，刘琨同志，看见我，激动地流着泪跑向前来拥抱我，让我大吃一惊。后来想，她肯定是非常同情妻子的处境，见到我回来，她替妻子高兴，就好像是自己的事似的。还有所里的王寿仁教授，他是我很尊敬的一位统计学家。他到我家的屋子，一屁股坐到我家的小沙发上，立刻说了一句，“什么文化大革命，是兽性大暴露”。他的这句话可把我吓坏了。出来还没有一个星期，脑子还停留在“文化大革命”的初期，这岂不是“反党、反人民”的大毒草。唉，其实我心里也是这么想的。两位都已经去世了，在这里我祈祷他们的冥福。大女儿是中学生了，小女儿还是小学生。跟小女儿要好的同学听说小女儿爸爸回来了，都跑到家里来看我，但这些孩子胆小，而且害羞，不进屋来，在门口、在楼梯口伸头向屋子里面探望。看到她们这副景象，感到又可笑，又可爱。还是回到家里好！

二、生活琐事

从秦城出来，我换上的衣服原来是大女儿的，难怪当时觉着有点紧。我原有的衣服都为贴补家用而卖光了。刚出来，工资还没着落，于是我写了借条，向所里申请100元的贷款。通过正式渠道交上去，得到的答复是，所政治部主任不批。在政治部的眼里，我还是个特务。退回来的借条，我保留了，做个纪念，纪念那段黑暗的日子。政治部是个什么性质的机构，好像不通人情。过了有半年吧，上边给我补发了工资，这可是笔不小的数目。政治部却扣下相当多的钱，说我应该付出在秦城八年八个月的饭费。几个友人听到这件事，都说，哪有这样的事，把人抓去坐牢，还要人交饭费。妻子也认为岂有此理，跑到所里去交涉。最后总算把这笔钱如数要了回来。研究所政治部的怪事说不完。

在日本的友人知道我出来了，托来北京住在华侨饭店的日本华侨给我捎来一点药品和补品，所政治部通知我了，却不允许我去取，要我在介绍信上签上名字，他们去取。唐山大地震的时候，所里给职工发一些搭地震棚的木材，唯独没有我的。是可忍孰不可忍，我急了，跑到所里去大骂了一场，拉回几块木板。枪毙我都不怕，还怕你们这帮混蛋！越想越有气，不说了。

没有工资那半年，家里实在没有什么钱，能卖的已经都卖了，也不能再要岳母接济，只有自己想办法。一天，我走在中关村大街上大华衬衫厂前面，看见有张招募临时工的小广告。我进去，一打听，是需要人剪去半加工衬衫上的线头。我跟他们一商量，可以把衬衫拉回家里来干。好在离家不远，借了一辆大板车，我和妻子去大华衬衫厂，拉回几捆衬衫，坐在小板凳上，剪了起来。一个晚上或一个下午能赚个一两元。我们没有觉着苦,反倒很欢喜。过去妻子一个人把孩子带大，现在我们两个人来干。

头痛的一件事是，往楼上搬蜂窝煤。医生不叫我搬重东西，因为出来后做了一次体检，发现我脊椎骨的一处韧带钙化了。蜂窝煤却是重东西，我只能一次三四块地搬着往四楼爬。上上下下不知要跑多少趟才能运完一次 200 块的订货。当然，如果赶上女儿们放学的时间，她们会来帮忙的。所以，等到 1980 年年初，胡耀邦同志到科学院管事以后，分给了我新的宿舍，让我有了一个单门独户的家，又分给了我煤气罐，把我从搬运蜂窝煤的体力劳动解放了出来。

我写上面这些话，也算“忆苦思甜”吧。

还有一位同志，我必须写来感谢。刚回家来的那些日子，妻子断断续续给我说了我不在家期间的一些事情。当然，她进了学习班，管他们这个学习班的是中关村派出所的一位民警。日子长了，他逐渐了解了妻子和我的事，有意无意地时而递给妻子几句宽心话。他好像知道我的案子是个冤案。当他知道了妻子和孩子们的生活困境，问：刘源张还没被判刑，所里应该按规定给孩子们发生活补助费，没拿到吗?妻子告诉他没有。他立即到所里去给孩子们办了领生活补助的手续。领取的工作就交给了我那刚刚十岁多点的大女儿。一个月几块钱，有总比没有好。等我回家时，他已经调离了中关村。2002年的一天，我家忽然接到了他打来的电话，我们当即请他到家里来叙叙旧。我才第一次见到了他。原来是，他儿子是我小女儿在北京大学的同学，他在美国儿子家中看到毕业班的合影，认出了小女儿，从儿子那里知道了我家的电话。多巧!人说，世事比小说还离奇，此话不假。他的名字是庞彦勋。

第二节　幸运的邀请

一、非正业的活动

出来后一年多时间，所里对我不问不顾。记得，一天我去上班，上楼梯，在楼梯口看见一个当教授的同事，我伸出手来想同他握手，他看了我一眼，一脸冷漠，扭头走开了。是呀，我怎么配得上跟他这个大教授握手呢。研究室的年轻人对我却是挺热情，既然所里不给我分配工作，我就自己找工作干。我对他们说，可以教教他们英语。两个实习研究员来报了名。我自编教材，又想起了我在燕京大学上学时一位美国女老师教英语发音的教学法，就这样教起了我的一男一女的学生。还收了一位中央乐团的打击乐手到家里来跟我学英语。后来，那位女学生去了美国，那位打击乐手去了加拿大，那位男学生下海创了业。我教给他们的那点英语也许派上了用场。我在秦城的狱室里想了那么多年的正业没干成，倒先干起了这种非正业。但这绝不是闲事。

在教英语之余，我还搞起了中文翻日文。我有一位同船回来的日本京都大学的同学彭锡谦，他是学水利工程的，娶了一位任中学教师的日本妻子，他们一起回来，都在中国水利科学院找到了工作。“文革”中他也被抓了进去，也被当做了特务。出来后，他找到了我，说宣传部门要出版一种面向日本读者的杂志，组织一批人把中国的当代文学作品翻译成日文，要我一起参加。这是好事，我俩再加上他夫人的三人小组就开始搞起了这种翻译工作。我自己完成了两篇小说的翻译。20 世纪 60 年代，我曾把日文的两本科技书籍翻译成中文，交由上海科技出版社出版过，这次倒过来用日语做小说的翻译，真是“造化弄人”。

因为这两种活动，我的“劫后日子”并不寂寞。在家里，两个女儿都很用功学习。我看着他们复习功课的样子，看着他们的同学来找他们的光景，看见妻子为他们缝制衣服的情形，心中感到异常的宽慰，秦城离我越来越远了。

二、王槐荫和清河毛纺织厂

1976 年 6 月 23 日，所党委书记通知我去清河毛纺织厂，说他们要我去帮忙。隔了几天，去厂里，迎接我的是王槐荫同志。他告诉我，起初是他个人邀请，所里没人理会；后来他是用厂党委的名义向数学所发函，才邀请到我来的。槐荫是我 22 年前的 1958 年在北京国棉一厂结识的，那时他只是个技术员，现在是副总工程师了。他知道了我的遭遇和我受的冷落，就想到要我来厂工作的计划。感谢槐荫，他给了我工作的机会，他扭转了我的命运。

1. 见厂长丁鸿谟同志，开始了工作

丁厂长毕业于西北工学院的纺织系，是我国毛纺织界的权威。经槐荫的介绍，我见到了他。他见了我，没讲什么话，只说我在厂里的工作都由王槐荫副总安排了。都安排了我的工作，把我当成厂里的人了？槐荫解释说，只要我帮他在厂里开展质量管理的工作，没有什么具体的任务。怎样开展，以后再听听我的意见。他领我参观了工厂车间，见到了几位中层领导干部和技术人员，就结束了我头一天的礼节性拜访。

清河毛纺织厂是家历史悠久的老厂，原来叫做清河制呢厂，有过孙中山大总统亲莅视察的荣誉。我家的墙上挂着一张中关村—清河站的公交车时间表，我看着这张表，每天早晨的 7 点 50 分，我在中关村站上车，坐公交车到清河站下车，再走一段路，就到了厂大门口。大约一个小时的路程。我的作息时间和厂里的人一样，早出晚归，不管刮风下雨，除了星期日，天天如此。偶尔所里开会，要我参加的时候，我向厂里的人请个假。我的工作室安排在了厂区里靠后面的一所小楼里，这里是厂的科研室，具体负责工作的是李世蓉同志。据她的介绍，这个厂的人在 1972~1973 年，请数学所的人来讲过课，并协助他们推广应用过优选法和正交实验设计。我同她商量，就先从讲质量管理

开始。

2. 全面质量管理的第一个讲习班

有了这样的机会，我想可以把我在秦城里思考过的东西，在这里讲一讲，做一做。讲么，质量控制这个词太局限，质量管理这个词我嫌它没有特色，得换个词。1964年前后，日本的友人给我寄过日本科学技术连盟出版的《品质管理》，从中看到“全社（全公司）的品质管理”的介绍。我把它改一个字，称为“全面质量管理”，内容也根据我所了解的国情做了充实，把它当做在清河的讲习主题。讲习班的教材是我自编的，结合棉纺织的经验和毛纺织的理解，讲过一讲，再编下一讲。边讲边写，边写边改，最后由清河厂油印成册。

讲习班的地点就设在科研室的小楼上我们办公的房间，临时拉几把椅子，找个小黑板，就成了教室。学员有七八个人，都是李世蓉动员来的技术人员。回想1957年我在上海的国营第二纺织机械厂的讲习班，那时是两个老师一个学生，这次讲习班的情况好多了。我的学员都是厂的技术骨干，技艺精湛、经验丰富，其中还有车间主任的马雅芳同志，我至今还清楚地记得她的样子，胖胖的，总是面带笑容，她们听得仔细，对我是个莫大的鼓励。一次讲课时，丁厂长忽然进来，坐在旁边，听了一会，一言不发，出去了。我在清河的整个工作期间，丁厂长不曾向我说过对我这个讲习班的任何看法。

3. 跟班劳动

进厂一开始，我提出要跟班劳动，好好学习毛纺织。厂里同意后，我就一道工序一道工序地学了起来，有的工序是真劳动，有的工序是打下手，有的工序插不上手，只能观察和请教。我跟班劳动的第一道工序是“合毛”。先要搬运成包的原料，在车间地上摆放整齐，再根据二合一或三合一混纺的需要选用原毛和化纤，计算好用量，然后开包，称出所需重量的原料，把原毛和化纤铺开在地上，一层原毛一层化纤地叠在一起，每铺一层，要洒上专用的合毛油，再把许多层原料混拌起来。铺料时要注意把原料抖松甩开，加油时要注意喷洒均匀，控制用量。之前，运油桶，倒出油到容器内，再加搅拌。整个一套程序可是个脏活累活，这道工序的厂房里几乎没有什么机器设备，就只有一位老师傅和我两个人用手加脚干。一天干下来，累的筋疲力尽，不用说,一身的灰尘,要洗好一会工夫。白班合毛要供毛条车间三个班使用。和我干活的有三位师傅，我同他们商量合理化建议的事情。车间地方太小，原毛、化纤都码不开垛。三班要摆三垛，有一垛还要摆在紧靠埋有热水管道的墙根旁，地板温度过高，使得原料变热，加上油竟然像烤成了油饼似的。我建议，墙上开个门，联通隔开的两间，扩大车间面积；地板上画上标记，规定好原料各自的存放地点，省得摆放出错；去厕所来回走的过道通风太强，影响垛毛的质量，要挂个帘子；如何减轻劳动强度；等等。师傅们觉得新鲜，都表示同意。这些师傅们跟我熟了，就跟我聊起了不少他们心中的话。领导说合毛是毛纺质量的第一关，他们也深知在他们手中必须把好这一关。苦和累，他们都认了。我在清河厂学习到的正是这种老工人的品德。

一天，来了一帮人，进车间，看了一会，走了。我没注意他们，聚精会神地干我自己的活。第二天，丁厂长告诉我，那些人是中华全国总工会的领导。他说，他们还问起了，那个工人是个知识分子吧?是不是因为我戴着一副眼镜的关系？我猜，三年后，这件事大概成了我被评为全国劳动模范的一个理由。

我的讲课就随时利用我跟班劳动时学到的东西，跟我的学员边教边学，讨论起来。这种方式不仅加深了我对毛纺织的理解，还让我了解了不少厂里的管理实际，对我大有帮助。日后都派上了用场。

4. 调查研究

我对李世蓉说，我们不能只讲不练，大家要用学到的东西，搞些调查研究。我从《品质管理》上看到，20 世纪 60 年代，日本兴起了质量管理小组活动，而且发起人又是我的老师石川馨，我想可以效仿。我把七八个学员组织起来，请李世蓉当组长。搞的第一个课题是“清河毛纺织厂的产品质量情况的调查”。不过，当时我们没有向厂里做小组的登记注册，也没有召开成果发表会，只把调查报告油印了出来。因此，这算不算我国第一个 QC 小组，成了一桩历史疑案。以后又与小组的同志合作写了“粘涤纶细纱断头率质量方程的建立”和“职务纬印与细纱重量不匀率的关系”两篇论文。它们都发表在纺织的学报上。其实，我是希望厂里的同志能够掌握质量管理中最基础的几个分析方法，认识和解决自己岗位上的质量问题，不在意他们写不写论文。倒是那几年，在厂里的大大小小的会上，我和我的小组同志都做了工作报告，对宣传全面质量管理起了作用。

1977 年 1 月 10 日，王槐荫同志主持召开了一次科研室的会议，决定向厂党委建议全厂推行全面质量管理。1 月 12 日厂党委会在陈滢书记主持下举行会议，决定成立办公室专门负责推行质量管理的工作。这次会议是王槐荫同志在清河厂的最后一次会议，会议开完，他就被调往北京国棉一厂任总工程师兼副厂长了。

5. 质量难题

干了一年多，厂里出了个质量问题。生产出来的涤纶面料出现纬印，就是说，布面出现染色横向道子一道深一道浅，这样的面料根本做不成衣服。厂里决定召开一次全部车间和所有科室领导都参加的会议，进行讨论。丁厂长要我也参加。会上我一听，各个车间和部门都说，经过调查研究认为问题与各自的车间和部门无关。大家都说，问题不是出在自己身上，那么问题是怎么出来的？丁厂长要我说说意见，我说，没有调查，没有发言权。他倒点了点头。会议最后决定，问题可能出自原料的涤纶，去原料厂看看。第二天，我们去了通县化纤厂，一行人从大轿车下来，化纤厂的厂长已经等候在厂大门口。进了会议室，坐定，人家厂长一开口就说，贵厂的质量问题绝不可能是本厂的产品造成的。大家只好参观了一下涤纶车间，又回到了清河。接着开会，会上我提出建议，还是每道工序从头查起，看看问题到底在哪里，再来查各个部门的工作。大家同意，丁厂长当场把这件调查交给了我，要我负责指导。

好在我跟班劳动过，对每道工序都有个了解，也同工序上的人有点共同语言，打起交道来，不那么麻烦。科室的人我也认识一些，找他们查找资料，很方便。在这个调查的过程中，我指导专题组进行排查试验和数据分析，结果发现，这次的问题主要是纱线重量不匀率的关系。我们又进一步利用质量管理的手法，整理、计算了15个有关大批的细纱重量不匀率，同时查阅了近三年的成品票，统计出了33个有关大批的成品纬印情况。我们对这新老成品做了对比分析，得出结论，认为为了避免成品出现纬印，细纱重量不匀率的平均值和标准偏差必须小于某一数值。据此，我们帮助纺部车间制定出前后工序的定量标准。根据这一标准，采取了相应的措施。当我看到纬印消失后的完全合格的布料下机，心里的一块石头终于落下。丁厂长拍着我的肩膀说了一句，“刘老师，你还能干点活”。他的这句话是对我的最大奖赏。1977年10月27日，清河厂特别邀请数学所的顾基发同志来厂，由丁厂长亲自向他介绍我的工作和成果，在座的还有马雅芳和李世蓉两位同志。用意之良苦让我感到欣慰。我自己的收获是加深了我的信念，质量管理与标准化是表里一体，没有标准化的质量管理不是质量管理，因为它没有落实的根基；没有质量管理的标准化不是标准化，因为它没有落实的手段。

6. 后话

1977年11月27日，丁厂长带着我乘飞机去上海，参加“全国纺织工业科研技改经验交流会”。这是我第一次坐飞机，在虹桥机场降落，住进浦江饭店，第二天又搬到衡山饭店。这次上海行是清河厂的钱总到所里来特别请示顾基发同志许可的。会上我们介绍了清河毛纺织厂在质量管理上所做的科研和技改。直到12月14日乘火车返京，我在上海参观访问了上海第三十三棉纺织厂、上海第二毛纺织厂和上海第四毛纺织厂几个厂，座谈和报告我在清河的工作，到处受到热烈的欢迎，我心中暗自流下了泪。11月29日下午的会议闭幕式上，纺织工业部部长钱之光同志出席，部科技司司长宣布先进单位的名单，清河厂在内。这样的初次经历，令我难忘。趁着一点闲暇，12 月 11 日上午我去虹口参观了鲁迅纪念馆，拜谒了鲁迅先生墓，了却了我从上初中后多年来的愿望。

《人民日报》、《北京日报》都在头版刊登了我在清河的工作，1979 年 1 月 14 日清河毛纺织厂授予我“先进工作者”的称号，还奖给了我 100 元。这是我生平第一个荣誉。清河厂的全面质量管理得到了承认，后来的厂技术科科长罗国英同志，成了中国质量协会的秘书长。

1980 年我离开了清河毛纺织厂，不曾再回去过。可是我始终怀念这个厂。老厂房，老工人，给了我新生命。许多年后，我听说，厂搬到了平谷，盖起了新厂房。不像老厂房的几个车间分别搁在一个厂房，成品的运送要在露天的路上经过，现在是在一个封闭的大厂房里，从原料到成品的生产、运送全部可以做好。我更高兴听到，新厂继承了老厂的全面质量管理，更能把产品做的好上加好。

7. 遗憾

1980 年 8 月，丁鸿谟同志即将赴日考察质量管理的前夕，10 日的晚上，他的夫人发现他已经逝世。他为赴日正在写材料，倒在了书房的书桌上。我去他家看望了家属。他儿子丁大宝，跟我成了朋友。这一友谊一直维持到大宝去世。已经转到北京纺织工业局任科研处处长的王槐荫同志病重，我去他家看望，他躺在床上，消瘦的没力气跟我说话了。1993 年 1 月槐荫逝世，18 日举行了葬礼。我还没有来得及表达我对他们两位的感恩，他们就都走了。

三、冯希谦和北京内燃机总厂

1977 年 4 月 21 日，北京内燃机总厂（以下简称“北内”）技术科的人来所找我，转达了技术科科长冯希谦同志的请求，要我去他们厂帮助开展质量管理工作。我向顾基发同志汇报请示，得到许可，于当月 28 日去了这个厂。

1. 工艺整顿

当时，总厂正在按照上级要求进行工艺整顿。“文革”使得全国企业和工厂的生产秩序遭到破坏，其中的一种表现就是工艺文件的不完备和不遵守，导致了产品质量的下降。“拨乱反正”工作之一正是恢复正常的生产秩序，加强产品质量的管理，重要的工作就是工艺整顿。冯科长把上级的指示和总厂的计划都给我讲了，还把他个人的想法也告诉了我。他说他想采用科学的方法来做这件事，但不太熟悉怎么做，所以要我帮忙。我不知道他是怎样知道我的，也不好意思当面直接问。我看冯科长是一位谦逊诚实的人，就答应他一起干。后来我和他成了朋友，才知道他是青年时代参加过缅甸远征军的爱国人士。

回想我在1964年为第一机械工业部办过“工艺精度”的讲习班，第一机械工业部也曾计划在全国的机械工业推行我所介绍的一套方法，但因“文革”风声而不得不停，这次有个尝试应用的机会了。我很高兴。同冯科长初步交换了意见之后，他领我参观了总厂的汽油机、柴油机，小件的几个车间。我观看了内燃机“五大件”的加工，了解到在这个车间，曲轴的加工竟然有37道工序。粗略的现场观察得不出什么结论，只有一个印象，车间的场地不够整洁，下线的加工件摆放的不够整齐。

2. 劳动，讲课，座谈，宣贯

北内是个大厂，面积足足有百万平方米，职工人数近万。它生产的内燃机供拖拉机、吉普车和船舶使用，销售份额占全国市场的三分之一。建制上隶属北京市汽车工业公司。地点在北京市东边的大北窑，坐公交车去，要转一次车，不大方便，于是，厂里派了一辆吉普车接送我。这个好意叫我不好意思，我请他们让我住进了厂招待所。到了约定的工作日期、时间，就去住上个把星期。那两年里，我在清河和大北窑之间，不断穿梭往来。不像在清河厂，有个槐荫同志，在这个厂，一个老熟人也没有。而且，机构、编制比清河厂复杂得多，必须先从熟悉情况开始。我的工作被安排在技术科的情报组，组长是沈昌祚。另外还有技术组，组长是周守忠；标准化组，组长是干戈。这三位同志是我在北内的主要工作伙伴。

汽油机和柴油机车间共有20名工艺员，5名检查员。根据冯科长的介绍，这些人对科学管理没有概念，更没听说过什么科学管理方法。冯科长建议我先给他们讲课，再有几次座谈，提高他们的认识，然后开展实际工作。我同意，又商定了讲课的安排和方法，少讲理论多讲实际。但我提出，让我先跟班劳动，熟悉一下车间和工序。从热加工到冷加工，一道一道的看了一遍，不像清河厂的合毛工序，机床上的活不让我干，其实让我干，我也不敢，因为我这点操作本领是保证不了产品质量的。只是在缸体的浇铸车间帮了一下清沙的工作。这么大、这么有名的厂却给了我一个不太好的第一印象。汽油机车间里，我看到经过那么多工序加工出来的大齿轮、法兰盘从小推车往地面漫不经心地卸放下来，虽说地面上有快胶皮，但那么随意一卸，磕碰在所难免。浇铸车间灯光亮度不足，证实了名符其实的“浇铸浇铸，又脏又暗”的一般说法。让我烦透的是，一进车间大门就知厕所的位置，因为早已闻到臭味的方向。这个厂没有脱离旧时代老工厂的许多陋习。这里提前说一个小故事。1979年我作为顾问随北内实习团去日本的小松制作所工作期间，实习地的小山工厂离东京不远。一个周末，我带领全团北内的人特地跑到东京的上野车站，请他们观看车站的厕所。男厕所正巧有位女清洁工在清扫厕所，彼此并不忌讳，我请这些北内人仔细观看那位女清洁工是怎样清洗小便器的。她蹲在地上用手拿着一块布，一丝不苟地擦洗。我想让他们了解，日本人是怎样解决厕所臭味问题的，中国人的“不臭不脏，怎是厕所”的固有概念是多么错误。

经过这些准备，我在北内的 1977 年 5 月开始的第一次四天讲习班就这样产生了。我预先写好讲义，请冯科长过目。参加讲习班的都是车间的工艺员和检查员，这些行业的里手。我请他们开个座谈会，谈谈日常的质量问题。会上，检查员反映说测量比加工还要费时间，例如说，缸体的那些面和孔就是这样；工艺员诉苦，说机床的精度差；数据少，再说，取个数据也不容易。其实就是一句话，怀疑我要讲的东西是不是有用。技术组的人说，机床多年失修，工卡具也老化，我想这大概是实情。毕竟那个十年浩劫里，谁还能正经干活。这次讲课有驻厂军代表参加，基层的讲课结束后，冯科长要我再给厂的各级党委成员讲一讲。我当然同意，就由他联系，隔了一段时间，7 月 8 日落实了这场讲课。

我向冯科长说，开展一项新工作，必须解决一些思想上的障碍，要有个动员群众的过程。我们俩决定再举行一次全厂的报告会，请各单位的人参加，这次讲课我主要介绍现代化管理是怎样开始的，新的质量管理的“以预防为主”的理念是怎样产生的，讲一些历史故事，再汇报一下我们在挺杆上进行的调查研究。1978 年 2 月 1 日那天，讲堂里人头攒动，好像是在听一件新奇玩意似的。这也不错，总算可以让大家知道有个质量管理。那以后，我在北内做过多次的讲课、座谈和宣贯。有时是给厂外的人，下面将会说到。这些经历使我认识到，干一件事情，是要跑许多腿，说许多话的，没有体力是不行的。明白了“体力是革命的本钱”的道理。

但是，这次会成了冯科长在北内的最后一次会，会后他被调往二里沟的北京汽车制造厂，随后不久又被调往正在筹建的北京油泵油嘴厂任总工程师了。我跟他在北内相交的十个月，非常愉快，主要是彼此尊敬。随着他的工作调动，他请我几次去过汽车厂和油泵油嘴厂。一次他要听听我对油泵油嘴厂采购外国机床的验收问题的意见。那天，恰巧碰见从意大利买进的机床在验收，我俩赶到现场，看见意大利和中国的师傅们正在验收交接。我们站在旁边看了一会，只见意大利的师傅，调整好机床和工卡具，开始加工了两三个，交给中国的师傅检查测量。一看全合格，意大利的师傅就要这个师傅在验收文件上签字。我对冯总说，这样的验收不够科学合理。最好让意大利的师傅按照工序能力指数的办法来加工验收。等翻译同志把我们的建议说给意大利师傅，我看他脸上露出一些笑容。显然，他知道这件工作和它的必要性，于是他又开始加工。油泵上的零件都是小东西，自动化程度那么高的机床，不一会就加工出来计算工序能力指数所需数目的零件。那个年代，外国人总是以为刚从“文革”走出来的中国人什么也不懂，什么也不会。

3. 试验

光说不行，要干。干出了成绩，人们才会信服。我跟周守忠同志商量，在小件车间搞个试点。我们选定挺杆这个小件。挺杆虽小，结构也简单，却是个关键件。1977 年 7 月，他、我和班组的几个青年工人师傅开始了试点工作，这在全国也是机械行业的第一个试点工作。在最后一道工序的四轴球面磨的机床上进行。当时的加工情况是废品率过高，达到 25% 以上。什么原因呢？就因为是个小件，加工并不难，而容易马虎吗？还是因为在工艺上和操作上有根本性的缺陷吗？他们按照我给他们讲解的工序能力的要求，进行了认真的调查研究。最后，我们一起制定并实现了工艺和操作上的标准化，改革了旧的工艺和操作方法。试验取得成功，创造了连续生产 40 万件无废品的记录。并且据此，我写了一个《工艺验证暂行标准》，交给厂方备案执行，同时又为北内编写了一本《工人 QC 教材》。

1978年10月北内给了我一封感谢状。新华通讯社的记者潘善棠同志，于1978年11月10日写了内参，报道了这一试验的结果。《光明日报》于1978年12月9日以半版的篇幅刊登了这个消息。1979年2月19日《北京日报》报道了我在北内的工作。《人民日报》于1979年5月7日跟踪报道了这一试验的发展。这些报道一下子使我“名扬天下”。这个名对我不那么重要，倒是妻子高兴了起来，说真希望那些问官们能够看到这些报道。这也难怪，问官来家审问她许多次，她受的苦比我大得多。特别是，1978年11月30日的中国科学院《简报》第96期，介绍了我的工作，并有时任国务院副总理的中国科学院院长方毅同志的批示，“刘源张同志应予以表扬”。这件事的影响最大，因为从那以后，所里对我的监管好像松了许多。我自己呢，兑现了我在监狱里许下的愿望，我要做个工厂大夫，至少有了个开头吧。我的工作三原则也有了一个亲身体验。

4. 解决难题

1977 年 10 月 21 日，冯科长找我谈了一个质量问题，曲轴的不直度。曲轴当然是越直越好。但这做不到完全的直,只能允许一个不直度。北内的产品标准要求是不能大于 0.03 毫米。曲轴工段的加工满足不了这个要求，要在最后加一道挤压工序。成品从挤压机下来时即便合格，入库后过一段时间，从库中取出，还是超差。厂里组织攻关，从热加工到冷加工的所有工序都检查了一遍，找不出原因。许多人认为，即便是通过挤压校直了的曲轴存放到库里，一段时间后，也有回弹的可能。厂里人问我,这种情况可能吗？我反问,有证据吗？他们说,没有，只是猜想。我建议他们做个试验，把入库的合格曲轴按从入库时间到存放时间的长短与不直度的变化做个对比，画出数据的曲线图。他们做了，11 月 25 日告诉我，发现不出什么变化的迹象。既然如此，我就接受了解决这个难题的任务。

用了好长一段时间，从热加工到冷加工的每一道工序，我都去了。虽然不能说跟班劳动,却是仔细观察,不懂就问,可也没看出什么端倪。当我正在车间里走动，到了挤压机的旁边。场地上一位女工坐在小板凳上,正在一点一点地擦去曲轴上油污。她问我,愁眉苦脸地在想什么。我就把这个难题跟她简单的说了一遍，并且问她，经过挤压，校直了的曲轴入库后有回弹的可能吗？你猜，她怎么说的？她说，哪里全部挤压，一天不过挤压个一两根。真是，石破天惊，一语道穿。本来么，重约 30 千克的曲轴上下挤压机，虽然有个吊葫芦，放上取下也是个重活，如果一天干上几十根，那可不累的够呛。可这也太不像话，就没人发现这种偷懒的事。曲轴不上挤压机，直接当作经过挤压的合格品送进了库。

我向技术科和车间反映了这个情况，请他们再查一查，上挤压机以前的冷加工的能力到底有多大，能保证多小的不直度。那个时间，正好日本小松制作所培训部的讲师须山益男先生在北内讲全面质量管理。我找到他，问须山先生同一档次的内燃机曲轴的不直度要求是多大。他告诉我是 0.05 毫米。我又问他，定这么大的依据是什么？没想到，须山先生反倒问我，哪家的内燃机好，是北内的，还是小松的?我只得老实回答现在还是你们的好。他就对我说，这你还问什么依据。虽说有盛气凌人之嫌，却也是这么一个道理。我又查到，顶尖级的奔驰轿车的内燃机曲轴的不直度也不过是 0.05 毫米。于是，我同技术科的人商量，把 0.03 毫米的要求放宽到 0.05 毫米。他们也认为，厂的能力也只有如此。改标准，要征询设计科的意见。不料，设计科坚决不同意。那时，源自苏联的设计是神圣不可侵犯的，岂能改动。经过领导出面，三方会谈，最后定了个方案：设计的 0.03 毫米不动，工艺按 0.04 毫米制定，检查验收按 0.05 毫米执行。我知道后，只有苦笑。不过，这也算解决了难题。

5. 沙叶厂长

我进厂一年多，没见过厂长。只听说沙叶同志是位名气很大的厂长。1978 年 9 月 18 日我才第一次见到他。大概有人向他汇报，有个从日本回来，搞质量管理的人正在厂里帮忙。这次他找我，是要听听我所做的工作。第一次见面的印象是，他个子比我高，嗓音低沉，很有穿透力，好像还懂日语。关于他的经历，我是后来从 1983 年 6 月 10 日的一期中共中央党校理论研究室的《理论动态》上的一篇题为“厂长三十二年”中知道的。他是老革命，自学成才，善于思考，深有见解。文中提到了我的工作，“四十万件无废品”，我是从文中他的话里了解到的。1982 年 6 月他离开北内，去国家经济委员会任秘书长，为我们国家的企业管理革新做出了突出的贡献。

1978年10月12日，他要我写一份简历交给他，说他去找国家经济委员会的副主任谈，让我去日本考察。他明知我的“特嫌”问题,并且没有“结论”，却为我如此着想，知遇之恩，可谓大矣。1979年2月

28日沙叶厂长通知我，第一机械工业部已经发函致数学所邀请我任赴日质量管理实习团的顾问。其实，两个月之前，厂里有人告诉我，沙厂长为我赴日的事已经跑了好几趟第一机械工业部外事局了。1979年5月26日，实习团一行15人乘国航飞机赴日，我回到了阔别23年的东京。那个年代，出国是一件政治任务，是一种特殊待遇，是普通人渴望而不可及的事。沙厂长的努力竟然将我送出了国。三个月后，我回来，所里有人诧异地问我，"你怎么又回来了？"我为什么要不回来？

说到沙厂长，不能不提另一个人——河合良一先生。他是小松制作所的社长，我们去日本实习质量管理就是在他公司的小山工厂。1978年8月，河合先生陪石川馨教授来北内，沙厂长在仿膳宴请，我才第一次见到他。只有温文尔雅四个字来形容他。以后，我们成了熟人。他是一位中日友好人士，有几个例子可以说明。第一而且最重要的是，他对北内的无私援助，他派代表团来传授日本的全面质量管理，他全额资助请我们去他的厂实习全面质量管理，他让我们观察他工厂的技术诀窍。全面质量管理在中国的传播，应该说有河合先生的功劳。我在小山工厂的期间，曾经查阅过小松制作所的社史，知道了一段佳话。原来河合良一先生的父亲，也就是小松制作所的创始人，河合荣一先生在朝鲜战争后，来过北京并面谒周恩来总理。他一是来北京向总理谢罪，说小松制作所在战争期间为美军承担后勤的维修装备的任务，二是向总理求援，说战争结束，无活可干，为了小松几千名员工的生活问题，请求中国给予他们拖拉机的订单。总理当场答应了他的诉求。那以后，小松制作所从一个地方企业发展成一个仅次于美国卡特皮勒公司的跨国大企业，其契机不能不说在于总理的一句诺言。所以，我在我们住宿的小山工厂工人宿舍里闲逛时，在日本工人住的另一头的宿舍区看见一张传单，写道，不要唱日本军国主义的歌曲。可见河合先生的周到用意。

20世纪80年代，他曾多次来华，几乎每次他都约我谈话。一次，我向他说，中国正在引进外资，小松制作所可以也应该率先来华投资。

河合先生在华办的几个合资企业是否受了我的影响，我不敢说。但有一次，他们要在上海建一个锻造厂，要我给时任市长的朱镕基同志打个招呼。我在一家宾馆的电梯里向镕基同志说了这件事，他说，只要他们好好注意污染问题就行。还有一次，1990 年的 7 月河合先生到东北的三江平原考察当地的情况，要我陪他去。到了哈尔滨，我介绍几位黑龙江大学和省社会科学院的专家同他举行了座谈。一路上，他给我谈了许多中日友好的建设事业。当然，我都赞成，不过，我请他注意，日本人主张的政经分离与中国的政经不可分可有些矛盾。他那时是同友会的干事长。同友会是与经团联并列的日本的经济团体，主要是由比较年轻的日本企业家组成。我也想为中日友好管点闲事。后面我会介绍些这方面的故事。

四、黄正夏同志与二汽

1978 年 10 月，二汽邀请我去。谁要我去的，谁介绍我去的，去干什么，事前我都不知道。好久以后，我才知道，原来是北京市交通局局长朱临同志给二汽介绍我的。我在交通局的一次全面质量管理的讲课时，他来听了，有点印象的关系吧。

1. 饶斌和黄正夏两位同志

二汽的地点在湖北省十堰市。十堰市位于湖北与河南交界处，武当山下。1978 年 11 月 6 日，先乘 141 次列车去武昌，在二汽武昌转运站住宿一晚，11 月 7 日再从武昌转乘 202 次列车到十堰。车站上黄正夏书记、李惠民主任等二汽的领导同志已在等候。几句寒暄之后，我们立即赶往二汽的车城宾馆，在那里的一间屋子见到了饶斌同志。他那时卧病在床，我向他表示了敬意，他对我说明了邀请我来二汽的原因。他的主要意思是，二汽因为产品质量的问题，陷于困境，希望我来帮助解决。我回答他，让我先讲一讲，再到工厂访问学习，做些调查，然后同二汽的同志们一道研究，提出个方案。他说，好。接着他说，他就在病床上听我的讲话录音。他的这句话使我顿时感到一种清新感人的领导作风。他对其他几位在座的领导同志嘱咐了一句，这次要下大的决心。半个小时的会见结束后，换到另外一间会客室，由管委会李主任主持，质量处处长、政治部主任参加，和我讨论并商定了我这次来二汽的工作日程。怎能料到，从此开始了我为二汽服务的20年。与正夏同志交往的事如今历历在目，下面的每一节都会说到他。

2. 第一次参观访问的分厂

到二汽的一天下午，我参观访问了传动轴厂。第一个印象是干部精悍，装备精良。厂房好像还保留着当初建厂时的“干打垒”式结构。但里面的机器却是“超一流”，像格里森插齿机那样的名牌机床就有许多台。那天我认识了陈玄德厂长，1995年统计出版社的《中国汽车纪行》中，传动轴厂人写的回忆文章里还提到了我当年到他厂的事情。

随之，我又去了发动机厂。只是走马观花，不过注意到一件事。摆在工作台上的活塞表面有一层薄薄的浅黄色锈斑，一问，原来是刚下线的还带有切削液的活塞摆放一段时间后，因为天气的原因会出现这种现象，但不会造成什么影响。11月的十堰还这么炎热吗？心里老想着这个问题。

从总部到传动轴厂，再去发动机厂，一路上领略了二汽分厂的布局特点，全是在几条山沟里。我理解了在武昌二汽转运站听到的用语，去十堰的二汽叫“进山”。我进了山，心想，二汽汽车的组装成本可能不小，再说发了山洪怎么办？在这的一个星期，“山里人”告诉我好多建设二汽的故事。二汽是“备战”需要的产物，从1966年开始，陆陆续续地从长春、上海等地调来3 200多名技术干部。当时的十堰只是个农村，这么多的人就分别住到老乡的家里。有个二汽同志对我说，最舒适的地方是大户人家为后事准备的棺材，睡在那里面冬暖夏凉。真是匪夷所思。他们又告诉我，饶斌是怎样用了从1966年4月5日到1967年1月3日近一年的时间从西欧考察、引进先进的机器装备，BMK和KW的高压铸造线、1万2千吨锻造冲压自动线、还有像我在传动轴厂看见的格里森插齿机等高级机床，共400余台。1967年的4

月，即在回国后三个月，饶斌同志却被扣上了“贪大崇洋”的罪名而遭到批斗。然而，这些设备如今仍是二汽的主力。

3. 讲课

从 11 月 8 日到 11 日是讲课，12 日的上午是回答提问，下午是讨论和布置试点工作。晚上，约人谈话或访问分厂。五天的时间简直是分秒必争。累是累，可是心情愉快。

第一天的第一堂课，我照例提前三分钟到教室门口，进门一看，只见屋子坐满了人。等我上了讲台，正夏同志起立对我说，二汽全厂各分厂各部处室的领导都到齐。我讲过那么多次的课，这次课的场面使我深受感动，庄严、肃穆。我介绍了当时国际上对质量和质量管理的几种观点和思想，强调了全面质量管理的“教育为先，预防为主”的理念。着重讲解了质量分析的常用方法，如主次排列图、因果分析图、质量控制图、工序能力指数等。建议选择一两个分厂先做工序能力的调查。试点的布置就是把这次的调查结果和方案研究结合起来，彻底解决几个质量问题。最后一堂课上完，正夏同志做指示，他说，听懂了，回去照着做；没听懂，也要回去照着做。我一听，着实吓了一跳，听不懂，怎么照着做。

10 日晚上，正夏书记到我住房来找我谈话。主要是两点，一个是质量管理的名词术语的大众化，另一个是结合毛泽东思想的讲课。他的这番谈话给我的启发很大很大，那以后我就开始力图这样去做，后文里会有叙述。最后，他要我担任二汽的顾问，我回答他说，明年我再来，看情况定吧。

12 日晚上，二汽宴请。黄正夏、李惠民、王兆国三位和办公室、质量处、工艺处、二汽学院的多位领导出席。这是一次暖人心的聚会。这些同志都成了我日后在二汽工作的知心朋友。特别是兆国同志，他到北京工作后，还时常关心我。

13 日上午，我参观了总装厂。看见装配工穿着厚厚的棉衣在干活，我说，这岂不妨碍工作的便捷。厂里人回答我说，厂房高大，两头的入出口都是大开着，又没有暖气，工人只好穿厚棉衣了。我当场向正夏同志建议，要装暖气，并且在入出口设气墙，不要去管国家规定的长江以南不装暖气，要因地制宜，保证质量是第一要义。第二年我来时，总装厂果然有了暖气，却听到了“装配装配，不学就会”的说法。由于这种说法的缘故，雇佣了一些农民工，而且装配工的工资比其他工种的要低。我立即向厂方反映，这不行，前面各分厂各工种的活不能在这里搞砸了，必须对装配工进行教育培训，提高工资待遇，没有一流的装配工就没有一流的卡车。这两条是我 20 年来为二汽总装厂所做的最重要的建议。

4. 惊讶，感叹，佩服

1979 年 4 月 15 日，从北京经武昌，第二次进山。16 日早晨，到了十堰车站，正夏同志来接，立刻把我拉到了传动轴厂。下了车，他带我到厂的一面宣传墙前，让我看。涂得黢黑的墙上用白粉笔写着工序能力指数，密密麻麻足有 200 多道工序。他说，全厂的各分厂都有这样的黑板报。我默默一算，全二汽没有一万，至少也有 5 000 道工序的能力指数，这样地公布了出来。我惊讶，不到四个月的时间内，搞了这么多的调查研究；我感叹，恐怕世界上没有别的一家厂愿意并能够下这样的工夫；我佩服，这里面该有多大多深的组织力和执行力啊。

正夏同志的一番话更让我受了一次深刻的教育。“你上次来时的讲课，说实话，我没听懂，但我记住了你说的要调查研究，找数据，查原因，加措施。我就叫全厂的职工都来干。指数计算错，大过 1.33 的错成了 0.33，没关系，借查原因的要求再检查一遍操作和工艺甚至设计，没坏处。关键是借这个机会把群众发动起来，进行一次全厂质量大检查。经过这次群众运动，厂的一些‘老、大、难’质量问题都得到了解决。全厂职工的精神面貌也随之有了提高。”

我在秦城，想到过，如果从监狱出去，再干质量管理，我要走群众路线。在清河厂、在北内都尝试过。但我的群众路线还只是以技术干部为对象、以计算正确为要求的专家路线。黄书记是老革命，有过指挥千军万马的经验，了解群众路线的真谛。他走的是真正的群众路线，我走的是似是而非的群众路线。那天，我表示，我愿意当二汽的顾问，心里却想，我要当“二汽”的学生。

质量处副处长兼全面质量管理办公室主任的沈钰涛同志向我介绍了这次全厂质量大检查的准备工作和实施细节。厂建立了领导小组和厂际联络员制度，培养了一批骨干和教师在全厂进行宣传和教育。全厂进行过大大小小277次，向12 546名职工做了宣讲。传动轴厂不仅实行了全员教育，而且还进行了考试，有200多名职工学会计算工序能力指数。当然，这样大规模的群众运动中，出现有思想上、认识上、行动上的各式各样的问题，这是正常的。这办法真灵吗？文化低、学不了，先看别人干了再说等这些疑问和担心都是可以理解的。领导小组针对这种情况，派出服务大队，排忧解难，使得这次质量大检查最终取得成功。TQC（全面质量管理）的思想深入人心，这句话的总结使我高兴。

五天的工作安排，到传动轴厂、发动机厂、铸造二厂和总装厂进行了现场指导，19 日上午我专门向厂领导做了一次报告，肯定了这次的质量大检查，指出了各个分厂之间在质量意识和质量措施上的不平衡，提出了一条建议，希望全厂制订一个推行全面质量管理的三年计划。21 日离开十堰，返回北京。

5. 六进山城

1983 年 3 月 22 日的《湖北日报》以“刘教授六进山城”为标题，在头版头条的位置上报道了我从 1978 年以来每年到二汽的工作重点。记者还介绍了我为二汽服务的动机和心情，并且用“正是江南好风日，花开时节又逢君”的诗意表达了二汽对我的赞许。

在这六年期间，国家的经济政策、市场的供需形势、企业的经营状况等都有了急剧的变化。二汽这条大船处在波涛翻滚的“大洋”中，也是飘摇不定的。最严重的一次是，1980年1月初，国家根据当时因财力匮乏而实行的“关、停、并、转”的经济调整方针，对二汽做出了“停缓建”的决定。这就意味，1980年以后国家的生产计划里没二汽的份了，国家给二汽只发工资费和设备维修费。正夏书记立即赶赴北京，奔跑于各有关部门之间，终于争取到国家给予“自筹资金,自行建设，还清拨款”的经济责任制。这个消息是我在1980年6月中旬去二汽工作时才知道的。正夏同志给我对国务院68号文件批复的二汽“六年方案”做了详细的解释。他说，二汽的设备、人力、资金都占全国汽车行业的三分之一，二汽应有骨气、壮志。他这斩钉截铁的断语启发了我的思路。

既然要把质量管理改成全面质量管理，它所主张的“Q（质量）、C（成本）、D（交货期）”的全方位质量就不能只是在一个车间或一个分厂的小圈子里“就事论事”，而是必须放到企业所处的经济大环境里去对待。1980 年，兆国同志已是二汽的副厂长，6 月 13 日上午由他主持召开了全二汽处室领导的座谈会。会上，他们分别汇报了根据“六年方案”所做的发展规划。我提出了我的思路,强调一要加强全厂处室、分厂之间的协调，二要改善二汽与合作、协作厂的关系，三要倾听用户的意见，四要关心员工的情绪，五要注意管理和经营的配合。1982 年 1 月 31 日正夏厂长在第一机械工业部厅局长会议上介绍二汽的全面质量管理，说：从二汽推行全面质量管理的实践来看，单纯提“以生产为中心”，是很不够的，1981 年改提“以经营为中心”，前进了一大步。他还驳斥了当时有些人的说法，认为推行全面质量管理完全是学外国而放弃了中国的传统。他也指出了，苏联的老一套管理的缺点还在影响着全面质量管理的持久、深入发展。

6. 国际合作

我在山里，常常听到二汽与国外的汽车厂和汽车技术咨询公司打交道的事例。东风牌卡车的一些设计就曾请英国的一家公司审查过，福特汽车公司也曾来谈过合作，通用汽车公司的一位副总裁来参观时，站在东风宾馆后面的山头上曾发出“世界上恐怕没有一个资本家会想在这样的地方建汽车厂”的感慨。

1981 年 11 月日本的“质量月”，正夏同志来日本访问考察，正值我在日本调研，他打电话约我相见。12 月 3 日和 5 日我从名古屋两次赶往东京，在他下榻的赤坂东急饭店，他对我谈了二汽计划开展国际合作的设想，详情回国后他再给我细说，不过，趁我这次在日工作的方便，先要我探探路，寻找一家有意合作的日本汽车公司。从这一天起，我竟然为这件事前后用了五年时间，跑了无数次日本，但也学到了不少东西，长了不少见识，认识了不少日本工商业界人士。其间的故事太多，在这里只能记个一二。

12 月中旬，我就去了丰田汽车公司。一来公司总部的所在地丰田市离名古屋很近，二来我在名古屋的联合国地区发展中心工作，有个联合国的官员资格，公司也就出来了一位取缔役（董事），很客气。我把来意讲完以后，他说，目前正是丰田汽车制造公司与丰田汽车销售公司进行合并的紧张阶段，国际合作的事情暂切不能考虑。眼看日本人要过年，什么事也没法做，我就回国了。

1982 年 4 月 15 日到 23 日，进山工作。我向正夏同志报告了我的丰田行，同时把我正在同一家专门从事中日贸易的东工物产公司联系的事也向他细说了。东工物产的一位常务董事柴生田清先生，是我的京都大学同学，说话方便，而且有一家日本的贸易公司在中间，同日本的汽车公司好谈一些。正夏同志表示同意，并且谈了先从卡车的技术改造开始，最后是轿车的合作生产。同年 7 月 16 日东工物产的社长小林隆治先生来到北京，我向他介绍了二汽的想法。小林先生是从廖承志－高崎达之助协定时期就从事中日贸易的先驱，也曾蒙周恩来总理的多次约见。他的公司正好有一家客户日产柴油机汽车公司（以下简称日产柴），他已经邀请日产柴的一位专务董事宫岛尚先生，来到北京。当天晚上，我在长城饭店会见了宫岛先生，向他介绍了二汽就技术改造问题希望与日产柴合作的意向。这是我代表二汽同日产柴的第一次接触。

因为日产柴是日产汽车公司的子公司，二汽同日产柴的合作要能与日产通通气会方便一些，同时也可为下一步谈轿车的合作事项预留机会。1982 年 10 月 5 日我在北京的燕京饭店会见了日产汽车公司远东大洋洲部的部长赖平吉先生，请他支持这项合作。这是我第一次代表二汽向日产汽车公司打招呼。

不久，柴生田清先生给我来信，告诉我日产柴公司的专务董事宫田雅夫先生，是京都大学工学部出身的发动机专家，要我同他联系。我立即给宫田先生写信，请他到二汽来看看。我对他说，我的邀请没有任何商业打算，只是因为我作为二汽的顾问和同学后辈，敬请先辈来华一看中国的汽车工业，顺便稍做旅游。年底前，他给我回信，表示愿意。我马上把这个消息转告了正夏同志。

1983 年 1 月 7 日晚间，陈玄德副厂长来我家，专门就宫田专务来二汽的事情，听取我的想法，随即用电话向正夏厂长做了汇报。1 月 15 日正夏同志从十堰赶到我家，我向他做了说明，请宫田来，听他对二汽的制造技术有何意见，同时探听一下他对合作的口气。2 月 22 日我去机场接宫田，见他带了一位他公司的输出技术部技术课的课长同行，猜想小林社长已经把二汽的意图充分转达给了日产柴公司。24 日我陪他去了十堰的二汽。在十堰车站下了火车，正夏同志用大红旗轿车把他迎进了二汽，这份敬意我想他是领会到的。但是太巧，当他从大红旗一下车，一脚踏到了一泡牛粪上，黑亮的皮鞋登时失去了光彩。回想 1942 年春，我初到日本，看见在长崎的大街上，脊背两侧挎着盛满粪便大木桶的牛，一路晃悠着走，一路撒粪的情景。中日的差距有 40 年吗?

25 日二汽的厂处办的领导会见了宫田专务，点出了合作的话题。随后的两天我陪他看了二汽的几乎各个分厂，我特别请他仔细看了发动机厂。他也的确看的仔细，在二汽刚从美国买来的发动机试验台前，他站了好大一会。对发动机清洁度的检验，他不但看，而且还用手伸进缸体内摸。对车间里的我们独有自制的大拉床感到惊奇。晚上我同他聊天，问他对二汽有何观感。他说他真想把京都大学工学部的学生都拉到二汽来参观学习，因为在这里可以看到世界上各类各种的名牌机床。我说，你别净说好听的，提点批评么。他说，二汽的发动机厂不行，发动机厂得像医院一样洁净才行，造汽油机马马虎虎，造柴油机绝对不行。他还说了一些别的。我说，好呀，明天开会为你送行，你向二汽的领导说说你的看法。他睁大了眼睛，说，那还了得，这些话只能跟你说说，跟厂长们说，作为客人岂不太失礼貌。不过，3 月 2 日下午的会上他还是提了一些颇为中肯的意见。

根据我的记录，我把他讲话的要点抄录几条如下：第一，这次来中国，知道了中国的一句口号，"洋为中用"，在日本有类似的说法，叫"和魂洋才"。第二，要世代相传。造汽车的知识、经验要年轻人继承，还要他们发扬。第三，爱护己物。谁都会爱护自己的东西，要以同样的态度对待自己的产品。第四，文明生产要天天抓，其他厂要赶上传动轴厂。第五，要明白，活不是机器干的，是人干的。不要指望什么都要机器去干。第六，要注意安全。在日本的汽车厂，是1.2件事故/500人/年，也就是说500人的厂1年只有1.2件事故。其他生产技术性的建议都得到了与会领导同志的赞同。讲话中间，他的一句话，"车间工人冬天苦，夏天也不乐"，使我认识了我这位前辈同学的为人。1983年我被选为全国人大代表，6月29日他给我打来一封祝贺电报。

其后，经过几次的协商，再加上正夏同志率二汽代表团于 1983 年 8 月初到日本访问了日产柴公司，正式表明了合作的意图，1983 年 11 月 14 日到 20 日日产柴的代表团来到十堰，同二汽举行了第一次的正式会谈。从此开始了二汽同日产柴的技术合作。原则是"平等互利，外汇平衡，联合设计，合资办厂"，双方对此进行分组讨论，加深了理解，达成了协议的基础。又经过 1984 年一年的往来磋商，1985 年终于取得了成果，5 月 12 日举行了正式合作合同签字仪式。从此二汽开始制造 8 吨卡车，日产柴的驾驶室、美国康明斯的柴油发动机、TRW 的动力转向器等先进产品，再加日产柴的全面技术指导，使二汽迈出了现代化卡车生产的步伐。

这么长的时间，这么多次的访问、会见、会谈、交涉，故事当然很多。我只想就与质量管理有关的问题说两个吧。

1985 年的夏天，日产柴派了一个团，到十堰来了解并且指导生产技术。一天，他们要求从装配线上直接拉一台刚下线的二汽自己的 5 吨卡车到东风宾馆来。等到卡车来到、停在宾馆的前院，他们一行的 20 几个人都出来，爬上驾驶台的，钻进底盘下的，前前后后好像各有分工，专注观察。过了一个多小时后，他们提交了一份报告，约有 100 多条建议。举几个印象深的例子。他们说，驾驶台外面的后视镜的安装要改进。在场的二汽人员说，不是很好吗，在驾驶座上完全可以看清后面。他们回答说，现在停的车是光板的，如果装上体积大的拉运生猪之类货物的拦棚，恐怕就把视线挡住了。真是不能“闭门造车”，要想到实际可能遇到的各种情况。还有一条建议说，底盘大梁里的各种布线虽然也用不同颜色表示，但安装的不行，各种管线搅缠在一起，太乱，要整整齐齐一根一根地安装，这样，维修起来，才能方便，不会出错。维修是要事前考虑好的，这又是贵重的一课。

1986 年 11 月 17 日，二汽的一个高级代表团去日本在日产柴公司研修，到 12 月 15 日返回中国，几乎一个月的时间，参观日产柴在各处的工厂，白天学习日产柴的技术专家的讲课，晚上团里自己座谈讨论。我们一行十几个人，都是二汽各部门的技术负责人。团长是吴副厂长，顾林生副厂长也是团员，我照例是顾问。日产柴派来的讲师也都是课长级或以上的负责人，讲课时有图表、有实物，讲课内容从市场调查、产品设计、工艺装备、厂内设备的维修保养，到销售、服务的企业经营管理的各个环节，都或多或少涉及了。他们提供的材料，加上我的笔记，有厚厚的两大本。代表团的成员一直认为大有收获，不止是长了见识，重要的是转变了思想。就拿设计工作说，我们是习惯于照抄，人家是由设计人员提出设计，但必须有三个，说明各自的优缺点，特别要考虑产品的成本，送交上级审查。这时还要答辩，在场的决策人员内必定有销售部门的负责人。这与我们的总工程师一个人点了头就通过，是完全不同的做法。一切从能否较为省事省钱省时地生产出来，从能否被市场接受而销售的出去的观点考虑，一句话，产品得有竞争力。归国辞行时，我们感谢了我们的日本老师们。

二汽同日产汽车公司的合作，我下了很大的工夫，尽了最大的努力。在东京的日产公司大厦的一间豪华会议室，我对当时的日产社长石原俊先生说，中国要发展汽车工业，这是任何国家的任何人都阻挡不了的；中国北有一汽，南有二汽，丰田已经开始与一汽接触，日产要不要考虑二汽。我用这样的口气劝说日产，后来接任的日产社长久米丰先生，接受了我的建议，来到十堰访问了二汽，留下了很好的印象。合作生产轿车的事谈的差不多时，忽然由于一个意外的原因，中止了。但是，日产给我的一句忠告，我永远不会忘记。“你们企业的工厂对待出口和内销有两套标准，两种做法的习惯，如果不改，日产无法与你们合作。若想在国外卖得好，要先在国内卖得好。”

十多年后，在日本出版的我那本书的序中，我写过这样一句话。“造汽车，简单。造好汽车，绝不那么简单。国际合作造汽车，就更难了。”今天，我看到丰田的车、日产的车都在中国卖的红火，不禁感慨万千。

五、孟立正同志与太原钢铁公司

1983 年 12 月初太原钢铁公司（以下简称“太钢”）技术培训部的吴永志忽然来到我家，给我提了个问题。他说，日本的一家不锈钢制造厂日新制钢公司，到太钢参观后，给太钢下了个评语，“太钢的不锈钢，质量是零”。这个说法传到冶金部，部里质问太钢，这是怎么回事。吴问我有什么看法。我回答他说，我没去过太钢，日新倒是去过，我想情况可能是这样，按日新的标准查，太钢的不锈钢质量不合格，但按中国的部颁标准看，是百分之百的合格吧。1984 年 1 月 3 日吴来到数学所，代表太钢邀请我去公司讲课。从此我与太钢结下了缘，也交下了老吴这个朋友。以后20多年，每年元旦他都从太原发来电报或打来电话，祝我生日快乐。

1. 任太钢顾问的第一条建议

1984年7月12日，吴永志来北京我家，商谈我去太钢的工作日程。原定7月25日的太原行，因为中国科学院召开的改革工作会议要我参加而改期。9月1日乘火车到太原，公司领导来站迎接，使我惶恐。当天下午与公司主要领导见面，进行了谈话。公司说的是经营管理的情况，我说的是我在钢铁行业工作的一点经验。晚宴上，公司正式提出，要我担任公司的经营管理顾问。1984年10月5日的《冶金报》刊登了这条消息。

用一天半的时间，看了公司的各个厂。其实这也不过略胜于走马看花，产品质量的各个方面和环节，还是有待日后细细了解。第三天的下午，我给公司做了一场全面质量管理的报告。第四天星期六的上午，我出席公司的周末汇报会，了解了公司的部门职责和之间关系。下午应邀为省经济委员会做了另一场报告。第七天，我向公司领导专门报告了我的初步印象。最后一天，临行辞别前，我向公司领导提出了我的建议。建议公司为领导干部开设单独用餐的小食堂。我在公司期间，除了几次宴请外，都是在大食堂排队打饭，看见公司经理、书记这样的领导也和普通职工一样在排队，特别看到公司一位副经理李成，打饭时的一脸焦急，一问才知他还要急忙赶回家给孩子做饭。我对公司领导说，吃小灶不是脱离群众，是提高效率，并且饭间交谈利于决策，只要全心全意为太钢操心，这点小事群众是会理解的。这是我任太钢顾问为太钢所做的第一条建议。第二年，我再去太钢时，孟立正同志告诉我，他们已经开了小食堂。没有人有什么意见。好呀，皆大欢喜。

2. 太钢的技术改造

1984年，太钢已经开始技术改造，11月发函致系统科学所，聘请我任“太钢技术改造顾问委员会”的委员。为此，11月14日再次去太钢，参加冶金部召开的第二次全国低合金钢工作会议，同时深入了解正在进行的太钢的技术改造。太钢是个老厂，设备、技术都已相当陈旧，要想进行现代化改造，就要有一个全面合理的战略考虑和规划。到公司后，李成经理立即找我谈话，我向他说明了我的这个想法，强调技术改造必须与管理革新相结合，才能产生期待的效果。新的技术用旧的管理只能落得两败俱伤。

低合金的会议出席了，太钢技术改造的方案也看到了，说实话，一些会议讲话和方案措施的细节我并不太懂，也插不上嘴，只是觉得学到了不少东西。会议期间，我专程找了太钢的总工程师王国钧同志，向他请教技改的几个关键问题。19 日临走的那天下午，《冶金报》记者李树龙到我住的迎泽宾馆访问，借这个机会，我谈了参加会议的体会。我说，这次会议主要是从科技攻关的角度研究讨论一些问题，但有个问题更应受到重视，就是科技成果不仅要变成产品，还要进而变成商品，这里面有许多工作需要大家想到做到。1984 年 12 月 4 日的《冶金报》刊出了这次谈话的内容。

这次在太钢，我参观了正在技改的轧钢的新厂房，和七轧厂的轧制流程，发现了几个小问题。又专门同轧钢厂的领导和干部开了个报告座谈会，交流技术改造和管理革新的认识。还特地去太钢的培训部听取了他们的工作介绍。我心里逐渐形成了今后在太钢的工作方向。

3. 班组长培训的设想

新中国成立后，从创办工业一开始，国家就注意工厂的班组建设。但是对于班组和班组长的培训一直停留在考勤和示范的两种手段。勤恳工作和学习并且能够影响或带动班组内其他人的工人被任命为班组长。由于班组长的努力而做出突出成绩的班组被称为模范班组，而这模范班组就变成全国工厂班组学习的榜样。20 世纪 50~60 年代曾出现过几个全国闻名的模范班组，如机械行业的马恒昌小组、纺织行业的郝建秀小组、冶金行业的孟泰小组。这些班组的特点就是，班组长本人的勤奋、钻研和情操起到了感化作用。但是，不可能期待全国所有企业的班组和班组长都会达到他们那样的境界。

因此，我们的工厂在选任班组长的时候，总是挑选那些能干活、肯干活、会干活而又愿意帮助别人干的工人当班组长。只要技术过硬，别人服气就行。其实，班组长的职责不全在上岗位干活，而更是在根据车间的部署和要求，计划、指挥、协调、管理整个班组的工作。设计的思想、工艺的安排、管理的要求都要依靠班组长去贯彻，他们是承前启后的重要角色。日本人把班组长叫做现场的社长（总经理)。我去过日本，多次观察了他们的班组长的工作情况。尽管他们的班组长个个都是技术能手，但他们说，上机床干活的班组长不是称职的好班组长，班组长的主要职责是管理。所以，他们对班组长的培训特别关心。

1984年我第一次去太钢，在七轧厂注意了班组长的工作情况。他们都是年轻力壮的小伙子，看样子，技术上还算可以，管理却不加理会。举两个例子。管理的基础是原始记录，我在现场看他们是怎样记录的。好像没有专职的记录工，都是由班组长兼任。问了一问，他们说，工作一忙，往往忘掉，只好凭事后的回忆填写。酸化验的浓度结果出来，有化验单传到班组长手里，再由他加以记录。本来应该这样，但那天我看到，班长看了一眼化验单，当场没做任何记录，忙着进行他的操作了。不锈钢薄板的最后一道工序是由工人在两块薄板之间要铺上一张纸，再包装。这就需要工人把薄板一张一张地翻。我看见工人戴的手套黑乎乎脏得很，很可能还有油污。我真怕工人一不小心，用手摸了一下薄板，留下印记，这张薄板的前面所有的工序都得前功尽弃了。这里的班长如果能从管理的角度观察，很容易发现问题，从而能够及时采取措施，加以改进。我查阅了1984年7月日新制钢公司提交给太钢的《太原钢铁公司不锈钢生产部门现状水平调查诊断报告书》。这是一大本极为详尽的咨询报告，我看里面说到的许多技术细节问题都是班组长的职责和权限内可以解决的，但这本报告没有提及。相反，里面有这样一句话，“检查翻板的检查员教育情况不清楚，所以不好说有无培训效果”。我又查阅了1983年11月太钢专业调查综合组提交的《七轧厂诊断报告》，它最后一章的“主要措施”里，提到了“全员培训”。为了了解全员培训的实际情况，上面说过，我还专门去了一趟太钢培训部。他们很辛苦，要把全太钢的工人都做一次基础的技术培训，但是没有针对班组长的培训。

所以，我在太钢的任务就是班组长的培训。

4. 班组长培训的实施

1984 年 9 月我在太钢期间，参观，座谈、讲课都完了以后，我对太钢领导汇报我的印象时，着重说到班组长的作用和班组长培训的必要和重要性。我建议太钢领导注意这件事，把这件事提到日程上。回到北京不久，收到太钢副总经理孟立正同志 9 月 24 日的信。信中告诉我，太钢的党委决定采纳我的建议，实施太钢班组长的培训。

1985 年 2 月 26 日去太钢，27 日见太钢党委书记王景生和李成副总经理，汇报我对太钢班组长培训的设想。然后参加太钢班组长管理培训班的开学典礼。商钧总经理、孟立正副总经理都做了热情的讲话，期待班组长的管理培训能给太钢带来新的进步。典礼结束后，他们两位再加王国钧总工程师又找我谈话，表示了太钢领导对这次学习班的高度重视。这倒越发使我感到责任重大。

事前我编写了一份《班组长管理培训教学大纲》，在 1984 年 10 月到 1985 年 1 月期间同太钢培训部的同志讨论了整个培训的意图和教学内容。教材的编写就请他们负责了。这期间我同培训部的同志保持着联系，他们来北京找我谈过多次。对他们的热心，我很是敬佩。我查了一下，就拿七轧厂说，129 名班组长当中，41.09% 是小学文化程度，56.58% 是初中。高中的只有一名，中专的有两名，加起来只占全部班组长的 2.15%。讲技术，可以看得见、摸得着，讲管理，许多事是看不见、摸不着的，要尽量讲的使如此文化程度不高的他们看得见、摸得着，的确是件不容易的工作。

6 月 9 日我去太钢，看望学习班的班组长，给他们讲了一课。我主要强调，年轻人多学点，有好处。老话说，“艺不压身”，学了技术再学管理，是如虎添翼。学习的关键是不要自以为是，要老老实实向别人学习。孔子说过“三人行必有吾师”，孔老夫子都那样，我们岂不更该这样。我对他们说，这次讲习班结业后，公司决定派学员出去，到别的钢厂参观学习。要有准备，要带着问题去人家那里看、学。要学会“偷”，一些关键的地方，人家也许不让看，一些关键问题，人家也许不给你讲。因此，要“偷”。老时代，学艺或学生意，好多事是要向师傅“偷”的。我16岁那年，进厂当了三个月的学徒，听到过不少这样的故事。我又对他们讲，日本人怎样发的财，怎样变成的经济大国，靠的就是“一抢，二偷，三买”。他们听起来，都觉新奇，有的人直接问我“偷”的方法。20几年过去了，当时的学员有多少还记得我那些话呢?

12月2日去太钢。3日在培训部听取班组长管理学习班的总结。他们对我说，全国总工会对太钢的这次培训很感兴趣，曾来人调查过。4日晚，太钢领导设宴，感谢我为太钢尽的心力。大家都满意，我也就落下了心上的石头。1986年一年之中，我去过太钢几次，为太钢做的事大半不是我的专长，例如，太钢问我如何处理手中的外汇，我就请了一位日本银行家去回答太钢的问题，我只是陪着去陪着回。1987年年初，我辞去了太钢顾问的职务。

5. 太钢对班组长培训的重视

班组长的培训是我多年的愿望，能在太钢实现，是我的幸运，但更多的是太钢领导的理解和支持。由于他们的重视，我是在全国企业里进行班组长培训的第一个，也是唯一的一个取得了试点工作成功。

1984年9月25日公司做出了《关于加强班组建设提高班组长素质的决定》。同时以班组长培训为契机，用新精神和新方式贯彻实施《太钢班组管理暂行条例》。当年10月，太钢调研室给我提供了一份《班组长情况摸底表》。总共4 012个班组长，29岁以下的只有428人，30~39岁的有1 669人，40~49岁的有1 289人，50岁以上的还有626

人。这使我感到，太钢的班组长年龄太大，今后如何降低恐怕要考虑。文化程度上，高中、中专以上的只有266人，50%的是初中，40%的是小学，竟然还有20人是文盲。班组长的管理培训肯定很难进行，必须要“因人施教”，而且必须争取各级领导的帮助。

11月我起草了《太钢班组长管理培训实施方案》，24日有关部门和人员对此进行了讨论后通过。之前的19日我在太钢班组长管理培训研究会上做了一个报告，报告当中孟经理等几位领导有许多插话，最后孟经理发了言。公司根据录音整理的记录给我看，竟有一万多字。可见大家对这个培训非常关心和重视。

1985年2月27日，太钢班组长管理第一期培训班开学。我在开学典礼的动员大会讲了话，下午我给学员讲了第一课。我赞扬了太钢班组长为太钢做出的成绩，我预祝他们为太钢做出更大更好的贡献。四个月的时间里，这些学员用日常工作的业余时间，参加培训，付出了额外辛勤的劳动。7月1日，太钢培训部向公司呈交了《狠抓班组长培训加强企业基层管理》的报告，结语说，“实现企业现代化管理寻求了一条大有希望的路子，并迈出了可喜的第一步”。8月20日太钢培训部工人培训处做出了班组长培训的《工作小结》，总结了“理论教学”、“回厂调查”、“陆上大学”、“跟踪考察”四个教学环节的实践，说明了培训的成效和有待改进的问题。10月26日全国职工教育管理委员会、劳动人事部培训就业局在湖北省宜昌市召开了工人技术业务培训工作座谈会，太钢公司向会议提交了《我们是怎样开展班组长管理培训》的报告，引起了与会代表的兴趣和注意。10月31日公司召开了《太钢班组长管理培训颁发合格证书和成果评价汇报大会》。培训班已经分期培训了三批共1 763人，占应培训班组长的43.9%，评价认可获得经济效益1 137.7万元。公司经理李成在会上做了总结讲话，称培训已初见成效。

6. 孟立正同志

邀请我去太钢的是孟立正同志，支持我在太钢工作的是孟立正同志，来我家交谈的也是孟立正同志。对于我，他是一位温厚长者。在太钢，我有时讲话讲的过头或是太不客气，他都毫不在意。例如，一次我和太钢的几位领导在一起，我说，太原这地方太闭塞，在北京差不多人人皆知的事，到了太原成了新鲜事。太钢的领导不能老呆在太原，要出去看看，国内各地方要多走走，国外也要一年至少去一次。后来，我才了解到，在我去太钢之前，立正同志就已经带队去过日本的日新制钢公司，极力促成了中日两家不锈钢企业的合作。

1987 年，立正同志就任太原市市长。9 月 1 日应他的邀请，我去太原，为太原市的政府官员和企业领导做了为期两天的全面质量管理的讲座。4 日晚立正同志设宴招待，席上太原市向我赠送了一块匾，又长又高的一块精美的制品，可是我家哪里挂得了这么大的匾。我只好谢领，请他们为我存放在太原。中国的传统中有一桩表示敬意和谢意的举措，就是赠送匾额。立正同志的好意用心让我诚惶诚恐。我一生中收到的礼品，这块匾是最贵重的了。

太钢的领导也会见了我，李成总经理特地来宾馆同我恳谈。5 日是星期六，他要我出席太钢的周末工作汇报会。太钢不把我当外人看待，使我很高兴。这次讲课，《太原日报》的记者李海同志来采访，我对他说了我在太原参观大小企业的印象，登在了 1987 年 9 月 19 日的报上。

7. 后话

2006 年 11 月 25 日应邀请，我乘东方航空公司班机到太钢，他们的亲切接待使我有了回家的感觉。下午参观了太钢的技术中心、新的炼钢厂、新的热轧厂、新的不锈钢冷轧厂。完完全全新了，现代化了。在炼钢厂，不但空气中闻不到烟尘，我在地上摸了一把，也竟然一点没有灰尘。董事长陈川平同志向我介绍了我与太钢一别 20 年中的变化，真是宛如隔世。今天，太钢已经成为我国的不锈钢最重要的生产基地。就单个厂区而言，太钢是世界最大的不锈钢企业。无论产量或质量，都是世界一流。更加可喜的是，这次我在各个厂见到的班组长都已经是大学毕业的青年人才了。第二天，公司要我做个报告，因为虽然停留时间短暂，但我已感受到了太钢的文化，所以就用企业文化的题目谈了谈我的想法。100 多名太钢干部出席，让我见到了 20 年前共过事的老朋友，其中自然有吴永志。想起了当年同他们讨论、筹划、实行太钢班组长管理培训的日子，心中暗自感谢了一声。

中间的两位，右侧是丁鸿谟厂长，
左侧是王槐荫老师。两位给予了
我重生的机会，改变了我冷落的命运。
感谢李世蓉同志，她保存了我与
两位的唯一一张合影。最右端是
尚文翰同志。

我在清河的 QC 小组，
最右边的是李世蓉

小组在讨论，我
左侧是罗国英

33 年后来我家重聚话旧，左边白发者是马雅芳，
右边黑发者是李世蓉

在人民大会堂开会与沙叶厂长合影
这时他已是国家经济委员会秘书长

1978 年北内欢迎小松制作所专家团
中间白发戴眼镜者是石川馨，他左侧是河合良一、沙叶、高桥芳信

27 年后高桥芳信重访北京

京都岚山周恩来诗碑前实习团合影。前排从左到右依次是
赵光、陈兰通、刘克信、王平、陈亚琦、我、周安忠、陈泓源
诗碑上刻的是 1919 年 4 月周恩来总理游岚山时写下的
《雨中岚山》。我们是 1979 年 4 月上山拜谒的

在漓江与黄正夏

在二汽的第一次讲课，前排是黄正夏与陈清泰

在二汽讲课，前排左二是陈清泰，左三是马跃

二汽办公大楼前合影

1979年在二汽讲
质量保证体系

沈钰涛退下来
我去他家看他

在二汽厂区

在二汽现场讲解
全面质量管理

在天津照相机厂

在二汽的配套厂
桦林橡胶厂
轮胎对汽车很重要

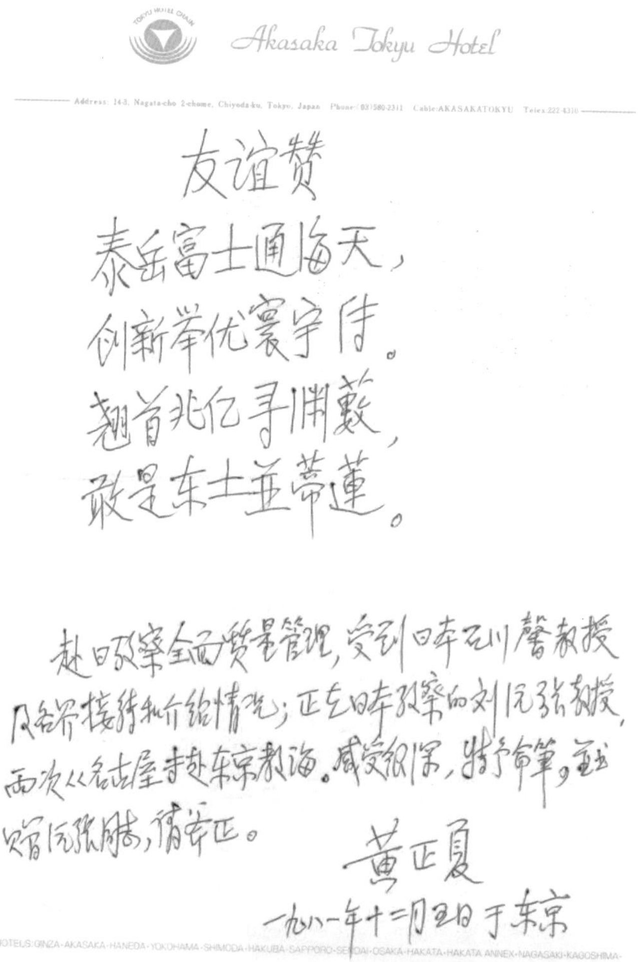

Akasaka Tokyu Hotel

友谊赞

泰岳富士通海天，
创新举优寰宇传。
翘首兆亿手擂鼓，
敢是东土并蒂莲。

赴日考察全面质量管理，受到日本石川馨教授及各界接待和介绍情况；正在日本考察的刘源张教授，两次从名古屋专赴东京教诲。感受很深，特予命笔，并书赠源张同志，请斧正。

黄正夏
一九八一年十二月五日于东京

HOTELS: GINZA · AKASAKA · HANEDA · YOKOHAMA · SHIMODA · HAKUBA · SAPPORO · SENDAI · OSAKA · HAKATA · HAKATA ANNEX · NAGASAKI · KAGOSHIMA ·

黄正夏的手迹

柴生田清来我家

陪日产柴社长参观二汽

二汽日产柴合作协议

陈清泰厂长宴请
日产柴社长

二汽高级考察学习团在日本
我左边是顾和吴两位副厂长

听日产老师讲课，每讲都有资料发给我们

吴永志来接我去太钢

太原市市长孟立正

在太钢初见孟立正

在太钢现场指导左二是王国钧总工程师

向李成提供咨询意见

20 年后重访太钢陈川平握手欢迎

重见太钢老朋友，我左侧是已从技术科科长退下来的许守荣

第三节　质量协会的创立

这个十年里，我的一项重要工作是质量协会的创立。中国质量协会和各行业各地方的质量协会几乎都跟我有关系，我的质量工作也得到了他们的大力支持。我愿意在这里回忆一下那段热火朝天的岁月。

一、中国质量协会

原来的名称是中国质量管理协会，后来改称中国质量协会。

1. 张贵华同志

张贵华同志到北内来找我的时候，他是原国家经济委员会技术局质量处的副处长。确切的日期查不出来，记得是 1978 年的冬天，那时我住在北内的宿舍。他对我说，国家准备成立一个管质量的组织，问我起个什么样的名字好，学会行吗？我说，应该是个协会，就叫中国质量管理协会，因为我希望这个组织是个群众性的科技团体；如果办成学会，对会员的资格限制太多，什么学历、职务、职称之类都要，而且活动也要符合学会性质的规定；如果是协会，工人也可参加，活动也可多样，工作开展起来方便一些。我还对他说，如果定为中国质量管理协会，我可以帮他去中国科学技术协会办理加入的手续。

他不知道，在这之前，宝华同志找我谈话，我已经向他表明了我对建立质量协会的想法。他也不知道，宝华同志曾就日本的“质量月”征求过我的意见。1978 年 9 月 8 日，中国的全国第一次“质量月”活动从在全国政协礼堂召开的广播电视大会开始，开展了起来。大会由国家经济委员会副主任袁宝华主持，康世恩主任做动员讲话，多位国家领导人出席了大会。我在会场上看到大会的胜景，受到鼓舞。会后活动之一便是国务院各有关的部长亲自站柜台、访问用户、背回废次品。这种事只有在社会主义的中国才会有，才能做的到。整个“质量月”的宗旨就是启发全国的企业和全社会的成员重视起产品质量来。

1979 年 8 月 31 日，中国质量管理协会在北京成立，地点设在国家经济委员会大院的一间办公室。从这里，中国质量管理协会逐步发展、壮大。也是在这里，我与贵华合作起草、形成了中国质量协会的一些规章制度。第一个就是协会的《章程》，直到现在我还保留着1979年4月5日我起草给他的《章程》草稿。

2. 我在中国质量协会

国家标准局局长岳志坚同志任理事长，国家经济委员会技术局局长宋力刚同志任秘书长，担负起新成立的中国质量协会的领导任务，我作为一名副理事长协助他们。我在中国质量协会第一届的任期内，主要是做一些基础建设性的工作。《协会章程》（1979年）、《全国工业企业推行全面质量管理暂行办法》（1980年）、《质量管理小组暂行条例》（1983年）这三个重要文件都是由我起草，请张贵华同志修改，再交有关同志审阅，经国家经济委员会批准后发布。贵华同志是个细心人，又是个笔杆子，这个时期我和他的合作很愉快，得到的教益也不少。

协会要有个期刊，宣传质量管理，讲解质量管理。介绍和说明国家对质量和质量管理的方针、政策也是期刊的一项任务，重要的是通过它建立起与全国广大质量工作者的联系。1979年10月26日在西直门的国务院第一招待所举行的中国质量协会秘书处的第一次会议上，我提出了这个建议，办期刊的事当场被确定了下来。宋力刚秘书长要我担任期刊的主编，我找了中国航天标准化研究所（以下简称708所）的李为柱同志当副总编，1980年2月出版了《质量管理》的创刊号。1981年2月《中国质量管理》创刊，30年来换了几任的总编，成为今天的《中国质量》。现在回顾，应该说这个期刊不辱其为机关刊物的使命。

初期，中国质量协会的一项任务是领导干部的全面质量管理培训。我自然参与了这项工作。1983年7月1日成立了质量管理研究班领导小组，宋季文同志任组长，我是一名组员。1983年7月2日至16日在大连举办第一期质量管理研究班，由国家经济委员会和中国质量协会发文邀请各地区和各部门领导同志参加。大连市副市长汪师嘉同志任组员安排各种活动。全国各地各部门的领导干部一共31人，齐聚大连的棒棰岛，学习、讨论。季文同志亲自做了国外质量管理考察的报告，沈思聪教授阐述了全面质量管理的基本理论、观点和方法，沈鸿同志出席并做了有关质量的报告，结业式上宝华同志做了总结讲话。另有七个企业介绍了质量管理经验或发表了它们的 QC 小组活动成果。这样的阵容可以说“空前绝后”。影响不言而喻是深远的。

1979 年经国务院批准，国家经济委员会颁布了《中华人民共和国优质产品奖励条例》，成立了审定委员会，我被任命为委员之一。1979 年第二次“质量月”期间，由国家领导人向获奖企业颁发了金、银奖牌。1982 年成立国家质量管理奖，我被任命为评审委员会的副主任委员，开始在工业企业范围内实施，1987 年扩大到商业、旅游和服务企业。直到 1991 年这项评奖暂停。参加审定和评审也是我在中国质量协会的一项重要工作。20 年过去了，国家质量奖的重新恢复，一直处在讨论和建议之中，不知何日能够实现。中国质量协会急全国企业之急，于 2001 年设立“全国质量奖”，逐渐引起全国企业的重视和参与。然而，这个奖毕竟不具有真正国家奖的权威性。在国家奖出台之前，这个奖就是国家奖的代替。

我在中国质量协会的另一个重要活动是，帮助地方建立起自己的质量协会。我在起草中国质量协会《章程》时，曾经强调，地方质量协会与中国质量协会不应是上下级的领导和被领导的关系；要发挥地方质量协会的自主性和积级性。我参加地方质量协会的组建工作时，也只是尽力把这一思想灌输给地方的有关人员中去。一个例子是北京质量协会。因为北京是中国质量协会的所在地，所以在人们的头脑中，感觉上地方与中央关系就有些微妙或复杂。他们要我担当副会长，我就答应了，为的是想起到个“掺沙了”的作用。韩以俊同志辞官接任民间组织的协会秘书长，把北京质量协会搞大起来，确实不容易。在这里记上一笔。

现在，我是个中国质量协会的顾问，很少去协会了。但是，我把协会看成了我的故乡，老家的人也没有忘记我。

3. 三位会长

第一任的会长是岳志坚同志。他是国家标准局的局长，对质量管理很感兴趣，亲自主编的《中国质量管理》于 1989 年出版，记述了计划经济时代中国质量管理的方方面面。书中的第一章介绍了中国古代的质量管理，说明中国的质量管理是源远流长，并非完全来自西方。我没有参与这本书的编写，对于书的一些情节的叙述也有不同的想法，但我还是认为志坚同志做了一件好事。有意思的是，关于中国质量协会或质量工作的一些大事，他总是要我去向当时的国务院副总理兼国家经济委员会主任康世恩同志汇报。例如，优质优价的问题，这是当时许多企业向中国质量协会反映的要求；组织“海上大学”让企业的基层质管人员去日本参观考察日本的质量管理。康世恩副总理总是耐心和细心地听取我的汇报，并且总是给我教导，叫我不要就事论事，要从全局考虑。因为篇幅，许多细节不能在此详述了。

第二任的会长是宋季文同志。他是位老革命的老领导，新中国成立初期任上海市副市长，以后又曾任轻工业部部长。我第一次见他，是在国家经济委员会的一间会议室，他第一次会见中国质量协会的工作人员。贵华同志当时是副秘书长，向他汇报工作时，提到人手不够、经费不足的问题。季文同志立即说，要人没有，要钱也没有，中国质量协会是能够也应该赚钱的。他的这句话给了我很深的印象。日本的石川馨曾说过，不赚钱的质量管理不是质量管理。真是“英雄所见略同”。但是，若干年后，他还是为中国质量协会筹措了一笔巨款，为中国质量协会修建了一个基地。季文同志的最大功劳是极大地提高了中国质量协会的地位，每次的年会上他都邀请朱镕基同志或袁宝华同志到会讲话，这对全国广大的质量工作者是个极大的鼓舞，使全国众多的企业团结在中国质量协会的周围。1999 年 2 月 25 日季文同志与世长辞，党和国家领导人江泽民、胡锦涛、朱镕基等以不同方式表示了哀悼。中国质量协会失去了一位敦厚长者的领导。

第三任的现任会长是陈邦柱同志，他是从基层的工厂厂长锻炼成长，历任湖南省省长和轻工部部长。他担任中国质量协会领导后，深入基层企业，开展调查研究，并向总书记和总理汇报和建议，受到党和国家的重视。特别是设立“全国质量奖”，促进了全国企业对质量的认识和重视。陈会长与前任的两位会长的不同是，所处的时代不同，到了他这一任，已是市场经济的时代，中国质量协会与企业的关系、中国质量协会与上级主管部门的关系、中国质量协会与外国质协的关系，以及中国质量协会工作人员的思想意识都有了变化。他要处理的问题远较他的前任复杂得多，因此他要费的心思也就要深刻得多了。但是，另一方面，“质量是企业的生命”经过这些年各方面的努力，已经深入人心；企业的技术力量大大增强；国家的财富和实力也大大增强，如果中国质量协会能够善于利用这些环境优势，中国质量协会的各种局面必能大大改观。

二、中国机械质量管理协会

从中国机械质量管理协会组建的那天起，我就参与了中国机械质量管理协会的工作。1982 年 7 月 6 日中国机械质量管理协会在北京成立，我被选为第一届理事会的副理事长，二、三、四届我转为顾问，2008 年 10 月 23 日的第七届理事会上我被选为名誉理事长。近 30 年来我跟中国机械质量管理协会的缘分不断，一些人和事，我都愿意写一写。

1. 孙友余同志

早在 1957 年，我就认识了友余同志，他那时是纺织工业部机械局的局长。那年全国第一次质量控制讲习班的举行，就有他的一份支持。1979 年 3 月，中国企业管理协会成立，他是机械工业部的副部长，出任协会的副会长，我被选为常务理事，不久，他到北内来，了解全面质量管理的推行情况，我才又跟他熟悉了起来。我在机械行业的全面质量管理工作又是有了他的支持，才得以顺利推行。友余同志不是中国机械质量管理协会的领导，与中国机械质量管理协会也没有关系，但我还是愿意把它写进中国机械质量管理协会里面。

说起孙友余同志，我立刻想到的是1977年9月8日到18日第一机械工业部的“提高产品质量整顿企业管理经验交流会”。那时，我正在北内跟厂里的人一起搞整顿，也就被邀请出席了这次会议，而且留下了深刻的印象。那是粉碎“四人帮”后第一次召开的会议，产生了深远的影响，我觉得有必要把它记录下来。

开幕那天就是友余同志的讲话。他讲了几乎一个上午，讲话记录稿全文90页，约45 000字。他首先介绍了当前机电产品的严重质量问题，品种合格率只有50%左右。他举了好多厂和产品的例子，很形象地说明了质量低劣的严重程度。其中的一例是这次会前收到的一汽18辆CA-30越野车，从火车上卸下来，只有五辆开的动，其余都不动。我听了，真是难受，因为“文革”前的1960年，我在一汽干过，知道那时一汽造的车辆质量还是很过硬的。“文革”怎么把一汽搞成了这般样子？接着他讲了12项的整顿要求。

第一，质量检查和质量管理。他举了一个例子。江西拖拉机厂从两个金工车间，一共查出了282个质量问题。其中，由于工装精度差造成的有97个，占34.4%；由于操作不当造成的有87个，占31%；由于工艺不合理产生的有38个，占13.4%；由于设备失去精度造成的有26个，占9.2%；由于材料毛坯不合格造成的有9个，占3.1%；由于产品设计不合理造成的有6个，占2.2%；由于其他原因造成的有19个，占6.7%。他说，质量是企业各项工作的反映，只靠工作职能有限的检查科是解决不了问题的，必须有一整套质量管理的办法和班子。

第二，工艺管理。工艺规程是保证产品质量的重要条件。他举了几个省机械局和工厂的数据，说明没有工艺规程而工人自由操作、工艺松散致工人不按工艺文件办事、工艺文件虽有但不符合实际等几种当前存在的情况必须改变。特别是热加工工艺，他说这里面学问很大，绝不像某些人说的“一天站，两天看，三天就会干”。他要求，各个企业对成批生产的产品，一个个零件、一道道工序进行普查，订出合适合理的工艺。工艺要执行得好，根本在于依靠广大工人群众。要培养

“三老四严”和“四个一样”的大庆精神。

第三，设备管理和维修。在这个问题上，他也举了许多例子，说明当前机械企业的设备完好率很低，“文革”中遭到的破坏很严重。1977年上半年，28个省、自治区、直辖市35个机械工业部门的706个重点企业，共检查了主要上产设备395 488台，平均完好率为69.7%。当时听了，我很是惊奇。这样的设备怎能生产合格的产品？他举了两个非常可笑的例子。在设备大检查中，发现一个工人给机器加油，加到螺丝眼里去了，而需要加油的眼倒没有加。就这么加了好几年。有一台从日本进口的机床，上面有个把手。工人不知道做什么用，六年没敢动。大检查时，把机床说明书找来一翻，才知道这个把手是加油用的，规定每天上班要按三下，六年没按规定办，机器的磨损有多大？谁也不清楚。他要求，各个企业还是必须教育工人“三好”和“四会”的基础知识。

第四，工艺装备。工夹量具等的工艺装备，同设备一样，是保证产品质量的重要条件。他举了全国机械行业企业对工艺装备问题的调查数据，提出了工艺装备的改善措施，强调了定期校准和新工装的检查验证。

第五，设计整顿。在这个问题上他首先讲清新产品设计的要求和老产品设计的整顿这两者之间的区别，指出当前是后者的问题。为此，一是图纸要统一。生产工人手里的图纸和检查科、工艺科的图纸不相同，这怎么能行？二是要解决图纸上的缺点和错误。在这两件事情上他都谈到了一些很具体的例子。

第六，均衡生产。这问题反过来说，就是突击装配。当前机械工业的生产前松后紧，一个月上旬只有一份活，中旬两份，下旬七份活，科室干部、杂勤人员、家属都上线干活。他要求一年内起码做到“三、三、四”。他分析了造成突击装配的种种原因，劝告企业干部要学习这方面的生产管理。

第七，文明生产。工厂里，毛坯、半成品乱堆乱放，车间通道不畅通。特别是零件的磕碰严重。我听他一说，想起我在北内看见过，做好的齿轮往地上一扔的场面。他说，磕碰问题，主要是两个原因。一个是对工人的教育不够，他们不知道磕碰的严重后果。另一个是普遍缺乏恰当的工位器具和现代化的运输工具。他介绍了许多小措施，可以用来解决这类问题。

第八，技术教育。在说到这个问题时，他真是语重心长。中国有句老话，“拳不离手，曲不离口”。年轻人要好好学，组织要提供条件。

第九，进一步提高产品质量。他说，企业整顿都是围绕产品质量进行的，到现在为止，所说的质量不过是技术文件规定的一般要求。但是还有一类重要的质量特性，就是产品的耐用性、可靠性和精度保持性。而这些特性的问题主要在于基础件。另外还有噪音、震动、漏泄的问题。再就是外观问题。他举了许多这方面的数据和现象，这些话我听起来很受启发。

第十，扭亏增盈。在这个问题上，他谈到了经济核算和核算基础的定额，工时定额、材料定额不能马马虎虎。尤其是提高质量，降低废次品，就是扭亏增盈。

第十一，降耗节能。原材料、燃料、动力的消耗过高，同时废品率也是过高，这是当前的一个突出问题。消耗高、废品多，与产品设计、加工工艺和企业管理水平有直接的关系。而企业管理中，班组建设是重要工作。经济核算、技术革新等都要靠班组。他说，我们的铸件、锻件肥头大耳，少、无切削工艺采用的很少，现在要在这方面下工夫。

第十二，安全生产。防止事故、预防职业病，是关系到为什么人，执行什么路线，也关系到办企业方向的大问题。

这篇讲话过去了 30 多年，我为什么还不厌其烦地写下这么多，是因为我觉得，虽然有了很大的进步， 但是从全国工业企业的情况看，要改进的问题不还是这 12 个吗?

2. 孙友余同志和我

在同友余同志的一次谈话中，我向他建议，为了更好地推行全面质量管理，企业应该设立全面质量管理办公室。理由是，全面质量管理始于员工的教育，重在科室的协调，行在车间的贯彻，责在企业的最高领导，因此企业需要一个机构能够协助领导抓好这三方面的工作。1977年的10月，北内的同志告诉我，第一机械工业部的电话会议通知，企业要把检查科改为质量管理科。这件事友余同志在他那篇讲话中是提到过的。没想到他雷厉风行，立即贯彻了下去。我找到他，对他说,检查科不能取消，人们都不了解质量管理科是个什么科。我建议先设立全面质量管理办公室，从教育培训和试点工作开始入手。人们理解了，本领学到了，质量管理科自然水到渠成。1979年，全国的机械行业的工厂普遍设立了全面质量管理办公室。而后，这个做法普及到了其他行业。说到全面质量管理办公室，我不能不提三件事。第一，全面质量管理办公室在那段时间里，对提高企业员工的质量意识和质量工作能力起到了很大的作用，同时对企业在推行全面质量管理上的问题、难点、对策也提出了自己的想法。更重要的是全面质量管理办公室的岗位培养，锻炼了许多日后成为国家高级干部的人才。这里我想起了二汽全面质量管理办公室主任沈钰涛同志，在1982年中国机械质量管理协会的成立大会上，他发表了一篇题为“当前企业如何持久开展全面质量管理的探讨”的论文，受到第一机械工业部领导的重视。针对为什么推不开的问题，他分析了原因，提出了自己的见解。他的这篇论文结合实践，实事求是，全面深刻，我读了之后，了解到了不到现场了解不到的许多事情。第二，1986年国家恢复职称评定，我在上海参加了一次座谈会。会上当地企业的一位同志向我控诉了这样一件事。他说：“当年我听了你的话，你说希望搞技术的，特别是搞设计的人参加到全面质量管理的队伍中来，于是我要求从设计科转到全面质量管理办公室，五年过去，我成了全面质量管理办公室主任。现在评职称，我连工程师都评不上，如果我留在设计科,现在肯定是高级工程师。”听了他的话，我无言以对。因为在那之前,天津市质量协会秘书长的高士纯同志曾告诉我，国家人事部规定，干质量管理的只能在经济师这条线上评。第三，随着国家的计划经济体制向市场经济体制转变，企业的经营管理自主权逐步得到扩大，全面质量管理办公室在企业中的地位发生了变化。到了20世纪90年代的中期，全面质量管理办公室有的改名，有的干脆被取消，有的持续存在到今。时代变了，企业完全有权设立自己的机构，不过，只要推行全面质量管理，总得有一个符合上面那三条要求的机构。

孙友余同志是位全面质量管理的热心人和领头人。因为身体健康的原因，他早早离开全面质量管理的事业，我深以为是我国全面质量管理的一大损失。对他为全面质量管理所做的贡献，我想再介绍一件：他对行为科学的支持。1980 年，他举办了第一机械工业部思想政治工作研讨会议，以此为契机成立了行为科学学会，他被推举为会长。全面质量管理从学术的观点看，与行为科学也有一定的关系。所以，我不能说，友余同志完全离开了质量管理的事业。1988 年友余同志逝世。遗嘱说，不发讣告。

3. 中国机械质量管理协会的发展和我

我国基层和机械工业的行政领导机构几经改革，中国机械质量管理协会始终存在，而且随着我国机械工业的发展，中国机械质量管理协会的事业也随之发展。我也在中国机械质量管理协会的支持下，从事了一些基层和基础的工作。由于机械工业部和中国机械质量管理协会的安排，我去了东到黑龙江省的齐齐哈尔、哈尔滨，中到河南省的郑州、洛阳，南到广东省的广州和福建省的福州。我也回到我的家乡安徽，在合肥参观了几个厂。在各地的工厂讲解全面质量管理期间，结识了当地的领导。例如，东北轻合金厂厂长尉健行同志就是推行全面质量管理，取得显著成绩的一位。安徽省质量管理协会秘书长李代忠同志从我认识他那天起，到今天 30 年如一日，关心、支持全面质量管理。四川省质量协会秘书长傅世乾同志是在中国的质量界无人不知无人不夸的全面质量管理的推动者。这期间有几件事，我忘不了。

1980年8月10日的大场面。前一天的晚上坐火车去，第二天一大早到河南安阳。上午，在市文化宫做全面质量管理的报告。市委书记、市经济委员会主任，还有漯河、焦作两市的领导和省质量检验协会会长都到场，再加1 500多人听讲。晚上比较凉爽，市里要我在市体育场做大报告。他们组织了5 000多人的听众，满满一堂。幸亏我带着我的学生孙长鸣，先要他喊话，把听众的情绪调动起来，我再着重讲了讲PDCA，说，想要搞好质量，就得按这个PDCA的循环的要求去干。没想到，居然博了个满堂彩。当天晚上坐火车回到了北京。后年，重访安阳，见到几位老同志，他们说还记得这回事。

1979年11月29日我去河南洛阳，帮助洛阳油泵油嘴厂整顿产品质量。12月4日晚，市委第一书记阎济民同志宴请。席间，接待人员告诉我有人要见我，下去一看，原来是一位曾经见过面的朋友。不过，这话还得从头说起。我在日本有个同学，来人正是他的弟弟。“文革”中，受到我那个冤案的牵连，他也竟被无缘无故地抓了起来，坐了6年的监狱。被放出来，又从老家的湖北武汉流放到河南洛阳的纺织厂，当了一名小职员，依然背着个“特务”的黑锅。不知他是怎样打听的，听说市委第一书记请我吃饭，就跑来要我为他说两句话，一来希望给他平反，二来希望让他回老家。上来回到席上，多喝了几杯酒，借着酒力，我向阎书记说明了缘由，请他帮忙。1980年5月8日我收到了来人的感谢信，两件事全都办妥。阎书记比我大四岁，祝他健康长寿。

又是1979年。我在日本实习全面质量管理回来不久，12月19日到河北石家庄在当地的第一印染厂的大礼堂向全市的有关人员做了一场“访日报告”。这是我第一次做的访问考察外国的大规模大场面汇报，也是最后一次。那个时候，刚刚“改革开放”，人们渴望知道外国，尤其是日本的情况。不管说点什么，都是新鲜。何况我讲的又都是我自已的亲身经历，他们听起来有一种感同身受的印象。这个报告被印成小册子，广为散发。以后虽然多次出国，都是执行任务，尽管有些片断的花絮，其实说起来并没有多大意思，所以在石家庄的讲演成了绝唱。

以上介绍的都是中国机械质量管理协会成立以前的事，以后的，有一件我要说一说。就是因为参加了中国机械质量管理协会的领导班子，我认识了富有传奇色彩的沈鸿同志。沈老对我很好，在他住院休息期间，他还找我去同他聊天。他不仅是位革新家，而且对新知识的传播极为热心。他曾找人翻译了美国的一本著名的定额管理的专著，可惜处于"文革"前夕，这本本应该大有启发的书没有问世，就夭折了。管理是"管、卡、压"，定额管理更是被说成是资本家剥削工人的残酷手段，哪能允许宣传。"文革"后的80年代中期，朱兰的《朱兰控制手册》由上海科技出版社面向全国发行，沈老不管大会小会，只要是有关质量工作的会议，他总是抱着这上下两册的两大本的书向与会的人大力推荐。他又小又瘦的身躯抱着两本大书的形象，至今回想起来，依然令我肃然起敬。沈老离开我们多年了，我希望我们的质量工作者不要忘记他。所以，我写下这段小故事。

三、中国电子质量协会

中国电子质量协会成立于1979年，恰巧那年我被当时的第四机械工业部聘为质量顾问，又被选为副会长。后来从当顾问到退出协会的领导职务，这30年，特别是头十年，有许多人和事值得我回忆。

1. 两机会议

1978年年底，北京电子管厂又和我恢复了联系。厂长李学智同志经常叫我去参加厂里的活动。同时北京的东风电视机厂正从日本三洋公司引进了我国第一条彩色电视机的生产线，黄宗汉厂长也叫我去帮忙。这样，我开始了电子工业的全面质量管理。于是，等到第四机械工业部和国家广播电视总局在山东济南召开两机（电视机、录音机）会议时，黄厂长拉我去参加。会议从1979年4月16日开始，到26日结束，首先由第四机械工业部部副部长兼广播电视总局局长李元如同志传达了国家经济委员会关于全国"质量月"的安排，继之部、局领导讲话，各地各厂的代表194个单位294个人发言、讨论，会议进行了整整十天。问题主要有两个：一个是计划年年完成，产品质量却不见提高；第二个是产品质量问题中的关键是可靠性差。

我参加了上海组和山东组两个小组的讨论，了解到许多实际情况和活思想，认识了不少电子工业的干部。一件有意思的事是，会议上散发了一家日本公司的《会议十条》，例如，其中规定，要准时出席，且不要中途退席；不要固执自己的意见，要按大多数人的意见做出结论；结论要在当场经过大家的确认，以备会后得以执行；一次会议的时间不要超出 90 分钟等。在大会上，我做了发言。我强调，全面质量管理的精要是，各部门各类人员的协调合作。大多数情况下，质管人员在技术上的确不如设计、工艺人员知道的多，但设计、工艺人员的知识如果没有质管人员的“穿针引线”，而是各搞各的，这对产品质量的保证和提高形不成力量。就拿可靠性说，虽说可靠性是设计进去的，但更是加工出来的。只有纸面上的计算，没有现场里的努力，产品的可靠性是兑现不了的。我大胆建议，第四机械工业部目前的高可靠性处必须废除，至少也应该改组，用意是要把设计与加工之间的心理上和工作上的这垛墙撤掉。产品性能乃至可靠性提高不上去的原因就在于 PDCA 的循环转动不起来。1980 年 5 月底，我见到时任国际电工委员会美国国家委员会主席的波多斯基博士在第四机械工业部于 5 月 17 日在广州召开的高可靠性生产线会议上的讲话。他根据自己从事高可靠性工作 50 年的经验总结出的“波多斯基四原则”，和我的意见几乎一样。

广播电视总局的副局长隋经义同志做了会议总结。他说，就照刘源张同志说的，本次会议的总结按 PDCA 的要求进行。1979 年 10 月 4 日，第四机械工业部以（79）质字 1600 号文件正式聘我为质量顾问。

2. 黄宗汉同志与东风电视机厂

这是位有趣的人物。他是有名的黄家四兄妹的老四，我没有问过他是怎样当上了东风电视机厂的厂长，不过我怎么看，他也不像是个厂长。他基本上是位文艺人。文艺跟电视有很大的关系，但可跟电视机没多大关系吧。东风合并到牡丹电视机厂之后，他去从事创建北京大观园的事业，从这件事看，我的事前判断还算准的。可是，据说从三洋引进彩电生产线乃是他的主意。拍摄《红楼梦》也是出自他的想法，认为要提高电视机的产销量和质量必须首先要有好的电视剧。如此看来，他倒真是一位把文艺与电视机的生产捆在一起的非常高明的实业家。他又广为搜集资料，写成了《天桥往事录》等书，我买了一本。我只能承认，他对于我来说，高深莫测。不过，我喜欢他这样的人。

他倒是瞧得起我，来我家跟我几次谈过如何经营电视机厂的事。从"两机会议"回来，经第四机械工业部的同意和支持，我说动他在东风电视机厂开展"一条龙"的生产方式，就是说，要保证彩电的装配质量，必须组织原材料厂、元器件同组装厂一起，对最终产品的质量负责。为此，东风电视机厂向北京市广播电视工业公司呈交了一份报告，《关于推行全面质量管理试点工作的报告》(79) 东电检字第 27 号，承诺本厂生产的黑白电视机一年内平均无故障工作时间达到 2 000 小时，两年内达到 3 000 小时，三年内达到 5 000 小时。于是，他给了我一个东风电视机厂名誉厂长的头衔。说起来容易，做起来难。各个厂家都有自己的小算盘，虽说计划经济条件下，官家说的话有威力，但到最后还是硬不过厂家的利益打算。就拿筛选这件工作来说，总想把责任往下游厂身上推，同床异梦的几条蛇是变不成一条龙的。电视机厂本身主要是组装，因此为了保证车间生产的需要，这个厂的供应科每天早早就把组装需要的零部件和器材一箱一箱摆放到了车间的入口处甚至过道上。取用时，一开箱，灰尘自然散开来，大部分跑进了车间，成了影响质量的因素。还有，组装的一道关键工序是线板的波峰焊，线头的长短不齐在当时是个难题。这些经验促使我思索和提倡包括厂内和厂际质量保证体系的建设。

质量保证体系的建立必须考虑员工的利益，体系符合员工的利益，体系就能成功，否则，难以成功。1976 年以后，我在重新开始质量工作后，就力图从这个问题上考虑我的工作方法和方式。在东风电视机厂遇到这样有意思的一件事。那时，三洋公司的人已经来到厂里，要求厂的中方技术人员必须在当班的当日下班之前交出“两图一表”。我想，这样严格的质量管理肯定有效。不料，过了一段时间，从数据上看，质量并没有多大的提高。厂里有人建议，搞点物质刺激。那个时候，彩电是凭票供应的，有钱无票也是买不到彩电的。于是，厂里定了一条奖励制度。生产班组如果保证了产品质量和数量，作为奖励给班组每人发一张本厂彩电票。这样一来，质量稳步上升。原因很简单，每个人都心里想，说不定自己拿票买到的就是自己班里生产的电视机，自然就认真对待自己的工作了。

就这么点工作，倒引起了大家的注意。我接到了日期为 1983 年 5 月 12 日的全国电视机行业厂际竞赛委员会来函，邀我出席全国电视行业生产技术交流大会，并给我开列出了几个题目，要我回答：①国际、国内生产技术的发展情况。②展望本世纪科学技术的发展趋向。③我国科学技术的政策与管理。④从政策、技术和管理任一角度论述生产技术开发的重要性。这四个题目的哪一个也不是我能够胜任的，所以只好据实婉谢。后来一直到了 1994 年，我写了一篇“新年随感——提倡生产技术”，发表在那年第四期的《电子质量》上。

3. 蒋崇璟同志

崇璟同志是第四机械工业部副部长，兼中国电子质量协会会长。在我所认识的人当中，他是与我最亲近的一位领导。他每次给我写信，都称我老友，但每次在第四机械工业部或中国电子质量协会开会，轮到我讲话时，他却宣布要顾问或副会长做指示。公私两场合的称呼分明，这表现出他对我的爱护。我生性懒散，常常缺乏问候，又有好多年没跟他通音讯了。所以，我要借这个机会，向他问候。

在第四机械工业部，我是他的顾问；在中国电子质量协会，我是他的副会长。我就任后与他相识的头两件事是，1979 年秋末，蒋副部长和吴本毅司长亲自来系统所聘请我为第四机械工业部质量管理顾问，随后由他带领我赶赴广东的肇庆，专程去拜访当时在该地休养的第四机械工业部部长钱敏同志，向钱部长介绍我的经历和职务。从这两件事，我感到崇璟同志的亲切关怀。一直以来我当他的助手，感觉总是那么融洽。

1979 年 11 月 19 日至 27 日在北京召开第四机械工业部全面质量管理经验交流会，钱敏部长以下多位第四机械工业部领导和国防工业办公室（以下简称国防工办）的领导出席会议，并做讲话。会上我作为顾问也做了报告。这是我在电子质量协会系统做的第一个正式报告，兴奋之余，话讲的长了。崇璟同志给我递了个条子，写道“10 点钟休息十分钟吧，你意如何?”这个条子，我贴在了日记本的当天一页上。中国电子质量协会正是在这会议期间成立的。作为副会长，又讲话，又做国外情况介绍，又要主持交流座谈，着实忙了好一阵子。照例，这种会上认识了许多质量管理的同志，了解了许多实际问题。至今保持联系的高书豫同志就是在会上结识的。

我跟随崇璟同志到过南方的几个地方开过中国电子质量协会的年会或其他活动。因为那时中国的电子工业多是设厂在江南。我也就有机会到无锡、苏州等地。特别是 1987 年 4 月，我应邀在无锡做了一次“梅花杯”质量讲座。有些时间，在周边领略了江南的好风光。远到云南等地，我也曾陪同崇璟同志去过，开会或者视察。那些年，我不但通过中国电子质量协会的各种活动，了解了我们的电子工业，更是欣赏了我国的大好江山。

崇璟同志的英文很不错，我真奇怪，他参加革命这么多年，胜利和解放后又历任国防工业教育和建设的高级领导职务，竟然没有忘记。1995年，戴明逝世，我曾写过一篇纪念文章寄给他，他看了以后，用英文写了一篇回忆戴明的文章寄给我。崇璟同志很有文采，常常作诗，自称打油，每次电子质量协会开会，他都有感朗读一首，很受与会同志们的欢迎。1991年7月10日，中国电子质量协会第七次年会上，他将交班问题表了态，赋诗曰：“七六匆匆漫自惊，交班任务正完成；余年还有光和热，愿为质量毕此生。”2000年他给我来信，赠诗云：“人生一征程，其长120；事业大无边，努力往前行。”我明白，这是对我的鼓励。

到了 2010 年，中国电子工业已经成了气候，家电产品已经取代日本成了全世界的畅销货。不用说，质量的提高得到了公认。在这件事上，中国电子质量协会是做了贡献的，崇璟同志是有功的。

第四节　我 与 军 工

我的质量工作主要在民用品产业，但是由于质量管理体系的通用性，我从这个方面参与了我不熟悉的军品产业的质量管理。前前后后，大约超过了十年的时间。

一、周星如同志

我接触到的第一个军工方面的人是周星如参谋。1979年9月，我从日本小松制作所实习回来不久，我们实习团的实习报告也刚刚由第一机械工业部印发，在全国引起广泛注意。大概是这个原故，军工产业界开始感到兴趣。也许因为我在清河毛纺织厂、北内厂、十堰二汽等企业所做的工作被媒体报道，他们知道了我的名字的关系。周星如同志找到我，要我为国防工办讲讲全面质量管理。这个单位对我来说，真是人生地不熟，枪炮弹药，我一样也不知是怎样造出来的。我向他请教，应该怎么个讲法。他说，用不着为难，讲讲产品质量是怎样管理出来的就行。约定9月17日和18日两天的上午讲，16日他还到我家，同我细细敲定讲稿。真是个认真负责的军人。如期，我在中央组织部招待所为国防工办的人员讲了全面质量管理是什么性质的工作，它为什么能对产品质量起到大的作用。主持讲座的是国防工办生产局的局长，出席听课的应该全是军人，但我并没有感到什么特别严肃的气氛。这使我放心大胆地讲了起来。11月27日他又来找我，说国防工办组织了一个学习班，要我再去讲课，12月7日和8日两天在西单的北京卫戍区招待所讲的时候，我有了一点军工产业和产品的知识，讲的比较联系军工的实际了。

在这前后，我为总后勤部的工厂管理部于1979年10月和1980年4月的两次学习班讲了课。他们还认真地把我的讲稿印发下去。到了1985年4月，总参谋部也要我去讲课，主题依旧是全面质量管理，不过我向他们强调，全面质量管理的几个原则，例如，用数据说话的工作要求，按PDCA循环的工作方法，始于教育、终于教育的培训方针，都是包括参谋工作在内一切工作可以遵循的原则。三总部中只有总政治部我没有去讲过什么，但是，我想全面质量管理中的目标管理应该可以有用。1980年和1981年的两年当中，星如同志拉着我去了几个带番号的工厂做了些诊断和咨询性质的工作。

在与他合作的基础上，我为军工产业的规章制度和管理办法的制定做了些工作。1985年我得到了国防科学技术工业委员会（以下简称国防科工委）军工产品质量管理标准化技术委员会顾问的任命。这该是由于他的推荐，我有了一个与军工有联系的头衔。进入90年代，星如同志创办新时代认证中心，1994年1月，他要我当中心的顾问，我自然从命。以后随着他的退休，我也从军工产业的质管工作上逐渐退了下来。这是一段难忘的经历。

二、怀国模同志

他是一位有中将军衔的军人，任国防科工委的副主任，主管军工的生产。因此，他是我在军工产业所做工作的顶头最高领导。记得我第一次见到他，是1985年5月6日在国防科工委军工产品质量管理标准化技术委员会第一次全体会议的时候。那天他的讲话使我知道了1982年11月1日国防科工委成立以后，几个阶段的军工产品质量管理的变迁。他强调，质量不能只靠人治，更需要法治，这就是本标准化技术委员会成立的理由。直到这个委员会完成任务而解散为止，几次会议上我都见到他。出乎我的意料，他对我的工作非常熟悉。我想，我提倡的质量保证体系和贯彻这个概念的最初的《军工产品质量管理条例》和后来的《国防工业质量管理体系标准》是得到他的首肯。见他时，每次他都对我说些感谢的话。甚至他从工作岗位上退下，我与他在一些与质量有关的会议上见面，他还向有关的领导同志介绍，说我为军工做了贡献。惶恐，唯有惶恐。

有时在一起开工作会议，他总是对我讲一些军工产品的质量问题和质量事故，让我知道一点军工产业的实情。这些话开启我的思路，充实了我对我的“工作三原则”的信念。使我感激的是，在 1998 年国务院机构改革的过程中，军委系统进行机构改革的一次重要会议，他要我参加。我到会场一看，出席的全是将军级的负责同志，会上传达讨论的是取消国防科工委和新建总装备部的大事。这哪里是我这号人露面的场合。

在军工方面的工作上，我的主要合作或者说依靠伙伴是 708 所。曾任所长的朱明让同志常跟我谈起怀国模将军。他说，在他底下工作，心情舒畅，因为将军不但深通业务，而且有远见，对部下的工作能够给予确切的指导和充分的信任。对比将军待我，我认为他的话不假。有人告诉我，将军是上海交通大学毕业的，难怪他给我的印象是位知识分子的形象。

2009 年在人民大会堂的一次会上我还见到他，看到他已两鬓稍有斑白了。

三、李立清同志

李立清同志是第五机械工业部副部长，原任包头第一机械制造厂（617 厂）的厂长。这是家有名的军工企业。1979 年第五机械工业部邀请我去包头看一看这个厂，同时要我做个报告。这是我第一次到兵器生产厂参观学习。同行的有第五机械工业部的副部长、局长和质量处处长。9 月 5 日晚 9 时 30 分乘火车动身，6 日下午 1 时 30 分到达。进了厂，我第一次见到厂长李立清同志。立即听了他介绍厂的质量管理情况，参观了质量管理的展览和车间的工作。晚上举行座谈，617 厂之外还有209厂、844厂、847厂参加。座谈会上，立清厂长用“撬动”这个字眼来形容他推行全面质量管理的诀窍。的确，常听说“晓之以理，动之以情”去动员人们从事某种事业，但是，如果有权在握，“撬动”反倒来的痛快。我想，这“撬动”也只在有服从意识的军人精神的军工企业里才能实行吧。“撬动”给了我强烈的印象，使我领略了立清同志的魄力。

第二天，我做了一场全天的报告。因为我第一次看到我们的兵器厂，又是生产重型武器的那么大的一个厂，心情有些激动。再加上我刚从日本的小松制作所实习全面质量管理归来不久，一些刺激还留在我脑海里。所以我感到我有许多话，要同这个厂的员工们说一说。我对全面质量管理着重就这个“全”字做了些解释，其余的，我把日本、美国企业的一些实际情况结合我的亲身体会给听众讲了些小故事、小典故。我是想尽量从这些小事上让厂的员工们认识和了解全面质量管理的精神。

报告会上我看见从西安赶来的844厂、847厂的人，大老远的，让我钦佩。我想起，这之前的3月我去过他们那里。那时，国家已经开始实施“军转民”的政策，3月17日我随以杨绍曾副部长为首的西北经济调查组去西安考察情况。杨副部长要我为当地做一个管理现代化的报告。18日一整天做了报告，晚上还参加了座谈。累是累点，但我很高兴。因为我有这次的机会，讲一讲我的新观点：企业的生产活动靠信息流和物品流的有序流动。我讲了这两个流的性质和它们之间的关系。而且，我指出，当前军品的生产和民品的生产在信息流和物品流上有很大的差异，军工企业在“军转民”的过程中必须注意这种差异，找出克服差异的途径和方法。令我高兴的是，647厂的李有春厂长于1980年8月30日给我寄来了一封信和847厂（昆仑机械厂）的《昆仑情报》1980年第2期。他说，他听了我的报告，受到启发，回厂后立即组织班子，把信息流建立起来，制定了工作程序。他说，收到了一定的效果，但问题不少，特别是专业技术和管理技术的脱节。

那个时候，不像现在有很方便的电子计算机和现成的程序软件。李厂长他们干起来的确不容易。我如果现在再讲，就还要加上另外一个：资金流。方法、手段虽是日新月异，但是次要的，而思想不走在前面或不跟上，却是关键的问题。我看了《昆仑情报》介绍的那些文件和程序，感到他们是走在时代的前面了。

立清同志任厂长时，我还去过一次 617 厂。1980 年 11 月 20 日我乘夜车赶往包头，参加在该厂举行的第五机械工业部 8011 会议。21 日我随总后勤部部长洪学智将军视察了工厂，我跟在将军身后，看着那些高大的厂房、来回移动的天车、车间里的大型机床、地面上摆放的巨大厚重的产品工件，将军转过头对我说了一句，“这就是国力”。他的这句话深深留在了我的记忆，那以后，我每逢到一个厂，都自己问一下自己，这厂是多大的国力。1998 年 4 月 24 日我去十堰看了二汽的设备制造厂，临别时他们要我题词，我写下了“国力所系，切望珍重”。

立清同志调任第五机械工业部副部长以后，还同我有联系。他几次要我陪他去几个地方，视察“军转民”的情况。有造机关枪的厂转产自行车，有造仪器的厂改造人工心脏瓣膜，随他出差让我明白了“军转民”的难处。最大的问题是当时“军转民”的厂领导没有市场的概念，没有经营的思想。我虽然也到了一地，就多多少少讲几句这方面的劝告，但事非亲身经历，光凭别人的几句话是不会有效果的。这就需要这些领导的胆识和魄力了。敢不敢闯，只在一念之间了。最有意思的一件事是，我忽然接到一个电话，要我到北京南苑去。去了一看，是个工厂模样的地方，放着好多辆坦克。原来是伊拉克的买家来验收，要我来应付必须应付的事情。好在什么也没发生，也就用不着我出场了。

一句话，我跟立清相处的很愉快。进入 90 年代以后我未曾见过他了。

从左到右为玄锐、张贵华、钟良，中国质量协会的先后三任秘书长

中国质量协会
宋季文会长

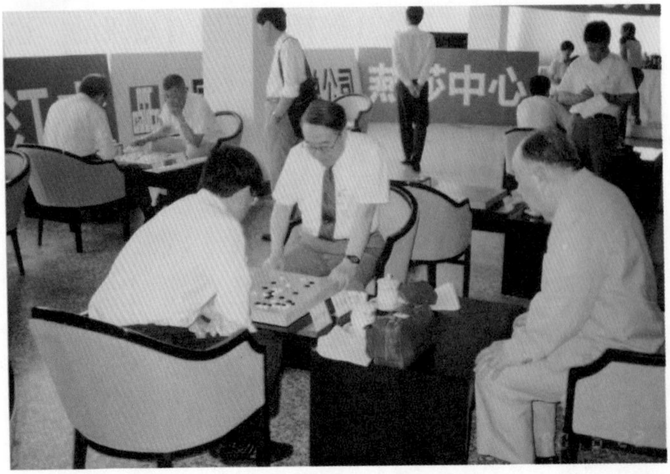

首届“尧舜杯”世界华人围棋赛季文老来观战

我任副会长

中国质量协会陈邦柱会长

第一次会议的合影

美国国家质量奖管理委员会主任Herz博士

去合肥参观，中间是安徽省质量管理协会秘书长李代忠

我左边的两位是中国机械质量管理协会顾问沈鸿、中国质量协会第一任会长岳志坚

东风电视机厂现场指导

身高的是中国电子质量协会会长蒋崇璟，他左侧是高峻副部长，我右侧是秘书长吴本毅

旁边微笑的是吴本毅，他对我总是那样亲切

随蒋崇璟视察工厂

中国电子质量协会里我的帮手高书宇

与李立清游漓江

第五节　QC 小 组

1977 年我在北京的清河毛纺织厂组建了一个小组，开展质量管理的活动。本章第二节之二里说过这件事。到 1978 年在北内，受日本小松制作所的影响，才把这样的小组活动正式命名为 QC 小组，即质量管理小组。当年我向国家建议开展群众性的质量管理活动时，用的就是这个名字。

在这个十年里，一到八的八个机械工业部的部和厂，除了第二机械工业部的，我都去看过、讲过、干过。铁道部、交通部的学校、工厂也都去讲过。三总部中，除了总政治部，我都去看过他们的厂，给他们讲过课。冶金部、煤炭部、石油部、纺织部、轻工部、化工部、建筑部，这些部的厂、矿我也都去看过、讲过、干过。这些部的质量管理协会的建立和活动，我也都参与过。可以说，国家的产品生产部门、单位我几乎都去传播、试点过全面质量管理。全写下来，过于烦琐，这一节只信笔记下了我感受较深的一些人和事。然而，这一切的工作或活动当中，我最关心最想念的是我们的 QC 小组。

一、动机和意图

1956 年回国后见到的我们中国的工人给我的印象太深，他们是辛勤苦干的，并且把厂当成了自己的。1976 年国家推行“信得过”班组活动，我看见他们更加辛勤，更加苦干。能不能巧干呢？干活总是辛苦的，如果能干的巧一点，苦是不是能少一点。他们的苦是因为他们要保证产品的数量，又要保证产品的质量。他们的技术是从师傅那里学来的，但他们是不是很少知道技术为什么要是那样干呢，更不知道那个技术和产品的数量、质量有什么规律上的关系吧。如果知道了，他们是不是能自己想办法干的巧一点呢？那个时候我就在想这些问题。到了清河毛纺织厂，前面已经说过的，我开始试试我的一点想法。

我想起了在第一章第四节我说过的沈阳风动工具厂的曲师傅，如果能把质量管理的科学知识让我们的工人掌握起来，那么他们可以使用他们的技术更加稳准地保证产品的数量和质量。任何科学都是，最基础的，又是最简单的概念、原理、方法才最有用，质量管理也是如此。这些东西理解起来，不会困难。先有人讲一讲、教一教，以后他们可以互教互学。几个人组成小组，把学到的东西一起探讨，互相配合、互相启发、集思广益，用到实际中去。成功的话，我们的工人既能熟练掌握固有技术，又会管理技术，使他们能够在自己的岗位上，发现问题、解决问题。再通过标准化的程序把活动的结果变成规章制度。同时又增强了合作意识、团队精神。归根到底，民主思想、法治精神是从基层这样的活动开展中逐渐产生、深化的。

我在 1982 年起草《质量管理小组暂行条例》时，特地写上“我国的质量管理小组活动，是职工参加民主管理的新发展”和“是建设社会主义精神文明和物质文明”的几句话。被采纳成为该条例的第二条和第三条。以后，我又写过一篇文章，阐述了我的认识。择要印在了中国质量协会为纪念全国质量管理小组活动 30 周年而发行的 2008 年的台历的九月那一页上。“质量管理小组固然是创造物质文明的一种组织，其实更是建设精神文明的活动。”

简单说，这就是我提倡、开展 QC 小组活动的动机和意图。

二、成就和问题

先说个数据。30年质量管理活动从未停止，每年一次的全国QC小组代表大会从未间断。根据中国质量协会的报告，30年累计注册QC小组2 802万个。可计算的经济效益达到5 753亿元。QC小组普及率和成果率分别达到18%和68%。这些数字都是惊人的。我不清楚，这个18%和68%是怎样得出来的，可是我有个算法。2 800万个小组是累计的,估计实际上只有10%的小组，就是280万个。这个数大概不会差到哪里去。一个小组就算7个人，280万个小组就是19 600 000人。取个整数,2千万人。我们有这么多的职工参加过QC小组活动，接受过质量管理的培训，知道“两图一表”的用法，并且有过解决身边问题的经验。这是多么大的一股力量！全国的在岗职工约有1亿2千万人，2千万人约是它的16%。从这个数字看，又显得少了点。今后如何加强普及，算是一个问题。不管怎样，我们要感谢那些为QC小组活动用过心出过力的同志。

我们的QC小组的一个特点是配合全国的经济形势和问题而活动。20世纪70年代中开始的信得过要求、80年代中提出的现代企业制度的科学管理、90年代国家号召的企业降损，21世纪初的节能减排，都有QC小组活动的配合。上海市质量协会为了更好地在QC小组活动中开展节能减排的工作，把QC小组改名为JJ小组，立即得到市领导的理解和支持。我国QC小组活动的另一个特点是“官、产、学”部门的直接参与。共青团中央、中华全国总工会、中国科学技术协会、中国质量协会四个部门在全国人大、全国政协、国务院和党中央领导的关怀下组织和管理全国的QC小组活动。这两个特点是外国QC小组活动所不具备的。QC小组的创始人，日本的石川馨，曾经自叹弗如。他说，中国QC小组的“两参一改三结合”的精神和性格是他想做而做不到的。

但是，问题也不少。除了普及率尚待提高之外，最大的问题，我认为是一线工人的参与太少。我参加许多次QC小组代表大会，看到QC小组的成员中，偶尔有一两位一线工人，其余全是技术人员。虽然我很高兴看到我们的年轻技术员发表他们的活动成果，但是我还是有些遗憾，看不见很多的一线工人。这里是有个教育文化程度的关系，或许也有个工作安排上难有时间参加活动的关系，不过，无论如何，我希望我们的企业领导多多让一线工人参加到QC小组的活动中来。

三、几个人和几件事

20世纪80年代我在宣传推广全面质量管理的时候，在一些集会上曾向听众呼吁过，哪怕只有20个“疯子，傻子”，我们的全面质量管理就能开展开来。我说的“疯子”是指那些不要名不要利的人，我说的“傻子”是指那些不追问道理马上跟着干的人。我们的全面质量管理队伍里还真有一帮“疯子”和“傻子”。QC 小组活动当中，我就遇到了两位。一位是北京的孙长鸣，另一位是上海的马仲器。北京的这位特别有鼓动力，QC 小组会上有了他，小组成员立刻就活跃了起来。上海的那位特别有动员力，不管是什么人，他都能把他或她拉进 QC 小组里来。他们两位的这种现在可能称为执行力的东西正是我所没有的。我很幸运，在 QC 小组活动的初期，有这样的人帮我到处跑 QC 小组活动的场。2009 年 12 月 8 日在北京的政协礼堂举行的推行全面质量管理 30 周年纪念大会上，他们两位都被邀请参加了。尽管他们两位以后都转变了工作岗位，中国的质量界并没有忘记他们。

还有两位，我不敢说他们是“疯子”或“傻子”。一位是福建的曹怀枝，她写过一篇文章，登载在 1992 年创刊的《质量管理小组》第二期上，题目是“给 QC 小组多倾注一点爱”。她说，不要指责 QC 小组的这样那样的不足或缺点，要多给它们一点关心、一点爱，QC 小组会健康成长起来。这是慈母心。另一位是北京的周天祥。他说，帮派或教派的人见面时，有个所谓切口的见面语。佛教徒见了面，道声阿弥陀佛。“文革”期间，不是人们打电话，说正事之前，都必须先说句“万寿无疆”吗？QC 小组的成员见面时，最好互道一声，PDCA。我赞成。他们的心思都放到 QC 小组身上了。

1981 年的全国第三次 QC 小组代表大会上，我出面邀请了几位全国知名的科学家出席会议。他们在听取了小组成员成果发表后，题下了他们一致的感言：“QC 小组活动是劳动、科学和智慧的结晶。”当时在场的小组成员听到这句评语，都高兴地跳了起来。

还有一件事，要大写特写。1983 年 9 月 9 日全国第五次质量管理小组代表会议在北京召开。15 日的下午，代表们到人民大会堂参加了“质量月”的授奖大会，见到国家领导人亲自给获奖者授奖，深受感动。几位年轻代表提出来，能不能同赵紫阳总理合影留个念。他们找到我，我当即表态赞成。就由天津的乌兰工程师等起草了一封《请愿书》，再由他向代表们宣读，征集签名。乌兰又按照第四机械工业副部长蒋崇璟同志的建议把信送到了国务院收发室。孙长鸣当晚急急忙忙同收发室的秘书联系，恳请帮忙。最后得到了答复，赵总理同意，并且邀请全体代表到中南海。会议的会务组研究决定，选取四个小组利用成果发表的形式向总理做个汇报。当然，谁也不敢想，总理那么忙，能有时间听这四个 15 分钟的成果发表。17 日上午会议在中南海小礼堂举行。会议由宝华同志主持并做了关于 QC 小组的汇报。汇报有五个部分：第一，QC 小组代表会议的情况；第二，推行全面质量管理的概况；第三，质量管理小组的活动情况；第四，当前质量工作中的主要问题；第五，几点意见。接着，紫阳总理请薄一波副总理讲话，田纪云副总理也讲了话。然后进入小组成果发表。谁也不会想到，总理听了一个，就一直听完全部的四个，还在听完之后，做了 90 分钟的讲话。我的笔记本上记的有 15 页。

紫阳总理在讲话的开头说，“原来无安排，也没注意到北京在开这么一个会。QC 小组几位同志写信来，要求见面。这是非常应该的，要见，就大家都来。把参加小组代表大会的都请到中南海，同国务院几位领导见见面。直接听听四个小组的汇报，再一起照个像”。我听起来，就好像总理在跟我们聊家常。中间还有薄老和张劲夫同志不时的插话，更觉得台上的讲话和台下的反应是那样的融洽。这个讲话以赵紫阳署名题为“加强全面质量管理，提高企业素质”，全文刊登在 1983 年 10 月 20 日的《人民日报》的头版头条。总理不说，“提高产品质量”，而说“提高企业素质”，实在是说出了全面质量管理的真谛。但是，见报的文章与现场正式记录的发言稿有很大的不同。凡是总理讲的一些实际问题和风趣话语，全不见了。总理在向小组代表讲解了国家的经济形势和问题后，说了这样一句话，“刚才听了四个小组的汇报，感到很新鲜”。然后，他讲了他对质量管理小组活动的看法和期待。总理讲话的这种“起承转结”，在报纸上根本没有体现出来，实在可惜。那以后，我听过几位总理的多次讲话，总是这种情况。发言精彩，既风趣又生动，一见报，干巴巴。不知是何缘故。

在中南海与总理合影的时候，宝华同志坐在总理的右边，我坐在宝华同志的右边，跟总理相距只是一个位置。我探头向总理说了一句，“总理，您是全世界唯一的一位听取QC小组成果发表的政府总理”。他听了，微笑了一下。

这件事是我国QC小组活动史上的一件大事，对全国的质量工作者起到了莫大的鼓舞作用。这件事还有点余话。时任国家经济委员会主任的张劲夫同志要了解QC小组的活动情况。1983年9月15日国家经济委员会体制改革局局长王乐梅同志打电话告诉我这个消息，要我写一份报告。用了一个晚上的时间，遵循QC小组成果发表的精神和形式，我画了一张图表，加上五行40几个字的说明，第二天的9月16日把它交到了国家经济委员会。没过多久，贵华把这张图表退还给了我。上面有宝华同志的批示，“请劲夫、王磊、季文、镕基同志阅退质协”，日期是9月17日。劲夫同志阅后签署的日期是9月19日。从这几个日期，可以看出QC小组是受到多大的重视。现在，这张图表成了我保存的有关QC小组的重要文献资料。

第六节 媒体的帮助

我的全面质量管理工作之所以能在全国推行，就像上文说的，是由于政府各级领导和企业界领袖的理解和支持。还有一个重要的因素，是媒体的传播宣传。我愿在这一节里记下几件事和几位记者朋友。

一、新华社

最早报道我的媒体是新华社。1978年11月18日新华通讯社以《内参》（第2135期）报道了我在北内的工作。记者是潘善棠同志。自从有了这篇报道以后，《人民日报》、《北京日报》等报纸开始陆续报道了我在各地的工作。《光明日报》记者武勤英还以“让全面质量管理在我国开花结果”为题写了一篇1979年8月对我的采访记。实际上，为我“平反”的应是潘善棠同志，因为根据这篇报道，中国科学院发了一份《简报》，称方毅同志说“刘源张应予以表扬”。那以后，我的命运起了变化。

还有一个小故事。潘善棠同志同另外一位新华社记者徐人仲同志写的一篇“科学管理的播种者———记中国科学院数学研究所副研究员刘源张”,在 1979 年 6 月 12 日由中央人民广播电台的《对工人同志》节目播放了。那个时间，我正在日本，我的一位留日的同学罗漾明在日本广播协会（NHK）工作，收听到了这条消息，告诉了我。他还替我高兴，说：“这下子，日本的同学们都会知道你活着，还干的不赖。”

潘善棠同志以后一直帮我，我却没能帮他什么忙。

二、中央人民广播电台

电台有位女编辑主任易淑珍同志。她好像对全面质量管理感兴趣，1979年9月的《质量月》活动前找到我，要我在电台做个讲座，定在1979年9月17日到20日的四天播出。9月8日的《广播电视节目报》登了预告。10月6日她来信说，“广播讲座播出后，受到厂矿干部、工人的热烈欢迎。一些单位纷纷来信来电要稿，言辞恳切”。还说，电台决定10月15日到18日重播一次。11月又再次重播。12月20日她写信给我说，“全面质量管理讲座播了三轮，收到不少信要材料。现在各地都在开展全面质量管理的学习，这方面的材料确实太需要了。如果质量管理协会能给大家提供这方面的方便，那为四化就立大功了”。

其后，中国质量协会和各部门各地方质量协会成立，我都对他们说，要注意向群众提供学习材料，帮助他们学习全面质量管理。

天津人民广播电台于1981年筹备组织广播讲座，要我讲一讲。1982年2月我交稿，1984年天津人民出版社发行《工业企业管理知识丛书》，我的一讲《全面质量管理》成为该丛书之一。它只是一篇急就章。

三、《工人日报》

1978年12月25日《工人日报》社的刘桂复同志持介绍信来到数学所找我，信上说明，商谈“质量数控”事宜。这名词，我是第一次见到。我对他说，我不是研究数控机床怎样控制质量的，他说，那你就写写你的质量控制。

就这样，《工人日报》从1979年1月14日到12月31日，全年两周一次在《学管理》栏目连载了我写的“谈谈质量管理”。1979年1月1日《工人日报》的社论“站在伟大转变的最前列”中，写有这样几句话。“要站到伟大转变的最前列，就要积极参加管理制度的改革”，“现在在企业管理上存在一个突出的问题，就是官僚主义的管理方法”。我就是依据这一要求写成了我这不成书的书。

1979年我去日本学习和实习质量管理三个月。前前后后出国前的准备和归国后的汇报加起来几乎小半年，这一年当中，只能挤时间写稿，因此许多内容，我都来不及写。1979年12月31日最后一期，编者写了一段“告读者”，说我正在赶写一本《质量管理入门》，对讲座做了大量补充。还说这本新书将由新华书店在明年发行。我没有完成这个计划，实在对不起读者们和《工人日报》。30多年后的今天，让我正式道个谦吧。

这一年当中，刘桂复同志给我写了12封信。大部分是催稿的，另外就是告诉我，全国各地许多读者来信，要资料，或要全稿。我自己也从读者直接收到这样的信。粗略统计，超过百封。不曾想到，“谈谈质量管理”竟然引起读者那么大的兴趣。“改革开放”激起群众的学习热情，“拨乱反正”导致的企业对提高产品质量的强烈要求，是那个时代的特征。我这个讲座不过是“恰逢其时”，而成了“文开先河”的结果。如今想来，这也是我的一种运气。

四、中国新闻社

这是一家专为海外服务的新闻社。郭健是一位有名的记者。退休前，被派往美国纽约，任中国新闻社美国分社的社长。在北京期间，他常到我家来，不但了解了我的工作，还采访了我的妻子和女儿们。1983 年他发表的“刘源张教授的‘中转站’”，就是他听了她们的唠叨写成的。因为我经常跑企业下工厂，一年之中，在家不过两个月，还是零敲碎打，所以女儿们说我们这个家不是爸爸的家，而只是他歇脚的中转站。

但他注意的是向海外宣传国内中国知识分子如何献身“四化”事业。早在 1979 年 7 月 10 日的香港《大公报》，他以“数学家轶事”为题把我与吴文俊、张广厚放到一起做了介绍。我找到他，向他反复说明，我不是数学家。1982 年 5 月和 6 月相继在香港的《文汇报》和美国纽约的《美洲华侨日报》登出他的“为了祖国的中兴——记归侨科学家刘源张”就改了对我的称呼，介绍了我在几个厂的工作。我在东风电视机厂工作的照片也是由他发表在国内外的报刊上。我在中国香港和美国的几个亲戚都是看过这些报道，打电话或写信给我，表示了他们的喜悦。这又是我没想到的事。

郭健同志任中国新闻社美国分社社长时期，注意报道我在美国的活动。2000 年我在美国接受石川－哈灵顿奖，就是他把消息传到国内来的。

同样，他帮了我的忙，我却帮不了他的忙。

五、两位高级记者

顾迈男同志是新华社的高级记者，1962 年起专门从事科学技术方面的报道。1980 年 3 月，中国科学技术协会第二次全国代表大会在北京召开。会上她采访了我。3 月 24 日的全国各大报纸，如《人民日报》、《解放军报》，都登出了有她在内的三位记者的联合报道“因为我是中国人——记几位五十年代归国的科学家”。文中第一个介绍了我。1982 年国务院学位委员会管理科学与管理工程学科评议组开会，她来京西宾馆采访了我。我并没有什么科学上的成就，只是那时系统工程学会刚刚成立不久，我也刚刚上任系统科学研究所的副所长，我想，她大概是怀着好奇的心情来找我的。谈起话来，她却对我在日本和美国留学时的一些遭遇很感兴趣。

2006年上海教育出版社推出了她的书《非凡的智慧人生——著名科学家采访记》。她给了我一本，我才从中读到了一篇题为“漂泊的辛酸——访系统工程学家刘源张教授”的文章。记述中有几处差错的地方，却也不伤文意。但是，把我放在与梁思成、华罗庚、钱三强等真正的著名科学家的同一行列，这是万万不敢当了。

柏生同志是《人民日报》社的资深高级记者。1980年11月11日她署名在《人民日报》上发表了一篇文章“热爱社会主义祖国的科学家——记刘源张和张斌兄妹”。她介绍了我的全面质量管理工作，但令我吃惊的是，她披露了我被抓进秦城监狱的原因。等到同年的12月23日全国各种报纸刊出了公审“四人帮”中谢富治的罪行，其中详细记载了我这冤案的前后，与柏生同志的说法完全一致。由于她的职务和地位，我想她早已知道消息。感谢她提前一个多月为我公之于世。我没有见过柏生同志，想象她一定是一位慈祥的老太太。

这两位记者与上面我写下的几位不同，她们的报道重点不是宣传我的全面质量管理工作，是借我的故事宣传爱国主义的精神。这是我的荣幸。

六、一位日本记者

这个十年里，由于各种不同的机会，我接受过几位日本和美国的记者的采访。其中，《读卖新闻》的荒井利明先生成了我的老朋友。

1979年，作为北京市汽车工业公司质量管理实习团的顾问，我在日本小松制作所的小山工场工作期间，7月20日他从东京赶来采访。当时他对我解释的专门采访我的几条理由很有意思。第一，日本的大公司邀请这样人数多、职位高的研修团队来日本，就是大消息。第二，有东京都警视厅特别加派便衣警察护卫研修团的顾问，更值得采访。

这件事说来话长，但是，不讲清楚，怕有误解。实习团一到东京，我国驻日大使馆的一位参赞找到我，对我说：使馆知道我在日本的经历，如有日本的右翼团体或黑帮成员出来挑衅，希望我不要跟他们争论，可以直接通报大使馆。也许因为这个缘故，日本警方派了一位警员随时随地跟着我。21日的《读卖新闻》登出了他的访问记，副标题用了一句话，“劳动者的责任感是经济繁荣的保证”。这是我向他说的我在小山工场实习时的感触。

30年来，他和我的交往不断。1980年他调任读卖新闻社北京支局局长，然后历任东南亚各地的支局局长。最后回到东京升任读卖新闻社的编修委员。2005年起，他到一所县（省）立大学任教授，专门讲授中国经济与文化。每次到我家来，聊起中日间和日本国内的人和事，滔滔不绝、三四个小时。每次谈话都是我更新日本知识的好机会。妻子坐在一旁，荒井的中国话讲的不错，于是他就挑些有意思的再说给她听。他来时，总给我带来一本当期的《文艺春秋》杂志，让我了解时代的日语和文字；他走时，我给他一罐茶叶，让他记住中国的茶香。

七、全面质量管理电视讲座

我想起要用电视宣传全面质量管理是由拍电影引起的。1979年3月，第一机械工业部情报所的同志到北内来商谈拍摄一部介绍全面质量管理的科技电影。厂、所双方商定，利用挺杆加工的现场做一些演示。之前，给我看了剧本，有要我出场的镜头。3月31日，正式开拍。我的戏是从车间的一头走到加工挺杆的机床旁边，向加工的工人交代几句话。走这短短的10米路，我愣是过不了关。导演让我来来回回走了许多遍，才算勉勉强强通过。从那以来，我对电影演员的辛苦有了认识，对他们的出神入画的表演有了敬意。走着表演我不行，但站着讲话还可以。于是，想到了电视讲座。

1980年的3月，我开始与孙长鸣联系，商量拍一部全面质量管理的电视讲座，叫他替我跑腿，去中央电视台等各方面进行活动。为什么找他呢，又有一段故事。3 月 15 日中国科学技术协会第二次代表大会开幕，18 日的七团的代表会议开会前，举行了一场拜师会。孙长鸣拜我为师。这场突然，使我不知所措。但是，孙长鸣的诚挚，与会代表的热烈鼓掌，再加上中国纺织工程学会会长陈维稷先生的祝贺，这些让我收下了这个弟子。3 月 23 日的《人民日报》以“一个新颖的拜师会”为题报道了这件事。

我找到了包括沈思聪教授在内的一些同志，写稿，录像。1980年7月30日的《广播电视节目报》刊登预告，8月4日开讲，共27讲，每周一、三、五的17点30分到18点20分，由中央电视台向全国播出。这是我们国家的第一次电视播出的全面质量管理讲座。为了加强收视效果，1980年9月18日《工人日报》刊出了“全面质量管理电视讲座考试题”25道。1981年1月，科学普及出版社出版了《全面质量管理电视讲座》。开卷附有1980年3月18日《工人日报》的社论，“大家都来学习和参加全面质量管理”。扉页注明印数145 000，在当时这个数目不小了。科学普及出版社于7月出版了稍加修改的第二版。我向责任编辑罗秀文同志开玩笑说，你们出版社可赚了大钱。我的初次尝试能让电视台、出版社、观众都满意，我就很高兴了。

1980年的全面质量管理电视讲座结束后，我立即筹划1981年的讲座。第一期讲座的反馈中有一条，讲师有的讲的不太通俗易懂，或是不太联系实际。我找到沙叶同志，请他出面，组织几个有推行全面质量管理经验的企业来献身说法。计划里有北内、二汽、清河毛纺织厂、东风电视机厂、774厂、国棉一厂，再加上江苏和上海的几家。北内由沙厂长亲自讲授。我在6月18日下午录完我担任的第一讲“推行全面质量管理是贯彻调整方针的一项重要工作”，之后我就去了日本，一直住到年底。所以第二期的全面质量管理电视讲座我没有看到。听说很受欢迎。1982年8月26日的《广播电视节目报》刊登消息说，1980年和1981年的全面质量管理电视讲座，应观众要求，并为加强职工教育，决定在1982年9月重播两期讲座的部分内容。

1983年第三期的全面质量管理电视讲座很有特色。因为这一年我连续去印度、日本、菲律宾，在国内工作的时间有限，所以没有参与这期讲座。我只是从科学普及出版社送给我的书了解到情况的。书的题名是《全面质量管理电视讲座——质量与效益》，时为国家经济委员会主任的张劲夫同志为书作序，一共十讲，宝华同志担任第一讲，“坚持质量第一的方针，走提高经济效益的新路子”。上海市、大连市、常州市的市长、副市长，铁道部、交通部、轻工部的部长、副部长，还有几家企业的厂长、经理任讲师，各自阐述质量与效益的密切关系。上海市的汪道涵市长在讲话中的一句话“管理也是技术，提高质量管理水平是生产技术进步的一个重要反映”点出了生产上技术与管理的两个轮子之间的互补关系。中国质量协会的宋季文会长做最后一讲，杨文士教授讲的是质量成本。从讲座名称到讲师阵容，可以想象影响是很大的。以后的年月，中国企业向质量效益型企业迈进，便是缘于此讲。

这三期的电视讲座把全面质量管理的名字传遍了全中国。1984年第四期的电视讲座以质量管理小组为主题，因为1983年的全国QC小组代表大会上，赵紫阳总理的讲话在《人民日报》发表，引起普遍的关心，我们趁热打铁，筹划了这次讲座。邀请质量协会、企业来介绍他们组织、推行和评选QC小组活动的经验。我也做了一讲，“什么是质量管理小组”。压轴的第十讲是，吕东同志亲自以“广泛深入地开展质量管理小组活动，为振兴中华多做贡献”为题的报告。他不仅是说质量管理小组在提高质量上的作用，而是把质量管理小组的活动看做是振兴中华的工作。多么鼓舞人心。在科学普及出版社出版发行的《质量管理小组》电视讲座的书末，我们附上了国家经济委员会于1983年12月2日颁发的《质量管理小组暂行条例》。这一期的电视讲座对推动我国质量管理小组活动起到了重要的作用。

等我再出面为全面质量管理筹办电视讲座，是十年以后的事了。

中国新闻社郭健

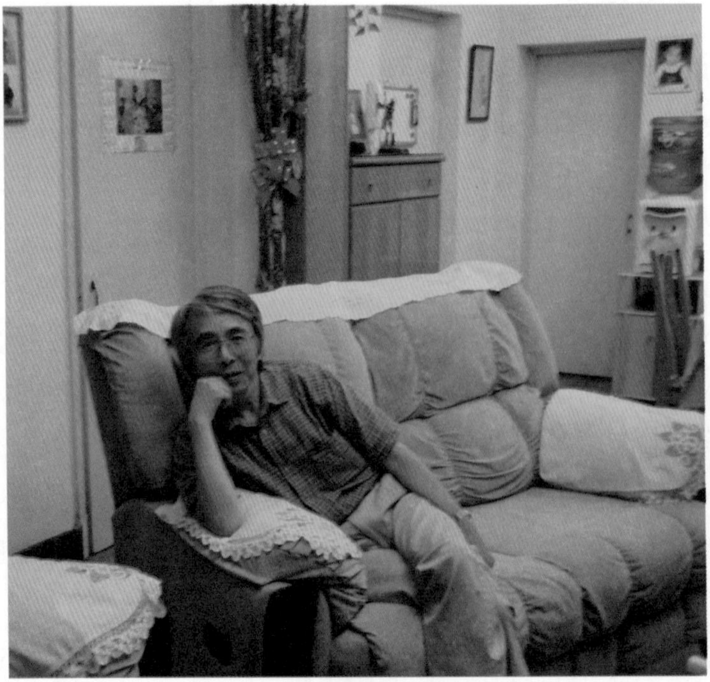

荒井利明

爱国主义的提倡

“因为我是个中国人”

——记几位五十年代归国的科学家

1980.03.24

编者按：这篇通讯很感人，值得一读。

“因为我是个中国人”，这是从国外归来的科学工作者发自内心的声音。这句普通的话语，充满了中华民族子孙的自豪感，饱含着对祖国的无限热爱。为了改变祖国贫困落后的面貌，他们毅然放弃了国外优越的生活条件，踏上回国参加社会主义建设的征途。由于对祖国前途和人民利益具有高度的责任感，在粉碎“四人帮”后，他们没有犹豫、停步，而是勇往直前，加倍而上。让我们和他们一道，满怀爱国热忱，发扬艰苦奋斗的创业精神，积极投入到保卫和建设四化的伟大事业中去。

一九五六年秋季的一天，一艘从日本开来的轮船在我国天津港靠岸以后，从船上走下一个三十来岁的青年人。上了岸，祖国大海已在身后，他却更加心潮澎湃：“总算到家了！”就在不久前，在美国加利福尼亚大学留学期间，他和其他的中国留学生经常凑到一起，商量着怎样才能尽快回来，参加新中国的建设。外国同学们观看了他们演出的话剧《我们要回家！》，对于他们这些长期在海外漂泊的异乡青年流露的怀乡情思，都深表同情。

他，就是现在的中国科学院系统科学研究所研究员、我国著名的质量管理专家[redacted]。当年，他到达天津不久，便兴冲冲地填写了工作志愿书。在国外，他从报纸上得知长春第一汽车制造厂是当时中国最大的汽车制造厂，他感到正和自己学习的专业对口，于是决定到这个厂去。正在这时，钱学森教授邀请他到中国科学院力学研究所工作，他接受了邀请，从此踏上了建设祖国的征途。

从那时以来，二十多年过去了。在林彪、“四人帮”横行的岁月里，刘源张被强加种种莫须有的罪名，入狱八年。出狱后，[redacted]对祖国的满腔热忱一如既往。一九七九年他重访日本时，几位日本同学早已听说了他回国后的遭遇，再三劝他留在国外工作，并表示愿意帮忙。

“不，我是个中国人！”他摇摇头，坚决地说，“当初我回去，是因为我的祖国解放了，知识分子有了用武之地。现在，我的祖国要搞现代化建设，在国内我又有了用武之地了。如果现在留在海外，那我又何必当初呢？”

在最近召开的中国科协第二次全国代表大会上，我们见到了刘源张。这位饱经沧桑的科学家，如今已被选为全国劳动模范，是四机部和北京几个有名工厂的技术顾问，还是东风电视机厂的名誉厂长，受到人们应有的尊敬。他现在忙得很，正为提高我国工业产品的质量，为建设现代化企业而尽心尽力。他向我们谈到林彪、“四人帮”横行期间自己的不幸遭遇时说：“历史不会重演。我们应该向前看。过去的事情就让它过去了吧！”

在这次代表大会上，我们遇到许多五十年代以来归国的科学家。当年在国外，他们之中有的人年纪很轻就取得了显赫的学术成就，有的回国之前已是蜚声国际的青年学者。新中国成立后，他们纷纷扔下了汽车和洋房，放弃了优越的工作条件和物质生活，从四海归来参加祖国建设。当人们问他们当初为什么毅然归来时，他们异口同声地说：“因为我是个中国人。”他们热爱祖国，要用自己的智慧和汗水改变祖国贫穷落后的面貌。

出生在印尼苏加巫屿的陈宗基，是本家七代华侨。一九五四年获得荷兰科学技术博士学位。新中国成立后，他同妻子陈文珠和不满两个月的女儿小晴从海外归来。当时，许多朋友和老师劝他到工作、生活条件较好的国家工作，他都谢绝了。他说：“我是个中国人，中国是我的祖国。她现在很穷，她再穷也是我的母亲。我有义务回去把祖国建设好！”

回国之初讲话都要靠人翻译的陈宗基，二十多年来在岩土力学、流变力学、地球动力学、以及力学的其他领域，作了许多创造性的研究工作，受到世界各国科学家的重视和赞誉。在这同时，他还参加了我国一些重大工程的建设，全国许多地区都有他的足迹。他现在是中国科学院地球物理研究所的负责人。三年困难时期，他回印尼探亲，在一次招待会上，有的外国记者问他：“苏联专家撤走后，给中国建设带来很大困难，怎么办？”他当即回答说：“困难是有的。但是从根本上来说，我们不是靠他们，而是靠自力更生。苏联专家走了，我们一定会加倍努力，把祖国建设得更好。”林彪、“四人帮”横行时，他也受到了残酷迫害，工作受到干扰。粉碎“四人帮”以后，他立即投入了工作，这次也来参加了科协代表大会。谈到今后的打算，陈宗基雄心勃勃。唐山地震给人民造成的损失，使他思想上受到极大的震动。他目前正在孜孜不倦地探索地震发生的规律，并准备建立一门新学科——地球构造动力学。他坚定地表示：“一个人民的科学家，应该为人民造福，非搞出来不可！”

象刘源张、陈宗基这样的科学家，在这次代表大会上大有人在。回国时只有二十八岁的生物学家邹承鲁，在英国剑桥大学毕业获得博士学位，发表了七篇论文，后于一九五一年回国。当初，他为什么不继续留在国外深造，而要积极争取回国来参加建设呢？

“中国人嘛，我们的国家科学落后，教科书上讲的发明创造都是外国人的。从明代以来，我们中国人对世界科学技术的贡献很小。在旧中国，连年内战，民不聊生，科学家无用武之地，只好到海外去。人民解放了，国家要建设，需要科学，需要科学家。”在这次大会期间，邹承鲁教授这样对我们说。

五十年代和六十年代，邹承鲁做了许多出色的研究工作。他为我国在世界上首次用人工方法合成牛胰岛素的研究立下了卓越功勋。谈起今后的打算时，他说，希望能在有生之年，

城乡个人……

台湾当局军……

黄信介等在法庭……

英国国防大臣……

顾迈南同志写的记事

人民日报

热爱社会主义祖国的科学家

——记刘源张和张斌兄妹

十年浩劫中，有多少爱国的科学家遭到无端迫害，现在，当他们听到就要公审林彪、江青反革命集团时，心情又是如何地激动。下面记述的一对从事科研工作的兄妹，就是这无数爱国科学家的缩影。他们的事迹看来平凡，却辉映着普通中国人善良、正直、坚韧的品质，洋溢着他们为四化献身的忘我精神。

在中关村科学城，我见到了这兄妹俩。哥哥叫[redacted]，今年55岁，中国科学院系统科学研究所研究员。早年曾在日本、美国研究经济管理，1956年回国，献身于祖国的科学研究事业，1979年荣获中国科学院科研成果一等奖，国务院授予他全国劳动模范称号。

妹妹叫张斌，今年50岁，是中国科学院化学研究所副研究员。早年赴美国留学，获博士学位，1955年，同她的爱人林同骥（现任力学研究所副所长、研究员）带着出生不满一个月的女儿，怀着强烈的爱国热情，冲破重重障碍，毅然回到祖国。

在10年浩劫中，林彪、陈伯达一伙为了陷害一个老干部，捕风捉影地听说有一个骑26红自行车的女同志与这个老干部有来往，怀疑到了张斌。陈伯达竟因此而下断语：“张斌是美国货，不是好东西。刘源张是日、美双料货，都给我抓起来。”就这样，不经过任何法律程序，兄妹双双入狱了。由于这个所谓的“国际间谍案”先后被捕的共有13人，受株连的近百人。

张斌在狱中关押7年零4个月，受尽惨无人道的迫害。不足3平方米的牢房，终日不见阳光。她手、脚都带上了镣铐，而且常常是背铐，吃饭不能用手，全凭嘴啃，窝头掉在地上，只好全身伏跪在地上去吃。严刑拷打，威逼恫吓，一直没有屈服了她。陈伯达的老婆审讯她时，大骂她是“特务”、“反革命”，张斌就据理驳斥。严重的迫害，使张斌身心都受到摧残，精神刺激很大。她的爱人林同骥受牵连也关了一年多，致使他们的3个孩子有一段时期根本无人教养。1973年张斌出狱时，身患风湿性脊椎炎、高血压、心脏病等多种疾病，双手腕至今仍留下两条半厘米深的手铐伤痕。但是，出狱后，她不肯休养，立刻要求工作。她和丈夫关心的是科研工作的进展，夫妇二人全身心地投入到科研工作中。当我向张斌问起这些狱中情景的时候，她显得十分激动。孩子们告诉我，不能叫妈妈想这些事，实验室才是使她最感到安慰的地方。从她的片言只语，我理解到，她已经把记在林彪、江青一伙反革命身上的一切怨恨化为力量，努力为我国科研事业做出力所能及的贡献。

[redacted]坐了8年零8个月的监狱。在狱中，他受着各种凌辱折磨。起初，他莫名其妙。不久，他觉察到这是有人硬裁的莫须有罪名，反倒鼓起了生的勇气。他坚持在狱中锻炼身体，训练思维能力，抓紧时间读了《马克思恩格斯全集》、《列宁全集》、《斯大林全集》、《毛泽东选集》。没有技术书，他就自己在脑中复习运筹学，始终念念不忘他从事的质量管理工作。虽然在狱中他患了严重的结核性胸膜炎和腰椎韧带钙化症，身体逐渐虚弱，头发开始脱落，但是他坚信，总有一天他会重新走上科学研究的岗位。

1975年4月他被无罪释放，虽然还留着一条“特嫌”的尾巴，但是他顾不上这个了，他要工作。当北京清河毛纺织厂请他去解决产品质量问题时，他立刻去了。在“四人帮”大批所谓“唯生产力论”高潮时，刘源张硬是顶着这股妖风，坚持在这个厂长期蹲点。他向工人、技术员讲授质量管理的科学，同时跟班劳动、参加实验，为提高产品质量而忘我工作。许多人都为他捏着一把汗，唯恐有一天，他又要被“四人帮”抓回监狱里去。粉碎“四人帮”后，这个不知疲倦的人干得更加起劲起来。他到全国各地指导质量管理，先后在北京内燃机总厂、十堰第二汽车厂、洛阳油泵油嘴厂、北京国棉一厂、北京电子管厂等许多工厂工作，并取得显著成果。他不只是解决了实际中的提高产品质量，例如坯布纬印、细纱断头、梳棉棉结杂质、汽油机挺杆、柴油机曲轴、连杆等的问题，而且提出了新概念、新理论和新方法，例如产品生产中不同阶段的不同质量管理，有根据、有条理、有秩序的三结合中国式现代化管理，应用物品流和信息流的企业管理，在国内引起注意，并被一些工厂采用，取得良好成效。他的讲义、他的报告、他的论文在国内广为流传。人们公认他是中国管理科学的播种人，亲切地称呼他是TQC（全面质量管理）老师。许多工厂聘请他为质量管理顾问。

现在，他听到就要公审林彪、江青反革命集团，心情十分激动。他高兴地说，这次不仅是为我们这一家，也是为受到相同遭遇的人们都彻底平了反。我问他，是什么力量使他一出狱就不顾一切忘我工作的。他有力地说，我们不早就是为了四化才回来的吗。

亲爱的读者，我们的知识分子是多么好的知识分子啊。昨天，他们遭受林彪、江青反革命集团严重的摧残，经受了严峻的考验；今天，他们带着伤痛，忘我地投身于祖国的建设事业，作出新贡献。人们啊，让我们向前看，社会主义祖国的前途大有希望。

本报记者　柏生

……化出力受到党和人民的珍视

久拉诺维奇离沪经北京回国

柏生同志写的记事

第七节 国际交流

这个十年也是我国际活动最频繁的年代。近邻的日本、韩国、新加坡、马来西亚、泰国、印度、菲律宾，远处的美国、加拿大、墨西哥，都去进行过开会、参观、学习、交流、讲学。日本的东京在这十年里跑了十多次，记得有一年去了四个来回。这一节里只就与质量管理有直接关系的事情，写一写。

一、访问考察美国的质量管理

1982年3月9日，中国质量协会转告我，中国科学技术协会应美国科学促进协会（AAAS）邀请，决定派一个代表团赴美考察、交流质量管理，要我任团长，负责组团、筹划等事宜。经过两个月的准备，5月15日出发，6月6日回国，全程22天。之间进行过各式各样的活动，可说是丰富多彩。下面择要叙述。

第一站是美国首府华盛顿。主人好意要我们第一天用于游览，以愈旅途劳累。上午参观华盛顿总统故居，下午参观国会大厦。这个安排，颇有深意。第二天是重头戏。上午访问美国标准研究院，下午是美国科学院和美国工程院联席会议，要我作为团长向与会嘉宾做关于中国质量管理的演讲。美国政府商务部的一位副部长主持会议，与会的有政府官员和企业领袖，都是响当当的人物。他们是好奇，中国搞的什么质量管理；我是吃惊，怎么这么大的场面。我简单介绍了自己的经历，说明中国的质量管理得到中国政府的大力支持，正在推行全面质量管理；并且在“改革和开放”的“解放思想，实事求是”方针指引下，中国的质量工作者正在努力学习和实践从先进工业国家学到的理论和方法；我自己就是在美国学习过质量管理的，我们这个团也是抱着向美国的同行学习的愿望访美的。晚上是美国科学促进协会的欢迎酒会。客人云集，主持人介绍说都是美国科学促进协会请来的学者、专家。他特别拉我到美国科学促进协会主办的杂志《科学》的主编面前，让我俩聊聊。他看到我的名片上写着中国科学院系统科学研究所研究员兼副所长，就跟我天南海北的谈了许多，一听就知，是位博学之士。

剩下的几天就是参观访问企业了。在华盛顿参观了白宫之后，当天下午从华盛顿先飞至印第安纳波利斯，这里是全球航空公司（TWA）总部的所在地。我们参观了这家公司的业务运营部门。在这里我们停留了三天，访问了附近地方的三个大企业，电子、电机、机床行业各有一家。一天一个，略胜于走马观花。印象深的是位于埃文斯维尔的美国通用电气公司，同那里的工程师谈起来，我问他，电机制造的关键是什么？他回答我说，是焊接。他又对我说，他到过中国，发现中国工厂工人的焊接技艺水平太低。我问他，怎样才可提高呢？他说，要到先进的地方去接受培训，你们来美国，语言不通，可以去新加坡，那里有我们的培训基地。回到国内，我立即向有关部门汇报了他的意见。

下一站是底特律。在这个汽车城自然要去看汽车制造厂。我们去了福特公司，看了组装厂，但是这家公司的博物馆更值得看。它保存着老福特创业时代的车间，不是原来的地方，却布置的跟原来一模一样。尊重历史，激发员工的进取精神，这是福特汽车公司给我们上的一课。隔着大湖就是密尔沃基，我们飞去那里访问了美国质量协会。一座不大的大厦里一层楼的几个房间，再加几个工作人员。但效率高，贡献大，这是全世界质量界公认的事实。是美国人不讲气派呢，还是他们花钱要花到点上呢？我在同他们谈话的时间中，头脑里却想着这个问题。我们还在附近参观了一家农机厂。那时农机的概念在中国只是简陋，到这里一看，农机的舒适程度简直比得上轿车。以后路过波特兰只是观光，欣赏了著名玫瑰园的风貌。在飞到西雅图，参观了波音飞机公司。公司的总裁要见我。在福特汽车公司也曾是总裁要见我。看起来，我是沾了团长这个头衔的光。因为他们的大客户是中国，他们想对中国的第一个质量代表团表示一下敬意吧。

这样，就有了两个故事。福特汽车公司的总裁姓彼得森不姓福特，因为公司连续三年赔钱，董事会决定请外来人当家。我见他的时候，正是他同工会进行谈判的时候。话题自然议论到工资和业绩的关系，以及质量工程师的培训和待遇。他给我看了一张福特汽车公司委托密西根大学培训的课程表，第一项是英语。我感到奇怪，大学本科毕业的工程师难道英语还不行。对于我的疑问，他回答说，英语当然行，不过，对质量工程师与对一般工程师的要求不同，质量工程师要经常汇报质量情况，言语文字都要简洁，而且在向领导汇报时，摆事实讲道理，语言能力更要强才行；大学毕业的工程师在学校没有这种专门的训练，所以要想做质量工程师得补上这一课。在西雅图的波音飞机公司会见总裁之前，秘书小姐把我领进了一间休息室。我环视墙上挂的相片，是全世界各国航空公司购买的波音飞机，机身上印有该国航空公司的标志。我看了又看，没有发现中国民航的。见到了总裁，我立即向他提出了抗议，中国是大客户，如此轻视，岂有此理。他连忙道歉，立即电话通知下面赶快补上。我感到一点奇怪，在我之前，肯定有不少中国人，甚至是高官来访，为什么都没发现呢？难道视而不见，见而不语吗？

从波音飞机公司出来，南下到了加州圣何塞市的 IBM 公司。负责接待我们的是公司质量总监哈灵顿（James Harrington）博士。他所致的欢迎词很有意思。他说，各位贵宾胸前挂的是贵宾出入卡，圣何塞本公司的所有部门都向各位敞开，请你们参观，日本人来，公司只给他们发个别部门的出入卡。我听了以后，苦笑不已。他的本意自然是，热烈欢迎，诚恳接待，但他大概不会想到，他这话的反面意思可能是，日本人会偷，得提防着点，中国人什么也不懂，让他们随便看，也不会有问题。当然，他绝不是这个意思，他对我们是有问必答，而且还叫出来一位台湾人工程师来给我们介绍该公司的 QC 小组活动。他还为放给我们看的公司宣传介绍纪录片专门找人配了中国话的说明词。在我们参观的企业之中，他让手下给我们照的相片最多。我同他交上了朋友，以后 28 年，彼此音信不断。他请我去过他在圣何塞市郊外山坡上的家，见到了他的夫人和儿子。夫人慈祥可亲，2000 年我在得州凤凰城出席美国质量协会和亚太质量组织的联席大会领取石川－哈灵顿奖时，她特地从加州飞到得州，来祝贺我。哈灵顿博士告诉我，他夫人一向不出远门的。这使我十分感激。哈林顿博士经常来中国，已是中国质量界的老朋友了。2009 年 4 月，他给我寄来了刊登在当月的 *Quality Magazine* 杂志上作者为他写的略传，7 页约一万字。文章的第一张相片就是他在 1982 年中国质量代表团访问 IBM 时与我谈话的照片，附的说明称我为中国质量界的带头人。第二张相片是 2006 年他访华时与吴仪副总理谈话的合影。

最后一站，到了旧金山。大家都吃够了美食西餐，去中国领事馆食堂饱饱喝了一顿粥，真是好吃，过瘾。我找到了一位朋友的弟弟在旧金山开的一家很不错的中餐馆，全体团员参加，宴请了全程一直陪同我们团的美国小姐，感谢她为我们所做的一切。店主不肯多要钱，只收下了我一百美元，象征性的。我为什么要这样特别感谢她，有个理由。从北京动身之前，中国质量协会给团配请了一位财务，到了华盛顿，这位美国质量协会工作人员的美国小姐要跟我们团的财务办理美国质量协会赠与我们团费用的交接，可是我们这位财务说死也不肯接。对我说，跟美元沾了边，怕回来说不清。我只好请这位小姐当上了我们的财务，钱全在她手里。到任何地方，办任何事，都是由她付钱。这很不方便。举个例，一次参观企业后，回到旅馆，西餐的晚饭用过了。晚上快九点，团里的人忽然提出来，口干，想喝茶。谁身上也没钱，我只得打电话把这位财务小姐从她房间请出来陪我们坐着，我们喝完茶，她付钱。

6月6日，全团乘国航984班机回国。这是一次难忘的旅程。我的荣誉，我的感激，我的学习，我的交友。1982年正是纪录片“日本人能做到，难道美国人做不到？”在美国电视台播出的年份，回到北京，我写了一篇记事，“美国企业的‘质量革命’”，刊登在《中国质量管理》1982年第5期。6月18日，中国科学技术协会裴丽生主席听取我们的考察汇报，要我们向中央书记处和国务院写个报告。7月1日，团员陆首群同志来家取走我起草的报告初稿，当时他是北京电子振兴领导小组办公室主任，这方面的事他是内行，那以后的事就请他代劳了。

这次美国行的副产品是开启了中国质量协会和美国质量协会建交的大门。

二、建立亚太质量组织

亚太质量组织（APQO）是太平洋两侧的国家自愿成立的、专为促进质量事业的互助团体。

1. 由来

1983年10月2日我乘机从北京出发，途经美国的洛杉矶，3日到达墨西哥的墨西哥城。此行的目的是率团参加墨西哥质量协会主办的国际质量会议。5日的会议中间，菲律宾质量协会主席的葛查莲女士(Prof.Miflora Gatchalian）和墨西哥质量协会主席的冈萨雷斯先生找我商谈，成立亚太质量组织，并说得到美国质量协会的赞同和支持。我要求了解具体的详情，于是在当天会议结束后，召开了一次临时会议，出席的有日本生产率本部的代表、葛查莲女士和我。主要是由葛查莲女士说明成立亚太质量组织的目的、宗旨和运营设想。6日一早，我向全团通报了这件事，讨论后决定，向我大使馆汇报并请他们致电国内有关部门请示。当日质量会议后又开了一次三人小组会，要我表态。我说，亚太各国的国情不同，质量管理的做法不尽相同，但交流经验、增强团结，我个人认为是好事；不过在这一拟议中的组织尚无成文的章程之时，我无法向中国质量协会做任何说明。7日的质量会议结束后，立即召开了一次小组会议，专们讨论亚太质量组织的章程，在形成的会议纪要中记录在案。8日的质量会议闭幕式上，葛查莲女士向大会就成立亚太质量组织做了说明，美国质量协会的艾庆斯（Doug Ekings）先生发言表示支持。

10月14日从墨西哥归来，我向中国质量协会汇报了亚太地区几个国家质量协会的意图。中国质量协会向国务院的有关部门做了请示，得到了可以考虑的答复。为此中国质量协会成立了学术委员会，于1984年7月2日至4日连续开了三天会，讨论中国质量协会的应对方针。正好8日哈灵顿博士率美国质量协会代表团来京，开展学术交流，中国质量协会于11日约见哈灵顿博士，听取了他的意见。座谈会上哈灵顿博士力主中国质量协会应该当仁不让、负起在亚太地区领导质量事业的责任。他也明说，在美洲有美国质量协会牵头，在欧洲有联邦德国牵头，成立了地区性的质量组织，在亚洲有日本的日本科学技术连盟(JUSE）的活动，但它因为历史上的种种原因和它自身的利益考量，没有可能承担质量组织的领导工作。之所以称亚太是希望能把环太平洋地区的南美国家包括进来。国家经济委员会最终指示中国质量协会积极准备，协助有关国家质量协会筹备组建亚太质量组织。

1985 年 4 月 21 日到 27 日，我奉命去菲律宾的马尼拉市出席亚太质量组织的核心成员会议，为组织的正式成立做最后的商量。一个重要议题是审查通过成员国名单。按照事前商定的原则，一个国家只能有一个具有权威代表性的质量组织作为组织的理事国代表。会上我与台湾的代表，一位李先生，碰上了头。我依照联合国的决议，指出台湾的品质管理学会仅是地区性的团体，使会议否决了台湾的理事国地位的申请。这位李先生回到台湾，在台湾的《品质月刊》上发表了一篇文章，叙述马尼拉会议的情况，结尾处他写了一句，“刘源张任亚太质量组织核心成员国代表，实乃‘我国’之大不幸”。再有一件，是关于苏联的申请加入组织。来马尼拉之前，中国政府外交部给我的指示中就有一条，阻止苏联加入。会上我说，苏联在远东有大片领土，确是环太平洋的国家，但从历史和文化上说，它是欧洲国家，因此没有资格加入本组织。地理上没有理由反对，我只能从历史上找理由。有些牵强，不过会议采纳了我的意见。其实，我对中国台湾和苏联的同行没有丝毫恶意。这是后话，苏联解体，俄罗斯成了本组织的成员。

2. 成立大会

1985 年 10 月 19 日开始，亚太质量组织的成立大会在北京的友谊宾馆举行。约定的环太平洋国家的质量组织，包括澳大利亚和新西兰，还有朝鲜、韩国同时出席。外交部要我住进友谊宾馆坐守，还要求我随时与外交部取得联系。我家离友谊宾馆很近，步行都可的地方，为什么还要花钱住宾馆？住进去，才感到确有必要。第一件事是陪同中国质量协会会长宋季文同志接见各国代表，就发现气氛紧张。朝鲜的代表团成员每人胸前佩戴金日成像章，集体排队行动，见了各国代表都是异常冷漠，见了韩国的代表，更是一脸怒气。接见完毕，他们找我抗议，坚决反对韩国代表出席大会，否则他们将退席。我急忙汇报、请示外交部，得到的答复是“不用理会”。朝鲜代表团没有退出。从这件事我第一次知道了什么是外交。你抗你的议，我干我的事。这次成立大会有几项议程。一项当然是通过组织的章程，另一项是组织主席的选举产生。哈灵顿当时任美国质量协会会长，找到我说，美国人不能当主席，亚太的事要由亚太的人办，美国人强出头，不合适。他要我当，他去活动帮我拉选票。我向宝华同志汇报了他的想法，宝华同志告诉我，虽然这是合理的，但是我们现在没有人、财、物力，也没有经验，设立国际组织的秘书处有难处，要我只当副主席。我很赞成宝华同志的意见，立即向哈灵顿博士婉谢了他的好意。20 日下午的核心理事国代表开会，选举韩国标准化协会会长赵重宛任亚太质量组织的首任主席，聘请石川馨博士为名誉主席，并决定晚间开全体大会宣布。不料此决定一出，为朝鲜代表作翻译的中方人员急急忙忙跑来，告诉我，朝鲜代表团决定当晚捣毁会场，以示抗议。我又急忙向外交部汇报、请示，临时决定更换会场。如此，亚太质量组织的第一任主席是在一个国家代表团缺席的情况下宣布产生的。

鉴于哈灵顿博士对中国质量事业的贡献和他作为质量专家的才能，季文同志在成立大会闭幕式上让我询问哈灵顿博士是否愿意接受聘请他为中国质量协会的顾问。他很高兴，1987年举行了正式的聘请仪式。

3. 我就任主席和辞去主席

赵重宛先生原任韩国首尔市市长，在接任韩国标准化协会会长职务之前曾做过相当于中国的发展和改革委员会主任的韩国政府的部长级高官，我对他出任亚太质量组织主席一职深感妥当。1987 年 10 月借许多亚太质量组织成员国出席在日本东京召开的国际质量会议之际，赵重宛主席召集有关人员开了一次组织的理事会。地点设在东京的一家豪华饭店，他带来三四位随员和秘书，侍候在旁，充分显示出他的鼎力支持。会上他私下向我抱怨，菲律宾质量协会不肯把设在马尼拉的组织秘书处让出给首尔，这样他感到很难处理组织的一些日常事务。他对我说,他要辞去主席,希望我来接他的班。我理解他的心情，但又总觉得事情不妙。

1988年11月28日在韩国的首尔市召开了亚太质量组织的核心理事会议。会上一致同意赵先生辞去主席职位，并推选我为第二任主席。

1991年3月19日在新西兰的奥克兰市，我主持召开了核心理事会议。会上我做了检讨，1988年我接任主席职务时，是有条件的。劝导日本的日本科学技术连盟作为日本国的代表参加本组织。这是因为，原有日本国代表的生产性本部经常不派人出席理事会，而且在质量领域，日本科学技术连盟的权威性和知名度远高出生产性本部。我没有完成这一任务，因此请理事会同意我辞去主席职位。尽管几位理事都说，他们私下也曾做过日本科学技术连盟的工作，也都没有成功。我心里有和赵原会长同样的感觉，而且我又是无钱无势，所以我还是坚持了辞意。最后，会议推选新西兰质量协会会长戴克（Mark Dykes）先生为第三任组织主席。

1994年8月4日到10日我去马来西亚的吉隆坡市参加马来西亚质量协会主办的国际质量会议，并于9日出席亚太质量组织的核心理事会。这次是我作为副主席参加亚太质量组织的最后一次会议，以后我就跟它不过只有着感情上的联系，实际工作没有了。不过，这次会议给我留下了一个难忘的记忆。马来西亚政府的秘书长哈密德先生在会上做了致辞。首先我惊奇的是他的名字的全称，致辞稿上写的是Y.BHG.TAN SRI DATO SERI AHMAD SARJI BIN ABDUL HAMID，这么长。其次是他的长篇致辞引用了一句他说是中国的谚语。“告诉我，我忘记；给我看，我或许记住；但是，让我干，我才会明白。”我不知道这句话的出处。他的意思很明显，质量管理不是说的，也不是装样子的，是要真正干的。他在接见各国代表团的贵宾时，给我出了一道难题。他问我，孔子对质量有什么说法。我来不及思索，就回答他，“言必行，行必果”，是不是质量管理的精神呢？

我为亚太质量组织跨太平洋穿马六甲海峡，到处奔波的十年终于画上了句号。

三、日本

中国的质量管理跟日本有着重要的密切关系。石川馨的指导和小松制作所的帮助是有许多文献记载的，日本质量管理代表团的历次来访对中国的质量管理起到过促进作用也是有据可查的。我不想在这里叙述这段历史，只想记下我的一些个人的片断感受。

第一位最有影响的是石川馨老师。他到中国来，是知无不言，言无不尽。宝华同志对他极为尊重。有一次，石川老师来，宝华特地从外地赶回北京同他谈话。这次因为我当翻译，所以知道。1979 年他来华，在北京的国际俱乐部做的讲演中说：不赚钱的质量管理不是质量管理。这句话当时引起一些人的议论，甚至反感。他非常喜欢喝茅台酒，每次从中国回日本，都要带一瓶。在这一点上，他也有一句话，搞质量管理的要学会喝酒。他对中国的“两参一改三结合”非常赞赏，曾对我说过，这件事是他想做而做不到的。沙叶同志去日本，亲眼看见石川老师同他谈话时，在黑板上写下“三结合”。沙叶同志还照了张像。我很想知道，今天我们年轻的质量管理工作者对这几件事这几句话是怎样评判的。

第一个日本质量管理代表团是1979年9月中国“质量月”期间来华

的。团长是近藤良夫先生。日本质量管理代表团在华的第一场讲演也是9月4日他在北京首都剧场做的。他是日本京都大学工学院院长，著名的冶金专家，和我是同校不同专业的同学。自那以来，他多次访华讲学，并受聘为国内几所大学的名誉或兼职教授。1981年我应邀赴日本做了近一年的研究工作，曾去京都大学他的办公室，同他聊天。他说，我去的正好，要我跟他去一家钢铁厂看看。约好的那天，我随他去了在名古屋的日新制钢公司。原来他是这家冶金企业的顾问。这一天，我可见识了在日本，专家做顾问的情景。从京都坐新干线一早到名古屋，车站月台上已经站着公司的社长（董事长）一行，热情迎接，又鞠躬又寒暄。到了公司，进入大厅，已经坐着几十位公司干部，立即开始汇报上次顾问来时布置的工作结果和问题。都有材料，还发给了我一份。下午，进行讨论，开始前，公司的接待人员很客气地请我参观公司，并且收回了我手中的材料。我明白，他们是不愿让我知道公司的质量秘密。简单的晚宴后，我们回到了名古屋车站，社长送行，同样又是鞠躬又是寒暄，但多了一个举动。社长亲手把一个信封递给了近藤顾问。我看见，信封挺厚的。下午的讨论，我没有参加，但上午的汇报和简短的答疑，我是见到听到，亲眼看到公司人员的认真和对顾问的尊重。

第一位在质量管理领域接收中国研究生的日本导师，就我所知，是日本东京大学的久米均教授。他是石川馨教授的衣钵弟子，我与他可以说有同门之谊。老师生前自认日本的全社品质管理远胜于 ISO 9000，而不愿与国际标准化组织合作，1989 年老师逝世，学生以为日本不能固步自封，而必须与国际接轨，随即与国际标准化组织建立联系并成为日本在 ISO-TC176 的日本代表。他曾给我提出了一条极为尖锐然而十分中肯的意见。他说，他多次代表日本出席 ISO-TC176 的会议，注意观察中国代表的举动。他发现，每次会议中国代表都不同，如此频频换人，不妥。好像每次的代表都不知道前一次的会议情况和动向，因而很少发言。在这种国际会议上没有连续性的信息掌握，实在无法尽到职责。ISO9000 的第二版加进“不断改进”就是出自他的建议。他对我说，不断改进是日本质量管理的特色，也应该成为全面质量管理的精神。他哪里知道，中国是论资排辈出国旅游的，会议不会议，于己无关。1986 年 11 月我推荐马林去他研究室做研究生，承蒙他慨允，学籍从 1986 年 12 月到 1989 年 1 月。马林自知珍惜，倍加勤勉，学习完毕，回国后到今日，已成为质量管理的专家了。

每次的日本质量管理代表团来华，我都接待过，有的还全程陪同。我借这样的机会从他们那里学到了不少东西，也听了不少有趣的谈话。要记下来，又占篇幅，又要费力，就只写上面的三条吧。

四、难忘的人、话、事

我在这本书里写的都是我难忘的人、难忘的话和难忘的事。这一节里我还要特别写一段，是因为这个人太特别。他就是约瑟夫·朱兰博士（Dr. Joseph M. Juran）。

2008年2月28日朱兰逝世的消息传到我耳里，我立即写了一篇悼念的文章，发表在《上海质量》上，网上也曾转载。朱兰活了103岁，我只见过他一次，八九天的时间。但他却给了我一种强烈的印象。1982年3月，朱兰在首都钢铁公司的一间课堂里讲学，他的第一课用了很长的时间，说他的身世。原来他是从罗马尼亚移民到美国的穷苦人家的孩子，从小就养成了好强的性格。他的一生可以说就是这种好强的表现。中国人说，“穷人家的孩子早当家”。这句话在他身上应验成了“穷人家的孩子能成器”。我虽然不能算是穷人家的孩子，但我自幼有进厂当学徒的经验，以后流浪日本和美国，尝足了穷国公民的滋味。我坐在课堂的椅子上，听他略带悲伤的口吻讲这些话时，产生了对他的亲近感。他在北京期间，我向他请教了几个问题。他没有直接回答我，却对我说了一句，“你去看看我写的东西”。人家写的东西不好好看，去问人家已经写过的问题，岂不是失礼。

第八节　有关的研究工作

这个十年，我还有在所里的研究工作。除了带几个硕士研究生之外，还有与中国建筑科学院的从 1978 年开始的合作项目“建筑结构安全度的研究”。这个研究工作与我在所外的质量工作穿插进行，北京与外地之间来回奔跑，近 60 岁的我着实感到有些辛苦。几位好心友人告诫我说，命要紧，命没了，什么也都没了。的确如此，但我总想夺回我那丢掉的十年。

再说，这项研究与质量管理也有关系。在建筑结构安全度的研究上，我建议借用质量控制的基本思想和方法，把设计、材料制造、施工管理串联起来，提出统一的设计标准。原有的结构设计思想是，以确定的荷载与抗力的关系计算出来的所需建筑构件乘上一个视情况而定的安全系数。这样得出的结果最终是选用材料和施工管理的依据。这种设计称为极限设计。它虽然有时会造成过度的安全冗余，但却不能完全保证建筑结构的安全。中国建筑科学院的多年档案资料发现，利用极限设计、修建的建筑物的成本和安全很是问题。我们的新思路是把荷载与抗力都看做是随机分布的变量，通过实地的考查、度量，可以定出它的均值和标准偏差。据此计算结构设计和材料制造的各种参数。在课题的讨论会上，我介绍了国际上的研究情况，提出了自己的考虑。1978 年 5 月，课题组正式决定，要我承担课题的理论研究工作的指导。1983 年完成了标准的编制工作。我在企业里所做的质量工作都对这个研究课题有了用。我可以向企业的人们请教，也可以向院校的人们请教，更令我高兴的是，我可以通过这个研究广泛、深入地思考质量和质量科学的问题。

这项研究工作很有趣。例如，荷载的一种是“死荷载”，办公大楼里各个房间里的桌椅橱柜、家庭居室内的家居摆设，课题组的同志们是到现场一一称重得出的，“活荷载”常见的风力大小、下雪时屋顶上堆积的雪量，课题组的同志们也是走到全国各地区实际观察、计算。

国际上的研究，就我所看到的说，都停留在论文的写作上。当国际同行知道了我们的工作，看到了我们的数据，都极为称赞，说他们是无论如何也做不到的。这件研究工作使我认识了，我们这样的社会主义国家才能集中力量办大事。

这项研究于1986年得到了国家科技进步二等奖。感谢参加研究工作的所有同志们！他们的名字，我还记得几个。印象深的是重庆建工学院的李继华教授，他给研究小组做了一个建筑结构设计的报告，非常简明扼要地讲解了传统的设计方法。可以说，我的这点建筑结构设计的知识最初是得自于他的。

第九节　管理与文化

这个十年，我去过许多国家，看过他们的质量管理。次数最多、印象最深的是日本和美国。他们两家的质量管理就理论而言，同出一脉。但做法不同，效果也不同。例如，质量管理小组的普及、特点和成就就很不一样。在美国，质量管理小组在班组工人这一层次上，不像日本，普及不开，代之的是团队精神的提倡，而这又是在技术、管理人员层次上的活动。结果是新产品层出不穷，质量却不如日本造得好，以致美国提出来，要学习日本。我想，什么原因呢？可能是两国之间的文化差异吧。但这期间也没有时间好好调查一下。

1984年7月在北京，中国企业管理协会和日本日中文化交流协会共同举办了第一次中日企业管理讨论会。我在会上做了一个题为“文化与管理”的报告。日本企业的快速和高度的成长靠的是所谓的三件法宝：终身雇佣、升迁有序、企业工会。可是这三样，中国也都有，铁饭碗、论资排辈、全国总工会。为什么没有取得像日本那样的成就呢？我提出了这个问题。原因是这三件背后的制度不同，还是更深层次的文化差异。这篇报告引起日本同行的关心，在1985年6月的日本《交流简报》作为首篇论文发表了。日本学者也纷纷给我通信，有位教授三户公普先生，把他的巨著《家的伦理》寄给我。他的书从家的概念阐明日本企业经营的特点。这以后的几个十年，我时常思索文化与管理的问题。其实，最早的起因是 1982 年我在位于日本名古屋的联合国地域发展中心所做的，关于日本发展经验向外国转移的问题上的调查研究。这篇用英文写成的长篇论文发表在该中心的刊物上，在国际上反响强烈，在国内无人知晓，我也没做宣传。

我的印象是，在国内，如把管理与文化扯在一起，就会被讥讽为空谈或务虚。但我总觉得，管理的根子在文化。

第十节　余　话

这个十年，我奋斗了，我成功了。但是，我疏忽了。一个在监狱里反省的十年，再加一个在社会上奋斗的十年，一共 20 年，我没有对妻子尽到应有的关怀。她默默地忍受着寂寞，特别是两个女儿都相继出国，离开了家，她越发寂寞了。我不知道，这种寂寞是导致她日后患上脑衰退症的原因。现在，我知道了，我后悔了。

哈灵顿博士欢迎中国质量代表团

代表团在 IBM 公司听课学习

我在 IBM 公司车间现场细看

从不出远门的哈灵顿博士夫人远道从加州赶到得州来祝贺我受奖

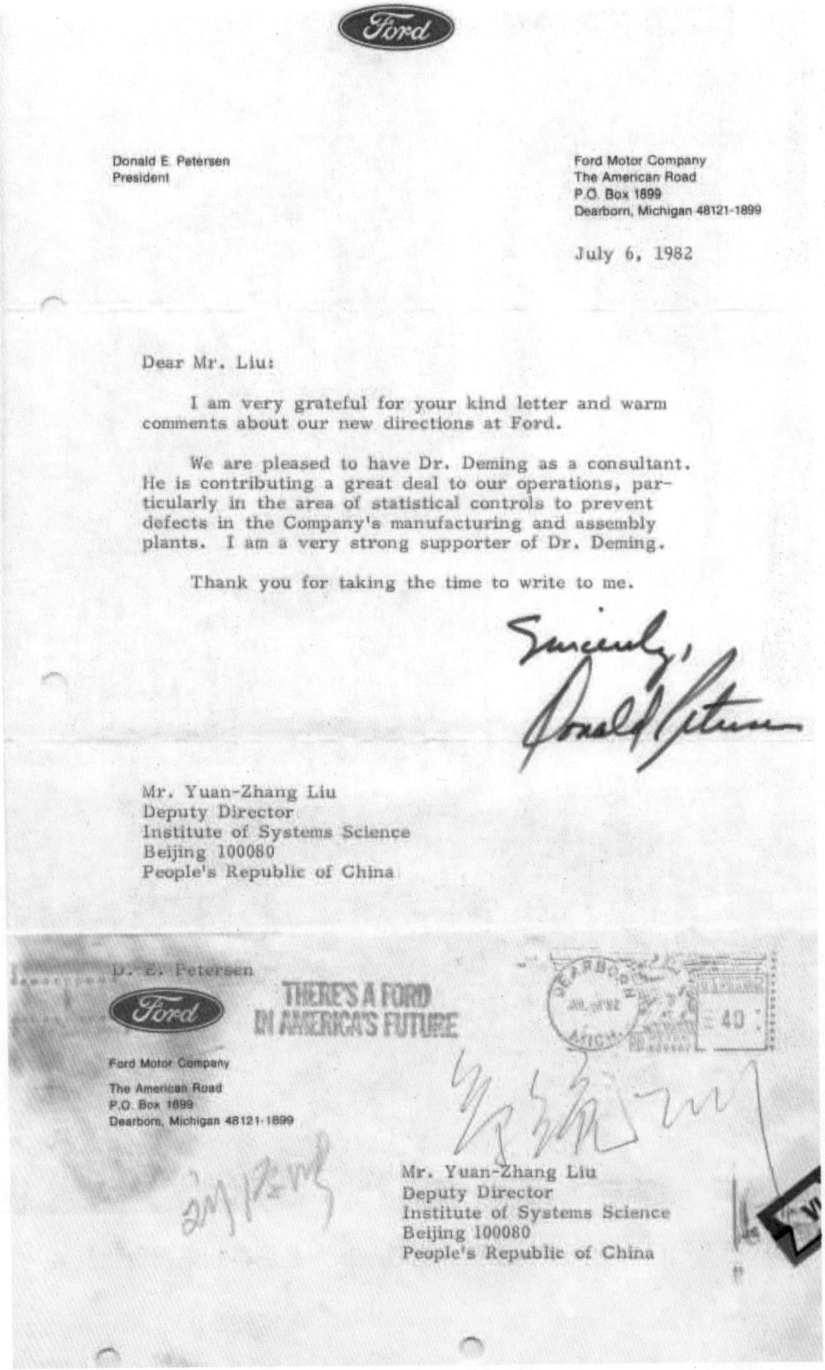

Ford

Donald E. Petersen
President

Ford Motor Company
The American Road
P.O. Box 1899
Dearborn, Michigan 48121-1899

July 6, 1982

Dear Mr. Liu:

I am very grateful for your kind letter and warm comments about our new directions at Ford.

We are pleased to have Dr. Deming as a consultant. He is contributing a great deal to our operations, particularly in the area of statistical controls to prevent defects in the Company's manufacturing and assembly plants. I am a very strong supporter of Dr. Deming.

Thank you for taking the time to write to me.

Sincerely,

Donald Petersen

Mr. Yuan-Zhang Liu
Deputy Director
Institute of Systems Science
Beijing 100080
People's Republic of China

D. E. Petersen

Ford

THERE'S A FORD IN AMERICA'S FUTURE

Ford Motor Company
The American Road
P.O. Box 1899
Dearborn, Michigan 48121-1899

Mr. Yuan-Zhang Liu
Deputy Director
Institute of Systems Science
Beijing 100080
People's Republic of China

福特公司总裁来信告诉我戴明博士已经就任他公司的顾问并且贡献至大

中间高个的是我们的美国财务小姐

在墨西哥入乡随俗

在墨西哥与职业学校学生合影

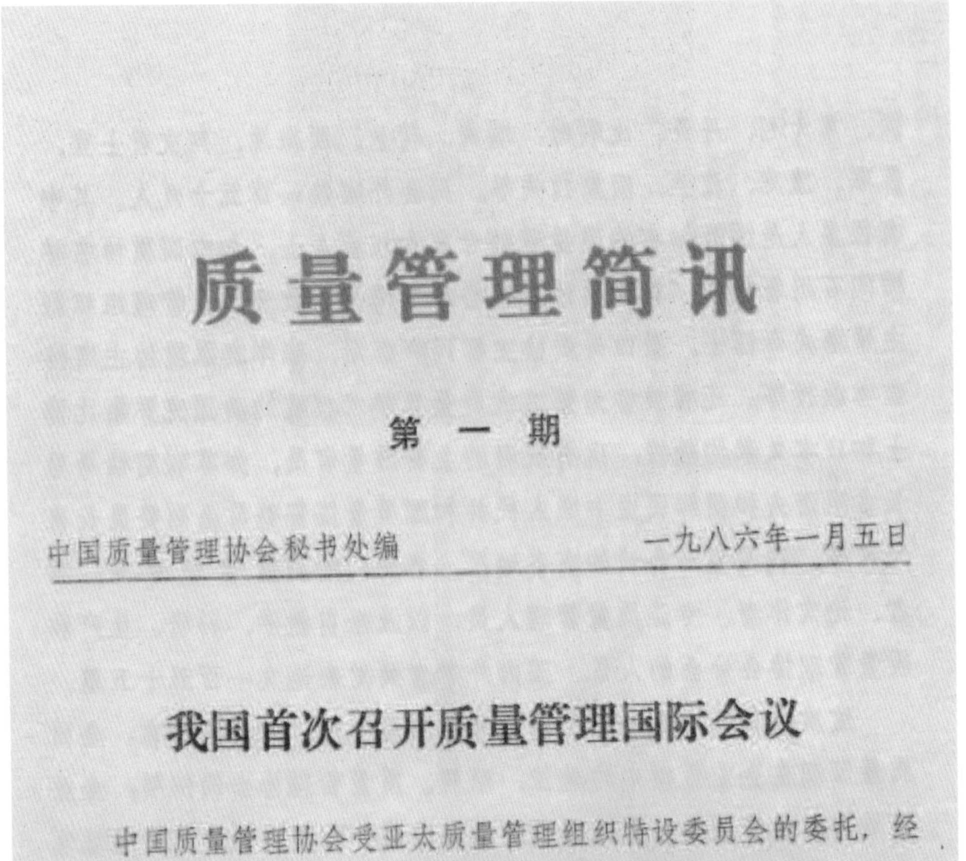

质量管理简讯

第一期

中国质量管理协会秘书处编　　一九八六年一月五日

我国首次召开质量管理国际会议

中国质量管理协会受亚太质量管理组织特设委员会的委托，经国务院批准，去年十月二十一日至二十五日在北京召开了第三届亚太质量管理会议和第一届亚太质量管理组织会议。这是我国第一次召开质量管理大型国际会议。我国政府和领导人对这次会议十分重视，赵紫阳总理在会议开幕时发来了贺信，国务委员张劲夫同志到会致词，袁宝华同志出席了闭幕宴会并致词。会议的胜利闭幕，在国内外产生一定的影响，对我国质量管理具有积极推动作用。

出席这是次会议的有亚洲、太平洋和欧洲三十个国家和地区，包括美国、日本、菲律宾、新加坡、斯里兰卡、马来西亚、印度、伊朗、加拿大、墨西哥、巴西、新西兰、朝鲜民主主义人民共和国、南朝鲜、香港地区和中国，以及欧洲的英国、法国、联邦德

亚太质量组织成立大会在北京举行

接我任的亚太质量组织主席

新西兰毛利族的欢迎仪式

马林来贺我 80 岁生日

张劲夫接见日本质量代表团

第四章　开拓的十年：1987～1996年

这个十年，中国的经济体制逐渐从计划经济转向了市场经济。我开始遇到新问题，也就开始有了新的思索。这些不是我所熟悉的生产现场的技术和管理的问题，而多是思想、意识、认识的问题。都是需要开展的新工作。所以名曰，开拓的十年。

1986年1月的全国经济工作会议决定，要在当年内在1 000个大、中型企业建立健全全面质量管理保证制度。1986年2月的中国质量协会第五次年会欢呼，全面质量管理的春天到了。我把它理解为，春天是播种的季节，要播种新的作物了。

第一节　标准化工作

一、TC151

1. 由来

标准化的工作，自从1961年在鞍钢参与“普碳钢技术标准”的制定以后，在企业处理或解决质量问题时，我都注意最后要落实到标准化上。正式挂头衔搞标准化，是从1989年开始的。9月到11月的两个多月，我和老伴去日本，经香港回到的北京。12月，国家技术监督局局长徐志坚来我家，陪同他来的是我的熟人，国家技术监督局质管司副司长朱子芳同志。徐局长要我出任新设立的国家质量管理和质量保证标准化技术委员会（TC151）的主任委员。1989年12月14日的《中国技术监督报》刊出了这条消息。

委员会由机电部、进出口商检局、航天航空部、纺织部、冶金部、船舶工业总公司、国防科工委、北方工业集团总公司等部门、高等院校和企业的有关专家、学者和企业家组成。委员会还以通讯成员等形式广泛聘请有关专家、学者和工程技术人员共同工作。这么多的人那么多的见解，我来当主任，弄不好，可能落得个吃力不讨好的下场。

其实，在这个标准化技术委员会成立之前，质量管理和质量保证的标准已经在中国标准化与信息分类编码研究所内讨论过，也有了一个初稿，是从国际标准化组织于1987年发布的ISO-STD 9000翻译过来的。4月14日举行了《质量管理和质量保证系列国家标准GB/T10300》的新闻发布会，说明它是等效采用国际标准的。并且，从4月17日到21日在北京举办了第一期宣贯学习班。我还特地在5月11日跑到沈阳去，在中国质量协会举办的质量会议上，对这个本来与我无关系的标准做了一个讲话，主要是说明质管质保标准与全面质量管理的关系。这个讲话的录音，经整理后，由中国质量协会散发。同时《中国技术监督报》的同志写信告诉我，他们准备转呈中央有关领导同志。所以说，我是走上一个事先毫不知情的组织的“领导”岗位。但是，我也高兴。对于我们国家的任何质量事业和质量工作，我都心甘情愿地参加。

2. TC151的成立

1989年12月2日到3日，在北京的总参招待所，召开了全国质量管理和质量保证标准化技术委员会的成立大会暨第一届年会。有委员、顾问和技术监督局的有关领导以及中国质量协会和新闻界的代表共50余人参加。成立大会上徐志坚局长的讲话实实在在，帮我树立起当主任的信心和决心。他讲了三段话。第一段，他介绍说，国家技术监督局成立大会的时候，国务委员宋健出席并讲了话。宋健同志强调，国家技术监督局的任务就是“以质量为中心”协调政府部门和社会各界的工作。本委员会也应于此发挥作用。第二段，他描述了当前对质量的认识。例如，“质量与经济效益没啥关系”、“产品有总比无好，何必强调质量”、“穷，哪里来钱搞革新”的一些说法。他说，甚至在领导层里也未将质量与效益联系起来，对“提供真正有效供给”的要求也误解很多。第三段，他说，本委员的任务不能仅是制定标准，更重要的是宣贯、推行。他要求各位委员著书立说，澄清社会上的各种误解，帮助社会建立正确的质量观。他希望我们最终能提出适合国情的质管标准。他的这些话，我记在了心里，我要在我的任上尽力做到。

成立大会上，我代表全体委员表示，一定在国家技术监督局的领导下，把本委员会的工作做好。我引用宝华同志的“博采众长，融化提炼，以我为主，自成一家”，表达愿与各位委员共勉的心情，和切实推动我国全面质量管理工作更上一层楼的决心。

大会上宣布，标准化与编码所的高沈宁工程师为委员兼秘书长。她对工作非常认真负责。大事小事她都写信给我。这使我在忙的不可开交、顾不过来的窘境下，能够及时了解技术委员会的情况。两年后，她出国，我就再也没有像她那样的帮手了。

3. 第一届年会

会议讨论了委员会章程和术语、质量体系、质量技术、质量管理方法四个分支委员会的设置方案，1990 ~ 1992 年的工作目标和工作计划。本次会议上确定的目标有三条：一是使本标准为政府有关部门和企业所接受，成为指定质量行政法规的依据，和企业健全质量与体系的指南。二是在该领域的国际标准化活动中取得发言权。三是为确定适合我国国情的质量管理体制提供建设性意见，为中央决策提供依据。

作为第一届的主任委员，在第一届委员会的年会上，我围绕本委员会的目标做了第一次的讲话，共有四个部分。在第一个部分，谈了在质量管理标准的思想、理论和方法上我的想法。尽管本标准要以国际标准化组织的国际标准为蓝本，我们还是要以我为主，不能生搬硬套国际标准。管理标准以人为对象，不像技术标准以物为对象，这就要在“法、理、情”上做全面的考虑。标准是进化的，不是突变的，因此标准，尤其是管理标准，必须是现代与传统相结合，创新与传承相结合。至于国家标准与国际标准的关系，是等效、等同，还是参照的问题，这是方法论的问题，要从实际出发，要广泛征求企业的意见。在第二个部分，我讲了本标准与全面质量管理的关系。当下社会和企业对全面质量管理的认识和理解千差万别，推行上也有些问题，例如，“走形式”、“两张皮”、“为拿奖，装门面”，归根到底是个质量意识的问题，是个“硬技术”与“软管理”的问题。我想，在今后本标准的宣贯与推行中也会遇到这样的问题。第三个部分，关于委员会的《章程》，我说，它的解释最终要以《中华人民共和国标准化法》为依据。本委员会的权威性不是个人的，而是来自全体委员的集体。这就要加强团结，求大同、存小异。第四个部分，我主要谈了我对 1990 年工作计划的想法。首先是分支委员会的组织建设，既要分工，又要协作。无论如何，我们要统一在委员会工作的大目标上。每位委员，工作多想些、多做些，会就没必要多开了。

这次年会上我的收获是，结识了几位新朋友。

二、工作

1990 年 5 月 7 日国家技术监督局复函，同意委员会建议的分支委员会的设置和几个分会的主任人选。这就正式启动了质量管理和质量保证标准化技术委员会的工作。

1. 分支委员会的成立

1990年5月24日分支委员会的成立大会在北京的中国标准化与信息分类编码研究所召开。共有48人出席，技术监督局标准化司派员出席了会议，代表技术监督局宣布了分支委员会的组成和各个秘书处的所在，并且介绍了分会的工作性质、工作程序以及各秘书处的职责。

我也讲了话。我看了分会的主任、副主任、委员的名单，一共 38 人，来自企业的只有 3 人，其余全是司局和研究所的人。我建议分会在开会讨论时，注意邀请企业界的人士参加，因为标准毕竟是为他们制定、而且为他们使用的。我还讲了句不客气的话。会议原定 8 点半开始，拖拖拉拉过了 9 点才开成，我们这些搞标准化工作的人首先得有个时间概念。

一个小时的成立大会结束后，随即举行了各分会自己的会议。我只能参加第一分会的术语分支技术委员会。分会主任是北京理工大学教授郎志正，自此以后，我俩就成了中国标准化事业的搭档，多少标准化工作会议上，他情愿做我的副手，这使我非常感激。特别是随着年龄老化，要我主持一整天的会议，有些困难，于是我们就有了分工。上半天是我，下半天是他。在会上如有文件要宣读，我就把这差事交给他，因为他的口齿比我清楚。他也从不抱怨。

2. 难处

难处多得很。举几例说说。

技术委员会的一个重要工作是宣贯标准。委员们分赴全国各地宣传、讲解、推行质量管理与质量保证的国家标准时，没有事前统一的口径，以致引起企业的误解、甚至不满。高沈宁同志告诉我，他去上海开会，听到企业的一些反映。“GB/T 10300 是外来货，本来就不懂，再加专家们的说法又不一样，更加无所适从了”、“全面质量管理已经有了基础，照着继续干下去，就行了”、“GB/T10300 像天书，不是英文，却又不是中文”等。但更麻烦的是，企业把采用和实践质量管理和质量保证的标准当成了“市场通行证”。这个标准规定的是企业管理最基础的东西，是企业现代化的入门条件。产品能否在市场上销售，还有许多工作要做的。我们那几年费了许多口舌去澄清这一误解，有时还要局领导出面讲话。

1992 年 8 月 20 日国家技术监督局通知，GB/T10300《质量管理和质量保证》以及 GB6583.1《质量管理和质量保证术语 第一部分》分别由等效采用 ISO 9000 系列标准和参照采用 ISO8402 一律改为等同采用。此项修订由刘源张主持，新的宣贯教材也由刘源张负责，并且决定在兰州于 10 月间举办一次全国范围的研讨会。这个突如其来的决定让我茫然。兰州我没有去，因为我不想公然唱反调。1993 年 2 月 11 日国家技术监督局召开新闻发布会，介绍了标准从等效改为等同采用的情况和理由。等同的标准，GB/T19000—ISO9000，已于 1992 年 10 月发布，1993 年 1 月 1 日起在全国实施。原 GB/T10300 结合我国企业开展质量管理活动的实际情况，在标准中加上的“质量否决权”、“质量管理小组活动”等内容均被消除。等同采用的理由是，“如果我国在用ISO9000时，等效程度太低，尤其是在编写格式上和技术内容上，与国际标准不相一致，与国际惯例不相符合，就会在企业质量体系取得国际互认问题上造成一定障碍，甚至对我国的产品和企业进入国际市场带来不利的影响”。这个辩解似是而非。GB/T10300怎么会是“等效程度太低”呢？它只不过是在原有ISO9000标准上加上了我们的“质量否决权”和“质量管理小组活动”。要我说的话，我倒要说它是等效采用的改进。今天当我写这几行字的时候，我们的国家和社会不是已经承认了并坚持着产品质量的否决权和质量管理小组活动吗？我们的出口产品不是往往被外国客户用一票的质量否决权就打回来了吗？外国的质量专家不是都在称赞我们的质量管理小组活动吗？国际互认的问题不是我们等同采用了就能得到的，归根到底是要靠我们企业的实力。日本人很聪明，人家硬是把自己的主张，持续改进，让国际标准化组织写进了这个标准。我们为什么就不能理直气壮地提出我们的主张呢。一个字，懒。

3. 退任

2000年6月20日国家质量技术监督局以质技监标函【2000】091号文批复了《全国质量管理和质量保证标准化技术委员会》换届的组成方案。我被聘为顾问。自知这是一种礼遇，是对我十年奋斗的一种安慰。我只有感谢。

三、认证

我国第一个管理标准，GB/T19000—ISO9000《质量管理和质量保证体系》，为中国创造了一种职业。企业采用了这个标准，实施的如何，是否收到应有的效果，有时需要第三者来判断。这件工作称为认证。以认证为职业的人员和以认证谋收益的机构应运而生。这一现象在世界其他推行质量管理和质量保证标准的国家也是同样。不过，中国人多、企业多，一两个或两三个仅仅读过标准的人，组织起来，办个公司，去企业搞诊断，赚大钱的，比比皆是。然而，鱼龙混杂，弊端很多。认证人员和认证机构要不要有一个权威机构来对他们的资质做个认定，成了急待解决的问题。附带说个笑话。这段时间，遇见熟人，往往被人用“你可发财了”代替“你吃饭了”做寒暄。不知是怎么回事，我成了几个我完全不知的认证公司的顾问。

1993 年 6 月 21 日在北京举行了欧洲统一市场合格评定（认证）国际研讨会。这是在中国第一次举办的关于认证和评定的国际会议。以此为契机，中国同国际就认证机构的合格评定开始了合作。中国合格评定委员会的建立和中国认证市场的清理是下一个十年的事了。

四、ISO/TC176

这是与中国的质量管理和质量保证标准化技术委员会对口的国际标准化组织的质量管理和质量保证标准化技术委员会。我国从1981年参加ISO/TC176，一直是“O”（观察员）成员。1992年5月12日中国TC151报请国家技术监督局，办理申报ISO成为“P”（常任国）成员。到1995年4月TC176在北京召开工作会议时，已经申报成功。

4月24日到28日ISO/TC176在北京召开SC2（第二分委员会）的工作会议。这是国际标准化组织在中国举办的第一次会议。有35个国家的170多位专家出席。我国派出了36位代表，我也忝居末席。本次会议的一个主要议题是，对ISO9000 1994年版的修改。会上的讨论很有意思。有代表指责标准的英文文本难懂，应该选择易于译成其他文字的语言。我听了，深有同感。质量管理与质量保证有什么不同，标准的名称是不是应该简化，代表们在这个问题上争论的非常激烈。代表来自北美、南美、西欧、东欧、东北亚、东南亚、大洋洲，几乎从世界的各个角落都有人来，操着不同口音的英语。我听起来，有的容易懂，有的很费劲。我佩服的是，每位代表不管自己的英语别人听懂听不懂，总是抢先发言。相比之下，我们的代表就有点过谦了。

这次会议上，第二分委员会成立了一个特别工作组。任务是，对本次会议上提出的各种问题进行综合性的研究，以做下次标准修订时的参考。TC176/SC2主席的戴维斯（John Davis）先生点名要我参加。经过中国代表团团长的允许，我接受了邀请。谁知这给我惹来了麻烦。从5月6日到10月6日的五个月当中，我收到了30多次共250多页的传真，我的回复至少是每次1页。而且，这传真又多是深夜传来，我家的传真机一响，老伴就惊醒。次数一多，老伴就有怨言，我更是苦于付传真费。于是，我给国家技术监督局写了封信，要求他们支付给我传真办公的经费。得到的答复是，由参加单位负责。我的参加单位不是TC151吗，怎么要我系统科学研究所出钱？

其实，在这以前，我就任TC151主任委员不久，ISO在瑞士召开年会，邀请各TC的主席参加。我为此向国家技术监督局提出要求，希望派我去。得到的是同样的答复。有人对我解释说，这是肥水不外流。现在，TC176的第二分委员会又要我出席在都柏林召开的工作会议，再加这次的传真事件，我下决心向TC176提交了辞呈。

我是中国的一个标准化技术委员会的主席，却从来不曾出国参加过国际标准化组织的国际会议；我又是受聘为ISO/TC176/SC2特别委员会的成员，却又由于可笑的原因不得不辞去这一职务的中国的标准化工作者。我的这份经历可称得上“全球独一无二”。

第二节　市场经济的全面质量管理

这个十年中国的国民经济已经相当市场化了。人们呼喊，TQC（total quality control）应改为TQM（total quality management）了。于是，质量经营成了一个时髦词。这究竟是怎么回事呢？

一、关于“经营”和“管理”

英文management译成中文，有“经营”、“管理”、“经营管理”

的三种用语。这是学者们由于各自的偏好，随意选用的呢？还是认为确有本质的差别，强调使用的呢？我曾写过一篇长文，引经据典，专门论述这个问题。不过，不想在这里唠叨。我想，我们还是结合这个时间的特征来看看这些词的含义。这个时间里，我们开始了两个转变，一个是计划经济体制向市场经济体制转变，另一个是经济增长方式从粗放型向集约型转变。促进这两个转变的重要手段是现代企业制度的建立。它的要点就是“产权清晰、权责明确、政企分开、管理科学”。由此，现代化的企业把我们带进了市场经济。这 16 个字不仅是要纠正中国企业组织和体制上的时弊，从中，也可以看出它对企业的要求。我认为，经营和管理实际上是一个整体，只不过，说经营，是要多看到市场竞争的一面；说管理，是要多看到现场活动的一面。产权清晰和政企分开是从市场的观点说的，权责明确和管理科学是从现场的观点说的。说经营，就要多了解市场经济的规律，并且在工作中遵循它。说管理，就要多了解生产活动的规律，并在工作中依靠它。企业中，在这两者之间负责不同工作的人使用不同的用语，说自己是经营者，或管理者，如此而已。另外举个例子。时下，大公司或跨国企业的第一领导人称为 CEO，我们翻作首席执行官。这个称呼的含义是什么？我的理解是，经营和管理，他都负责。经营和管理的分开在下层，到了最上层，是分不开的。ISO 9000 里说的最高管理者，也就是最高经营者。日本公司的社长（CEO）在推行全面质量管理时的一件重要工作是社长诊断，这时他是以最高经营者的身份执行最高管理者的任务。

二、“质量经营”和“质量管理”

早在1964年，石川馨先生在他的《质量管理入门》（刘灯宝译，刘源张、严擎宇校订，机械工业出版社，1979年）第1页就写道，“新的质量管理，就是有关经营的一种新的想法和看法”。第3页又说，“质量管理是经营的一种思想革命，新的经营哲学”。第7页的一句话“不赚钱的质量管理就不是质量管理”，我看，这句话道出了质量管理的价值，也道出了管理即经营的实质。1979年我去日本，参观了住友电气工业公司的子公司——东海化成工业公司。这家公司的社长上滏实先生送给我他写的一本书《我的质量经营》。书的序中，作者写道，他是从住友电工的一个事业部的管理者转成一个公司的经营者，想写出他在两个不同工作岗位上推行质量管理的感受。他说，质量管理的工作内容一样，只是身份的不同使他转换了质量管理的观点。作为管理者，他主要考虑的是，按照标准完成质量任务；作为经营者，他要保证盈利，因此要多考虑顾客和市场。我在他那个厂，足足看了一整天，从现场的报表到市场的报表，我也都查了一查。上滏先生给我介绍了许多他和他的厂的创业史。因为有这番谈话，当我读他的书时，我很能体会他的意思。

过了近20年，忽然在中国，兴起了“质量经营热”。好像是久米均教授的一本《质量经营》引起的。这本书我看了。其实，久米教授在书中，不过是把他老师的上述三句话做了一番演绎，说到实质依然还是质量管理。凑巧，1993年台湾一位质管专家翁田山先生送给我他的一本《品质经营实战》。他写的是，第一，质量管理工作者如何向最高经营层汇报自己所做的工作和如何影响他们的看法、想法。第二，质量管理工作者如何使客户满意，并取信于他们。第三，质量管理工作者如何说服供应商厂家实行质量管理。所谓实战的本领就是全面质量管理的原则、理论和方法。

让我说，说穿了的话，一线的质量管理者想要引起经营者的注意和重用，提出管理加经营才是真正的质量管理，很是应该，不足为赏。作者也可换个名称写书，多赚点稿费，也好。新瓶装旧酒，换汤不换药。我们也不必大惊小怪，以为又出现了一门新学问。

三、市场经济与质量管理

如果经济没有竞争，商品尽管是短缺，那就用不着质量管理了。我们不是经历过这样的时代吗？现在的年轻人也许不知道，我们这些年过半百的人对此却是刻骨铭心，记得凭票买东西，有了就很满意，哪去过问产品的质量。在计划经济的那个时间，我要鼓吹、推行全面质量管理，明知这是市场经济的产物，也是市场经济的工具，但为了推行这一新的思想、理论和方法，我不能去“革命”，而是“改良”。趁“拨乱反正”的时机，借“工艺整顿”和“文明生产”的旗号，去宣传，去动员，去培训，去试点，点点滴滴把全面质量管理开展起来。上面的第一章至第三章说的全是个中的辛苦与欢乐。

现在到了市场经济，有人出来呼喊质量经营，是件好事。不止是换个词，新鲜一下。至少可以刺激一下经营者。人们说过，“TQC 是头 QC，头不理，起不来”。人们也埋怨过，推行全面质量管理，贯彻质量管理体系标准，往往落得个“两张皮”。意思是说，说的和做的是两码事。其根本原因应该是管理者与经营者的互相脱离。我们提倡质量经营，一来还质量管理以真面目，二来讲清质量责任在经营者。企业的法人代表要负产品质量的全部法律责任和道德谴责。这句话，我们从这个时候，一直诉说。然而到了下个十年，依旧没有获得彻底的认同。第五章里再来详说。

四、市场经济与政府职能

经济体制的转变是件开天辟地、惊天动地的大事。牵扯的事情太多，个人处境的变化所引起的思想和行动的改变，行政机构和社会组织的改变所引起的各级职能的改变等都需要研究，找出合理和适宜的方向。就质量管理而言，企业应该如何应对政府职能转换的事态，同时政府应该如何转变职能以应付企业自主经营的局面。针对这个问题，1992年9月2日到4日在北京钓鱼台国宾馆举行了“迎接21世纪挑战——中国质量战略”高层研讨会。

这次三天的会真可谓是高层研讨会。时任国务院副总理的朱镕基同志、吕东、袁宝华、徐志坚、王忠禹、盛树人、怀国模、吴仪、徐鹏航、于珍、傅立民等多位国务院各部门的领导同志，还有上海市副市长顾传训、天津市副市长李惠芬，以及武汉钢铁公司的刘淇、吉林化学工业公司的张真、上海二纺机股份有限公司的郑克钦、华北制药股份有限公司的陈贤丰、广东珠江冰箱厂的陈福兴等几位企业家、中国社会科学院工业经济研究所的周叔莲、《经济日报》的艾丰、国家计划委员会经济研究所的梁华等几位学者，都出席并围绕“质量问题是经济发展的一个战略问题”的思想，各自从不同的角度陈述了意见。

我的发言题目是“质量战略和政府职能”。我讲话不客气，也无顾忌。我说，搞质量战略，首先要树立“质量第一”的思想。刚刚在7月由国务院发布的《全民所有制企业转换经营机制条例》中，我就没有找到“质量”这两个字。转换机制为了什么？难道不首先应该是提高质量，保证质量？取消国家经济委员会、组建新单位的“三定方案”，我听了文件的传达，发现其中竟然没有“质量”两个字。好像认为，只要把权放够放足到了企业，质量问题自然会得到解决，不需要政府操心。如果真是这样，那就太天真了。说到质量战略中的政府职能，就是两条：管理好市场，给企业一个好环境，给消费者一个好保护；组织好“产、管、学”的合作，搞好技术、管理、产品的创新。

这些重要的发言，没有公开出版，只由中国质量协会印成资料汇编，内部发行。现在，为了写这段话，我又翻阅了一遍，觉得这种处理实在遗憾。

五、市场经济与质量意识

计划经济的年代，全面质量管理在很大的程度上，是我说服政府部门的有关领导，通过行政命令推行的。当然，先决条件是我要做出典型案例来当依据。到了市场经济时代，政府职能开始转变，企业的质量管理不能靠行政命令指挥了。另外，这一急剧的转变使企业没有充足的时间来认识市场经济的性质，从而在厂长、经理有了自主经营的权力以后，放松、甚至放弃了质量工作。这个时期的前半段出现的“假冒伪劣”和产品质量大滑坡，引起了人们的思考。市场经济的体制下，靠什么来促使企业做好自己的质量管理，保障自己的产品质量呢？

1993年8月5日到7日，在北京钓鱼台国宾馆举行了“中国质量意识”的高层论坛。国家主席江泽民为论坛题词“树立质量法制观念，提高全民质量意识”。国务院副总理朱镕基发来贺信。副总理李岚清到会讲话。这说明了国家领导对质量意识的极度重视，中国标准出版社出版发行的此次论坛的论文选编由吕东同志写序，“质量兴国，真抓实干”。书名也就由此定为《质量兴国：’93中国质量意识高层论坛论文选编》。袁宝华、宋季文两位老领导都强调阐述了质量意识与市场经济和经济发展的重要关系。整个论坛的一致意见是，强的质量意识是企业搞好质量管理、提高产品质量的最始和最终的动力和条件。

我也发了言。买到伪劣产品，谁都会恼火。这就是质量意识，但这是被动的。我们要人们有的是主动的质量意识。企业员工有了“质量是企业的生命”的自觉，就会有主动的质量意识，把产品做好。消费者有了“维护权益”的自觉，就会有主动的质量意识，依法投诉伪劣产品的厂家。政府官员有了“为人民服务”的自觉，就会有主动的质量意识，监督企业厉行有效的质量管理。问题是怎样才能使人们有这种自觉，只有教育、宣讲。正面的材料，“反面的教员”都应该广泛利用起来。高层讲坛是很好，但还要许多的“低层”讲坛。质量意识应该是个“年年讲，月月讲，日日讲”的话题。

第三节　服务工作的全面质量管理

1990年将在北京召开第11届亚洲运动会。为此北京市政府从1986年就正式开始准备。我那时是北京系统工程学会的理事长，一次会议上几位会员提出，要为北京亚运会出谋划策。学会的一位副理事长是陈元同志，经由他，学会向市政府表达了学会的愿望。不久，市政府通知我去开会。去了一看，是一位市政府副秘书长召开的，讨论亚运会上出售的纪念品的制作问题。市面的纪念品太单调，如何增加花色品种，合乎外国旅客的喜好，是个急迫的任务了。我只能打着系统工程思想的旗号，讲了几句常识性的话。随后不久，市委书记陈希同召开会议，讨论、研究亚运会的准备。他说，他不担心场馆设施的硬件，担心的是软件的服务。会后在一起吃饭时，我向他建议，用全面质量管理培训北京市商、旅、服的员工，提高他们的服务质量。他很高兴，要我立即筹划起来。

1991年国际标准化组织发布后，由国家标准化管理委员会等同采用的GB/T19004.2—ISO9004.-2《质量管理和质量体系要素 第2部分 服务指南》在制造业公司为市场销售提供内部服务之外，规定了其他12大门类的服务。它们大大超出了我们过去通常说的“商、旅、服”所概括的业务范畴。银行、保险、行政管理、科学研究、医疗保健、认证和咨询、物流运输等都被定义为服务业。这一新的规定使我们对市场经济有了更加全面的认识。市场经济其实就是服务经济。对于服务工作，要有新的观点，对于服务质量，也要有新的管理。

于是，这两件事，让我给自己添了一项新任务，介绍服务业的全面质量管理。

一、《服务工作全面质量管理》电视讲座

有了北京市市委和市政府的支持，我约了几位同志，从 1986 年年底行动了起来。

1. 准备

日本人说，“全面质量管理始于教育，终于教育”。他们强调教育。我们完全同意。要提高北京市的“商、旅、服”从业员工的服务质量，必须先从教育入手。教育的手段莫过于电视讲座。我请孙长鸣来商量，要他操办。因为前几次的电视讲座，他同中央电视台有了点人缘。经过磋商，我们组建了一个“中央电视台教育部服务工作全面质量管理电视讲座办公室”，报批后，有了图章。一个正式机构成立了。孙长鸣任办公室主任。

2. 酝酿

我们跑北京市的商业局、旅游局、卫生局、交通局等几个主管局，说明原由，请求支持。这些同志都愿为亚运会出力，所以通过他们，我们邀请到了几十位方方面面的同志，在首都体育馆的一个房间，召开了这个讲座的第一次会议。这里有个啼笑皆非的笑话。会议之前，有北京市卫生局的介绍，我们到下属单位，请人出席会议。到了一所医院，见到一位负责人，说明希望提高服务工作的质量。他一脸的不满，问我们怎么把医生、护士当成了售货员。我心里想，是呀，他们有毛主席的最高指示"救死扶伤实行革命的人道主义"，哪要我们来说三道四？本来想请政府官员也进来，一道学习如何提高服务质量，碰了这个软钉子，我们只得作罢。附带说一下，2009年国家质量监督检验检疫总局决定在全局系统开展《质量管理体系标准》的学习与贯彻，已经是这以后20年的事了。思想认识的转变要费如此长的时间！

半个月里我们开了三次会，讨论、决定了工作计划和步骤。

3. 决定

我们做出了一个大胆的决定。这次的电视讲座完全按照市场经济的办法去操作。就是说，收看电视讲座的学员要付费。那么，学员从哪里来；收取的费用怎样处理；我们的商品怎样制作才能值得所付的费用；能够满足这些要求的讲座要怎样进行。三次的会议对此一一做出了规划。

第一，学员由各个参加部门动员。

第二，付费向各个参加部门部分返回。

第三，教材聘请专家编写，我来主编。

第四，讲师请编写者担任。

第五，为了保证和提高学员的学习效率和质量，设立辅导员。请专家先为他们授课，他们结业后，分别辅导各部门学员的学习。

第六，在学员间组织QC小组活动。

4. 过程

我们请北京理工大学教授郎志正负责编写教材。1987 年 2 月 18 日我收到书稿，审理并写序，2 月 23 日交出版社付印。

3 月 22 日第一期辅导员学习班开业，我去做了说明。到 6 月 27 日第六期结业，一共培训了 1 663 名辅导员。这么短的时间，这么多的辅导员，这么大的热情，我只能归功于那个时代人们渴望新知识的风气了。

讲师们的录像也在这段时间开始了。我的日记记录了 8 月 8 日、10 日和 16 日我去录像的情况。到了 12 月，电视教材的录像整理加工完毕。

7 月 2 日，我们举行了一次记者招待会，说明这次电视讲座的意义，恳请记者朋友的帮助。他们很友好，表示了理解。

7 月 8 日孙长鸣拉我去延庆观看了一次 QC 小组成果发表会。11 月 21 日北京市第一商业局组织了一次该系统的 QC 小组成果发表会，我去看了。高兴地看到从事服务工作的小伙子正确地认识了自己的地位和贡献。

7 月 17 日，我带孙长鸣去见了王兆国同志，他那时是中央书记处的书记。在中南海他的办公室，我向他汇报了我们这次服务业全面质量管理电视讲座的准备情况，他很高兴，称道完全有必要。

12 月 30 日，电视讲座办公室的全体人员搞了一次聚餐，慰劳大家付出的劳力。

5. 效果

1991年12月31日的《中国电视报》刊登了一篇记者华星的报道。题目是“一个方兴未艾的电视讲座节目”，文中说，“一个普普通通的电视讲座自开播起，竟一次次重播，播出4次学员热情依旧不减”，“因为它办得有社会普遍性、组织有章法、顺应形势的发展。这是12月25日在第4期《服务工在全面质量管理》电视讲座经验总结交流会上得出的印象”，“各主办单位都在本部门的服务行业中有组织地收看，数年来，在许多单位已形成制度。今年9月至11月的第四期，收看人数正式报名的就有10万左右"，"据悉，明年将开办第五期讲座"。

至今，我出面举办了多次电视讲座，这次的讲座让我真正理解了"事在人为"的道理。

1988年6月28日，李鹏、胡启立、姚依林、吴学谦、薄一波、芮杏文、陈俊生等中央领导同志在中南海亲切会见了出席"服务工作优秀质量管理小组代表会议"的全体代表，并同他们一起照了相。之前的6月21日，李鹏总理打电话给出席会议的全体代表，电话说："向同志们表示慰问，祝贺他们取得成绩，请他们继续为改善提高服务质量而努力!"

28日的那天，我佩戴上全国劳动模范的勋章，站在中南海的小礼堂里，等候领导同志的接见。李鹏总理走到我面前，指着我胸前的勋章问是什么。我回答，全国劳动模范。他笑了，说，好。我很少戴这个劳模勋章。除了领奖的那次，这也许是我仅有的一次佩戴。

1990年6月20日北京亚运会开幕之前，北京市举办了一次"北京市迎亚运服务系统QC小组表彰大会"，给我们的工作画上了圆满的句号。

我高兴，我骄傲。在中国市场经济开始的时刻，我做了一件市场经济性的由国家电视台播出的服务工作全面质量管理电视讲座。世界上就我们这一份!

二、《服务指南标准》电视讲座

这次的电视讲座是国家技术监督局交办的，性质与上述的那次有所不同。

1. 由来

《服务指南》原是国际标准化组织在1991年颁布，加以修改后于1993年重新颁布的国际标准。我国于1994年等同采用，定为国家标准。其编号为GB/T19004.2—ISO9004-2。我恰巧是全国质量管理和质量保证标准化技术委员会的主任委员，在等同采用的过程中，委员们都参加了讨论和定稿。一次国家技术监督局的领导同我谈话，说起这个标准如何宣贯的问题。我提出来，办个电视讲座。

我再一次找到孙长鸣。于 1995 年 2 月到 4 月同中央电视台的导演商谈了几次，最后决定办一个一般的电视讲座，费用请国家技术监督局支持。

2. 过程

教材是最重要的，我们使用了中国标准出版社出版、郎志正主编的《质量管理和质量体系要素第二部分：服务指南》，并由我加以修改和补充而形成。冠我的名字为主编，是因为我统筹负责的缘故。这里，我要感谢中国标准出版社的慷慨和郎志正教授的谦虚。讲座里，我也录像了一次课。大部分的课是郎教授担任的，当然国家技术监督局的领导也讲了课。赶在当年的“质量月”期间播出了。

3. 效果

虽然这个讲座与上一个讲座都是为群众举办的，但这两部分群众的构成不同。上一个纯系普通的群众，这一个却是有些专业性质的群众。人数没有统计，估计肯定少于上一个。不过，也不错了。

一件事先没有料到的事。中国台湾的一家出版社立即把我们这本电视教材翻印了过去。恐怕这是大陆出版的质量管理书籍中第一本走出大陆的书。我的那本台湾版被大陆一家出版社的一位编辑借走，一去 20 年，至今没有还给我。

第四节　劳动生产率与产品质量

这是我这十年里从事的一项研究工作，容我细细道来。

一、起因

1982年我随国家经济委员会代表团赴日考察。在东京的日本生产性本部，看到了一部纪录片《日本人能做到的，难道美国人做不到吗》。

日本的朋友专门为我们配备了中文的翻译词。它原来是美国两大电视台ABC和NBC共同制作的，记录1981年美国派出一个庞大的代表团到日本考察的情形。日本产品为何能做的那么好，侵占了那么多的美国市场。代表团的成员包括国会众参两院的议员、政府有关部门官员以及企业界领袖。结论是，日本制造业，尤其是汽车和家电的劳动生产率大大高于美国的。

它使我想起1951年我在美国的加利福尼亚大学伯克利分校学习时的一件事。校园里有一座名为 Morrison Library的小图书馆，与学校的大图书馆非常不同。它只是一间高大的房厅，四面周围有由过道联通的二层楼上开柜的图书架，满满各式各样装订华丽的书籍，大厅里摆着双人座和单人座的又大又厚的沙发，还有一些其他诸如茶几的家具。铺的地毯，无论是厚重，还是色彩、图案，四周墙面的雕刻木板，都显得那么古典。一进门，就给人一种庄严却又温馨的感觉。我很喜欢这个小图书馆，一有时间，我就进去，找一本书，坐在沙发上，慢慢读。那真是一种超过享受的享受。一次，我在那里看到了一本书，被那本书的书名吸引住了——*We too can prosper*（《我们也可繁荣起来》）。翻开一读，发现它是一本由英国生产率协会编写的文集，记录英国于第二次世界大战结束后，派往美国考察的感想。书中的几句这样的话，深深印在了我的心中。英国第一个发明用于生产的蒸汽机，英国第一个进入产业革命，英国建立起世界第一个工厂，英国第一个创建起全球贸易、金融的体系，英国曾是“日不落”的帝国，为什么现在竟然要去美国考察、学习？原因是，英国的劳动生产率大大落后于美国了，要去看看为什么。这些话让我想起了很多。中国和日本岂不是类似的情况。

自那以后，我常常思考劳动生产率，它究竟是个什么概念。

二、研究的申请、协作、特点和成果

1987年我向国家自然科学基金委员会管理学部申请立项“我国工

业生产率的管理理论和方法”的研究。1989年获得基金委员会批准，定为管理学部的第一个重大项目。1990年正式启动研究工作。1994年结题，通过验收。1996年国家自然科学基金委员会为此项研究发出《简报》(第19期)，介绍研究工作的意义和成果，称赞“是一个成功例证”。

这一重大项目是集体性的研究。它集中了我国管理学界影响较大的几所科研单位和高等院校，还邀请了一些厂矿企业参加。我在申请此项研究时，就主张必须组织全国管理学界和工商界的有力人士参加，形成一个大协作的研究团队。这样做，才有可能对我国的工业生产率有个全面的认识，研究成果才有可能对我国的工商业界产生影响，通过协作研究又能促进我国管理学界的更好团结。

基金委员会理解我的愿望，给予项目150万元的资助。在20世纪80年代，这是我不敢想象的数字。然而，团队的单位、人数众多，分到人头上，其实没有多少。钱怎样分，固然是我这个项目主持人的苦恼，但是如何向这么多各处南北的同志，其中还有几位是我国管理学界的导师，说明我的研究思想、意图、计划，并征得他们的同意，是我的难题。经费有限，不能经常开会。我决定发行研究工作的简报，在这上面交流思想、切磋工作，如要做重大决议或发表成果，再来开会。我请我的助手佟仁城教授做主编。结题时，一本200页的《简报集》摆在了评审委员们的面前。那个时侯，这是创举。

我的思想是什么呢？劳动生产率的理论和实际一向是经济学研究的领域，我是要从管理学的角度和观点去研究。重点是方法，这是经济学不涉及、也涉及不了的课题。特别是因为中国统计数据的不完备，中外学者对中国工业劳动生产率的估计数字千差万别，不足为据，我们的研究放在影响劳动生产率的因素分析、提高劳动生产率的途径和鉴别劳动生产率提高的效果上。我们研究的对象不是经济学家指向的国民经济，而是劳动生产率的主体，劳动者和他所在的生产企业。具体落实到企业的各类定额制定和职工的教育培训上。这最后一点似乎又是老生常谈，当年美国人泰罗（Frederic Taylor 1856—1915年）不就是研究这两件事的吗？是。他不就是因为这两件事的研究成为管理学的鼻祖吗？是。但我们有特点。第一，我们结合我国的实际，实际就是新中国成立以来各个时代的对定额制定的不合理甚至错误的对待；第二，我们的研究特别结合到产品质量上，生产率指标必须包含质量，这是过去的研究没有注意到的问题；第三，我们提出预计生产率的算法和实际生产率的计算，以及两者之比的相对生产率，并以此指标判断生产中各类应纠正的问题。这是质量管理与生产管理相结合的综合管理，其中含有成本上的财务管理。

新闻界的朋友给予这项研究极大的关心和支持。他们在报纸上发表他们的看法，呼吁全社会来提高劳动生产率。我不能一一列举，太多了。不过，我还是要记下一个名字——程远，他是《经济日报》的高级记者。来参加了我们的会议，又到系统所来采访过我。1992年11月2日的《经济日报》的头版头条以醒目的标题“治本之方在于提高生产率”刊登了他的评述，并加以编者按，称道它为提高经济效益的问题找到了正确的答案，是为各地在学习和贯彻十四大精神的一篇值得参考的材料。

三、遗憾和满足

1996年，研究所要我退休，说我已经年过70岁，应该回家了。

一位同事陈传平为我大抱不平，我说，算了，再呆下去，更要惹人讨厌了。

可是这个退休剥夺了我继续工作的一切机会和条件。这项研究只留下我向基金委员会上交的研究报告。现在无力寻找资助、刊印成书了。佟仁城一直埋怨，没能申请国家技术进步奖。他说，拿个二等奖没问题。

不过，我已经满足了。有两件事。

经过几年的合作，我在学界有了知音，现任东华大学教授的戴昌钧同志就是一位。我请他分工担任生产率教育的那部分研究，那时他是南开大学的副教授。他对劳动生产率产生了兴趣，从1990年到现在一直从事生产率的研究与教学，在白领劳动者的生产率研究上已是专家了。现在他还经常鼓励我，要我把生产率的研究继续下去。

1993年的夏天，研究工作有了最后结果的初稿。我带着佟仁城去日本和美国，同几所有名大学、研究机构和几位知名学者相见，向他们介绍我们的研究成果，征求他们的意见。前后历时整整一个月。回来后，向基金委员会呈交了考察报告。张存浩主任读了这份报告，在一次基金委员会的大会上举出这个报告，说，写考察报告，应该这样写。

这是不是让我满足的两件事呢？

第五节　全国人大代表的职责

从1983年到1998年，我任第六、七、八三届前后15年的全国人大代表。大部分是本章的期间。我这个代表，当的怎么样，如今要反思。

一、怎样选上的

我是从报上知道的，我当选成为全国人民代表大会的一名代表。根本没有想过的事。我去见胡克实同志，他是中国科学院主管政工的副院长。我问他，谁提名、推荐我的，我得向他请教，怎样当人大代表，要我干什么。他只是笑着说，你的事，大家都知道。真是，我从监狱里糊里糊涂地出来，又糊里糊涂地进了人民大会堂。人大代表是神圣的，肩负人民的期待，身受国家的重托，不是随便开玩笑的。我得好好学习。

二、人大代表的构成

在全国人民代表大会，我属安徽省代表团。我是其中少数几位不操安徽口音的安徽代表。年龄上，我是偏大的；职业上，我也是边缘的，离政治较远。我又愿意讲话，讲些北京的人和事给代表们听。所以，团里的上上下下对我都很好。逐渐我跟他们的大多数熟悉了起来。他们来自安徽各地，有各种职业的人，有各种文化水平的人。有一位年高的女小学教师，每看到她的慈祥面孔，我就想到我的做小学教师的老娘。我在人民大会堂会议期间，给她照了一张像，寄了给她。她回给了我一封写的很是郑重的道谢信。

还有一位小地方的民警。一次小组会上，议论起当全国人大代表的感受。他说的一段话，至今我想起来，觉得还有话要说。他说：当全国人大代表，吃亏不少。分房子了，领导说你先让一让；发奖金了，领导说你先让一让。反正不管什么好事，当全国人大代表的，都要让一让。真怪，难道当全国人大代表，就不用吃饭、穿衣、住房子了？

熟了，团里有人给我分析代表是怎样选出的。我是中央提名，由省人大开会讨论通过的，完全合法。有的是因为职务的关系，依法自动当选的。有的是模范人物，群众推举出来的；有的是工作上的关键人物，经选举程序产生的；有的是民主党派的人士，由分配名额请进的;也有其他途径的。当然，最后都是由省人大会议讨论通过的手续。

至于其他途径的，听说有一位很有意思。这位代表原是一个城镇里的企业家，发了几百万元的财，又把他的企业捐给了当地政府，换来了一个官职和全国人大代表。每次开会，我看到他，都在心中有个疑问。现在是不是“学而优则仕”变成了“商而优则仕”了？经商如有道，治国用其道，也许可以。

的确，团里能人不少。

三、质量管理的代表

安徽团里从事质量管理的研究和应用的代表只我一个。我查了查全国人大代表的名录，也没发现其他团里有像我这样的代表。在有关职务上做领导的有，厂矿企业里当领导的有，我注意到，对于“假冒伪劣”、“非法”、“不讲诚信”，他们有发言、有建议。我的任务是什么，应该怎样执行？

我想，全国人大会议是个很好的论坛，应该借这个场所向全国人民宣传质量。全国人民代表大会是个立法的机构，应该借这个机会提出自己的主张。因此，这许多年，我在全国人大会议上说了不少话。其中又有不少借新闻记者之笔传了出去。有三件比较重要的，记录于下。

1990年的七届三次全国人大会议期间，姚依林副总理来到安徽团听取意见。我向他陈述了一个要求。1977年开始开展的“质量月”活动，在1984年停止到今，已有七个年头，希望恢复。我说明了这项活动的意义：强化社会的质量意识和激发企业的质量责任。我还举出了国际上日本、美国两国的“质量月”活动为例。3月26日新华社发出通讯，3月27日各大报纸刊登了题为“我在串联，寻求支持”的报道。我是在会议期间，找了许多代表联名提出了《建议国务院恢复“质量月”活动》的议案。众所周知，以后“质量月”恢复了。

1993 年八届一次全国人大会议通过了《中华人民共和国产品质量法》。我参与了这个法的起草过程，见到法的通过，十分高兴。但我有点意见。细读法律条文，感到过于强调国家技术监督局的职责和作用，并没有树立起真正以企业为主的精神。希望在法的宣贯、解释过程中加以注意。《中国技术监督报》、《中国科协报》等刊出了访问我时的谈话。似乎大家都有相同的意见，以后有关方面决定要修改这个法。

1995 年八届三次全国人大会议期间，我向代表们讲了，我国产品质量亟待改进的问题，期盼我国的“质量振兴”计划早日出台。因为我也参与过拟议中的计划，知道一点情况，借全国人大开会的时机，向代表们做个宣传，希望引起全社会的关心。《中国质量报》1995 年 3 月 24 日的一期登出了我的谈话。《质量振兴纲要 1996—2010》于 1996 年 12 月 24 日由国务院颁布，现在即将到期了。

我想，我能说的、我应说的，大概都说了。

四、为安徽省做的工作

我是安徽省选出的全国人大代表，我的选区、我的选民都在安徽，可是我对安徽知之太少，几乎无法在全国人民代表大会上为安徽说话。每年安徽召开省人大会议，都有专函邀请我参加，我却一次也未曾去过，实在难以向我的选民交待。

六届全国人大会议的时候，当时主管工业的苏桦副省长要求在北京的安徽代表为安徽的经济发展尽些力、争取一些外援。我对他说，最近外国旅客逐渐知道了中国有个黄山，但没有几人知道黄山在安徽；争取外援，首先要提高安徽的知名度。他当即委托我在这方面，替他筹划一下。回到北京，我做了些活动，然后向苏副省长做了汇报。我在北京找了几位日本的银行和工商企业公司驻北京办事处的主任，可以组织一场招待会，请安徽省的同志就安徽省的情况对他们做一个介绍宣传。他立即指派安徽省驻京办事处的主任负责这件工作。约定的那天，我在民族饭店订了一个小会议室，把几位日本朋友和这位主任请来开会。我把双方一一做了介绍，然后请主任讲话。谁料，他一定要我讲。我说，这怎么行，你是主讲，我只可以给你当翻译、帮帮腔。好说歹说，他总算开口了。内容如何，我不说它，但他那副姿势实在让我看不下去。坐在沙发上，翘着个二郎腿，边说边晃动，太失体统。我立即写信，向苏副省长通报了招待会的结果，特别指出，我怕这位办事处主任不能胜任这样的工作。不久知道，换人了。

我这个安徽代表为安徽就做了这件事，只做了这么一点点事。

五、感想

15 年的全国人大代表的经历，我写在《我的质量生涯》中，是因为像上面说的，我是质量专业工作者中的全国人大代表。但也不能只管产品质量，不管别的。经济发展应该是我关心的，再说，它与产品质量是有密切关系的。这个 15 年，安徽的经济不见得有多大的发展。开会时，安徽的代表自称是“第三世界”。南边有湖南、广东，北边有山东、河北。安徽只能做个农业省，向外输送粮食。我记得，李鹏总理来安徽团参加会议时，有代表直接向总理反映了这个问题。

安徽是个出人才的地方，人才都跑出去了吗？

等了又一个十年，好像安徽也发展了起来。2009 年，我去芜湖，参观了奇瑞汽车制造厂，沿途看见市面是繁荣多了。

怀念小平

出席全国人大会议

来信摘要

（ 510 ）

中共中央办公厅
国务院办公厅 信访局　　　　1999年11月15日

中科院系统工程研究所刘源张致信朱镕基同志，对拟议中的《国务院关于进一步加强产品质量工作若干问题的决定》提出建议，即建立质量工程师职称和职务制度，其根据是：

一、美国经济发展强劲的经验在于对质量工作的重视。其中，资格注册质量工程师功不可没。

二、我国有些企业已自行设置质量工程师或质量总工程

报送：

镕基同志

（附原信）。

请忠禹、佳卿同志阅研。

朱镕基
11.19.

来信摘要

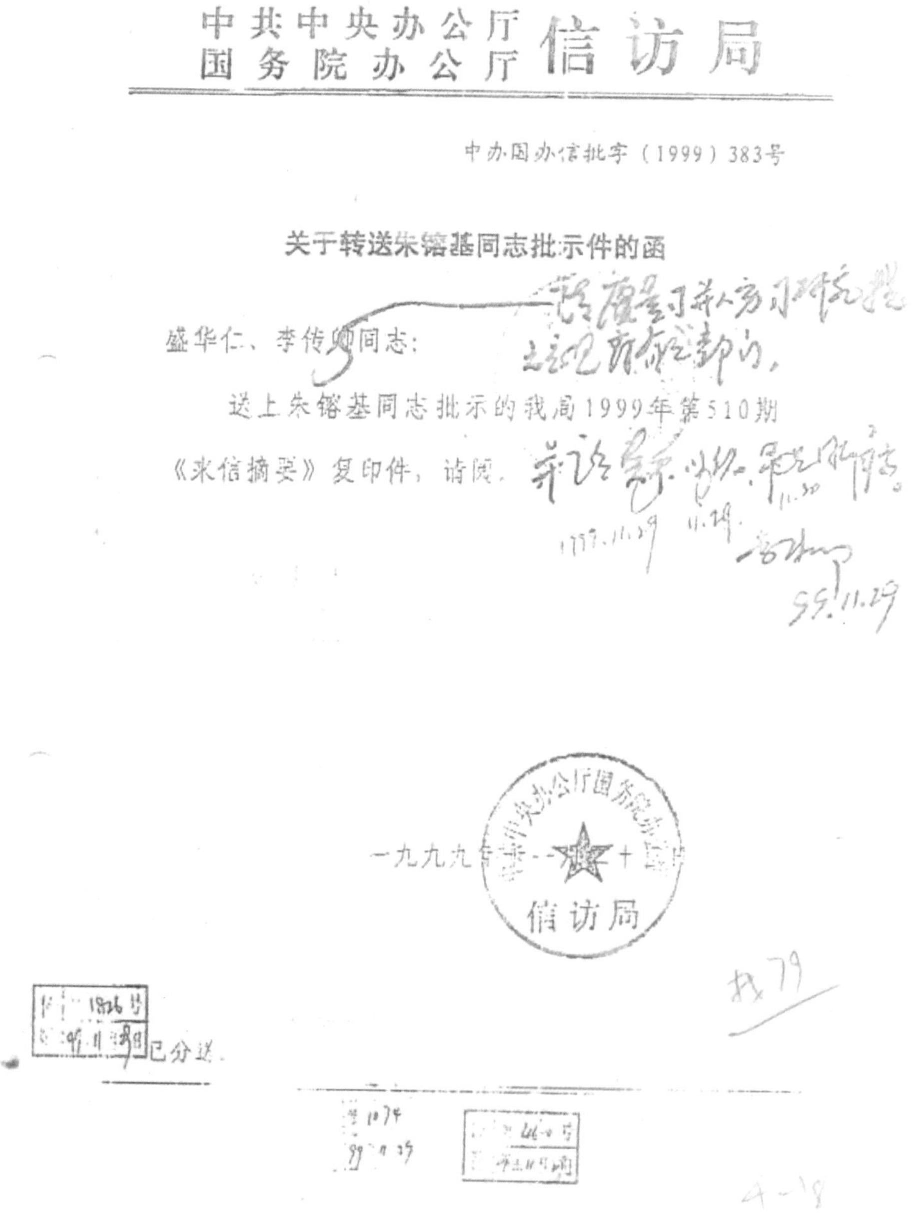
中共中央办公厅
国务院办公厅 信访局

中办国办信批字（1999）383号

关于转送朱镕基同志批示件的函

盛华仁、李传卿同志：

送上朱镕基同志批示的我局1999年第510期《来信摘要》复印件，请阅。

一九九九年十一月二十九日

信访局

已分送

朱镕基批示

第六节 国际活动

这个十年，我的国际活动还是不少。有几件事和几个人要记下来。时间顺序无关紧要。

一、国际质量科学院

1995年7月，我当选为国际质量科学院（International Academy for Quality）院士。

11月我去日本，在横滨举行的院年会，我接过院士证书。上面写着这样的话，“In recognition of outstanding contribution to the science, the technology, the economics, and the management of the profession of quality, which place him among the international leaders dedicated to the improvement of the quality products and services for the benefit of mankind and a progressively higher standard of life of all”（有鉴于对质量工作在科学、技术、经济和管理上的突出贡献，并作为国际同行领袖之一在改善产品和服务质量以谋世人福利和日益提高生活标准所做的贡献）。看到这样的称赞，我在致谢词时，竟然一时语塞。只做了一个表态讲话，说有机会在这样的一个国际组织，结识到同行的国际人物，是我的一种荣幸。

1996年我在《中国质量》的第1期写了一篇介绍国际质量科学院的文章。当时该科学院采用定额院士制，全部70名，亚洲区限员23名，我是唯一的中国籍院士，这一状况到了2009年才被打破，原郑州航空工业学院管理学院院长、现任河南省副省长的徐济超同志成为第二人。这也太少！

另有两件类似的，都发生在1997年。

不知是谁的推荐，我被选进美国纽约科学院（New York Academy of Sciences）。它不是像美国国家科学院那样的官方机构，有较为严格的选举制度和政府的拨款，而是只要有相应的推荐就可成为成员的一个民间组织。至今我也不知道，谁推荐的我。但是较美国科学院历史更悠久，它创办于 1817 年，声名显赫，美国第三任总统杰佛逊（Thomas Jefferson）就是它的成员。它有 40 名诺贝尔奖获得者的成员。三次荣获美国国家期刊奖的著名杂志 *The Sciences* 是它编辑出版的。它给我寄来了证书，但我实在没有时间出席它所组织的会议，履行应尽的义务，甚至我一次也没去纽约访问过它。我想我应该早已被取消了资格。所以，我在需要填报的各种表格里，都没有填过这一项。不过，当做一种荣誉，我还是写在这里吧。

美国的 NewPort 大学授我以名誉博士。这是一所很有特色的学校，创办于 1976 年。它的校长的一句话把大学概括的很恰当。“经常有人问我，从 NewPort 大学拿到的学位与从哈佛大学拿到的有什么实质性的区别。我看，除了建校的 1636 年与 1976 年的历史差别，在办学的网络上有不同。所谓网络，是指一所学校的毕业生与同窗建立起的渠道。哈佛就有这种优势，从哈佛毕业的同学可以利用他们的网络在他们的事业上相互得益。但是，哈佛只是一个点，网络是从那里走向全球各地的毕业生组织起来的。我是把学校办到世界各地，在各地招收学生，建立各个点的网络，再把各个点的网络织成一个更大的网络，使得毕业生能够有更多的机会获益”。学校的本部设在美国加利福尼亚州的新港市，美国本土还有犹他州盐湖城的分校。之外， 在英国、比利时、意大利、印度、巴基斯坦、日本、菲律宾等世界各地有它的点，充分利用因特网的方便，加强各个点的联系。当我收到邀请，我没有时间飞到美国。经过协商，校长要我去香港的分校，出席那里毕业生的毕业典礼，顺便给我授名誉博士。我去了一天，参加了典礼，向毕业生讲了祝贺词。可是，我利用不上他们的网络，也没必要利用，所以一直没跟它再联系过。

2002 年，有位热心的美国工程院院士的朋友要推荐我申报美国工程院的院士，国际质量科学院里的两位美国工程院院士愿意附议。那位朋友寄来了表格。我没有填。我好像真的老了，对这些名誉都不放在心上了。

二、韩国之行

1988年11月我第一次去韩国。行程十天，不长不短，十分有趣，并且曲折。

亚太质量组织要在首尔召开核心理事会，当时一届的理事长赵先生是韩国标准化协会的会长。我接到该协会的通知，要我到东京去办签证入国手续。于25日乘CA929班机到达，协会的杨处长和金小姐已经在机场等候，交谈之后，我才明白不在北京办签证的原因。韩国标准化协会在日本的东京有办事处，但在中国的北京没有，所以亚太质量组织委托他们办手续，就只能在东京办了。第二天就飞往了首尔。

有崔会长的好意和协会的安排，我从首尔南下到了釜山，一路上，参观了企业，游览了名胜古迹，收获很是不小，使我最受感动的是朝鲜族人的那种强烈的民族自尊心，也使我见识到了中朝两个民族的文化交流的痕迹。

在现代汽车公司看到的工厂简直就像是我在日本看到的工厂，厂里领我参观的干部也不忌讳，对我说，他们的厂从1967年建厂以来，一直学习、效仿日本，逐渐有了自己的改革和创新。装配线呈U字形，整个工厂的布局，从原材料进来到整车出去、装运也是围绕一个港湾的环形。处处考虑到效率的提高和成本的节约。可谓“青出于蓝而胜于蓝”。他领我边看边讲，有一句话让我吃惊。他突然说，“你们不是也要发展汽车行业吗，咱们两家合作起来打垮小日本”。参观浦项钢铁厂，一进大门，一行大字高高悬挂在旗杆上，用汉字写道“资源有限，创意无限”。在参观者步行道上，凡是头能碰到的地方都用塑料海绵包起来，脚能踏到的地方都不会让你踏空。我还看了其他好几个厂，但仅这两个厂已经给了我一个感觉，“小国有大志”。

韩国的科学技术协会请我吃了一席地道的朝鲜饭。很是可口。饭碗、筷子都是金属制品，中国也有银筷子，但韩国的饭碗用铜做，我不明白其中的道理。韩国上年纪的人都能说日语，我们就用日语交谈了起来。他们主要向我介绍韩国的科学事业是怎样发展起来的，用时下的用语说，“海归”的功劳，先是日本的，后是美国的。这同中国差不多，属于东亚圈的特点吧。日本人总说，东亚各国的发展是雁行模式，日本是那只带头的大雁。我问他们，我们有没有改变这一模式的可能呢？那顿饭的饭桌上没有结论。我想，大家都想轻松地聚谈聚谈，费脑筋的问题只好不去多想。

有一件意想不到的事。我遇见一位水泥制造公司的董事长，聊起来，这位裴先生竟是我在日本长崎市的同学。那时朝鲜人同学都被迫改姓换名成了日本人似的名字，因此我根本不知道我的这位同学是位朝鲜人。谈起往事，彼此唏嘘。他说他要带我出去走走，上了他的车，他一路开向了一家裁缝店。进去，他就叫店主人给我量身材，硬是给我做了一套极为讲究的西服。这件西装至今是我最贵的一套。不只是衣服，而是同窗的友谊。

三、美国行

1985年3月，为了亚太质量组织的筹备工作，我去了趟美国。在芝加哥，我收到克劳斯比（Philip B. Crosby 1926—2001年）的合伙人李可博士（Dr.Leek）的电话，要我去福罗里达（Florida）州的奥兰多（Orlando）市他们的公司去看看。这个州我以前没有去过，再加上早就想知道“零缺陷”到底是怎样的一个概念，那就去吧。我们3月15日抵达，奥兰多市是个小地方，乘小飞机要转停一站。他们的公司在一座小楼里，很新，显然搬进来不久，接待客人的是一位非常漂亮的小姐，经她通知，克劳斯比先生下楼来，把我领进了他的办公室。见面一开头，我就问了他一句，他这位大人物怎么在这小地方开设他的顾问咨询公司。他的回答很有意思。第一，美国的经济有渐向南移的倾向；第二，这个州是打高尔夫球的好地方。他解释说，他早已不在课堂主讲质量管理了；他只给公司的高层，尤其是CEO，讲解质量管理。最好的场合和地方就是在高尔夫球场打高尔夫球。同这些客户边打球，边讲课，一场高尔夫球打完，他就把质量管理的真谛讲了，同时也就知道了公司高层关于质量的想法。他放映着打球的录像，使我如同身历其境地了解了他的讲课情况。这实在让我大开眼界。我在他的办公室和公司足足欣赏了一整天，认识到，他的教学法我是学不了。辞行时，克劳斯比先生亲笔签名送了我一本他的新作，*Quality without Tears*（1984，McGraw-Hill Book Company）。如今睹书思人，感谢他同我谈的那一番话。

当年 10 月亚太质量组织成立的大会上，他来过北京。很精神。1998 年 10 月他偕同夫人出席了上海国际质量研讨会。我看到他脸色大不如以前，偷偷问了他夫人一声，夫人告诉我，他身体最近衰弱了许多。2001 年 8 月我见到了他的讣告。我见过许多位质量大师，他可是一位极具头脑的商业人。他走了，Philip Crosby and Associates, Co. 搬到了波士顿，只有靠他的名声了。

美国我去过不下十次，这一次有点独特。我不仅结识了一位有经商才能的质量专家，还在芝加哥当地的企业家俱乐部从芝加哥财团的人了解到美国的企业家精神。这是另一段话，留待以后有机会再说。

四、另一位日本老师

我在第一章写过一位我不知姓名的日本老师，这一章的这位老师的姓名是折户正明。1981年我受邀请在日本名古屋的联合国地域发展中心做过一年的调查研究工作。题目是“日本工业发展经验向发展中国家转移的问题”，为此，我经常访问有关的研究单位。名古屋的地域发展研究所就是其中之一。折户先生那时就在那个研究所工作，这是我们认识的开始。他常给我寄来他写的一些论文，这样我们保持着联系。1987年我去日本参加那年日本科学技术连盟组织的世界质量大会，收到他的邀请，要我去他的公司看看。原来是在京都附近琵琶湖边上有个小工厂，所有者请他去经营管理，于是他成了那个小企业湖北工业公司的总经理。

我一进工厂的车间，就惊住了。约有 1 000 平方米的厂房，一个工人也没有。所有的机器上都蒙着一块透明的塑料布。我只听见像织布机似地轻微的机器运转声，看见一个穿着作业服的人在机器旁向一个纸盒子里接过从机器里下来的产品，从明亮的玻璃窗看出去，有一辆小卡车停在那里。我刚要问他，他笑了，说：这个厂是专门生产电阻、电容之类电子元件的厂，都是自动流水生产，不用工人。产品质量是绝对一流，不用检验，那个半蹲在地上的人就是正在把产品用卡车送往客户的。我问他是怎样做到的。他把我拉到车间的一头，对我说，你是老朋友，告诉你这个秘密。他把墙上的一扇小门拉开，我一看，里面是个不大的变电器。他的解释同我那位不知名的老师说的一样。动力指挥机器，机器制造产品。动力的好坏直接影响产品的质量。动力的好坏就在于电压和频率的控制紧松。他把从外面输进来的电气的电压和频率的误差再缩小一半到五分之三之间，把工序能力指数严格控制在 1.33。他说，就是这么一点诀窍，但要花大力气维护保养这些机器。

如我在第一章里说的，30 年后我又学了一课。不过还有下文。东北的一个厂，那里的领导去过折户的厂，知道我跟折户先生是朋友，给我来了一封信。他们想要购买湖北工业公司的机器，但折户总经理不答应，要我跟他说情。我说了。折户说，不是不想卖，能赚的钱怎会不赚。但折户怕他们即便是用他的机器，也做不到他的质量，所以不想卖，免得背上欺骗的罪名。

1981 年 2 月 26 日，我在名古屋的地域发展研究所见折户正明先生的时候，还有另外两位，分别是清水静造先生、青山和浩先生。他们给我写了一幅字，“一期一会”。这是佛经上的话，意思是，人的相逢可能一生只此一次缘分，相互珍重吧。那两位我再也没有见过，折户我在日本和中国见过几次。但 30 年过去了，他还键在吗？他比我大两岁。

五、罗马尼亚

1986年的5月15日至27日，我带着我研究所的一位助理研究员去罗马尼亚的首都布加勒斯特。任务是同罗马尼亚科学院的计算机和信息科学研究所交流学术，同质量管理本来是没有关系的，但有一件见闻的事却很有关系。愿意记在这里。

我们到布加勒斯特外地参观了一所教堂。土耳其人侵入罗马尼亚，攻打此处时，放火烧了这所教堂，幸亏当地居民赶到，奋起抵抗，驱走了土耳其人，但教堂外墙表面已经烧得熏黑了。原样一直保存至今，人们称它为“黑色教堂”。我们进入教堂大门，看见大厅前方正中央是传道的讲坛，这是在教堂里常见的景象。但是它的两侧，各有能坐四五个人的带有木板围裙的高高座椅。一个木板围裙上雕刻着一顶帽子，另一个是一只靴子。这样的布置我没见过。问导游，她解释道：教会的信众为了向当地的帽匠、鞋匠等工匠老师傅表示敬意，做礼拜时，请他们坐到那个高高的席位上，一般的信徒就坐在下面的好多排坐席上。这给了我启示。中世纪在欧洲，衣食住行所需物品都是工匠制造的，工匠又是师傅带徒弟的方式培养出来的。这个制度，或者说这些工匠的特点是,每个人从头到底对自己的产品质量负责。做到“价廉物美，童叟无欺”的工匠受到社会的极大尊敬。反过来，这些工匠又感激社会对自己的尊重，会把产品做到好上加好。世界进入大工厂时代，这种精神荒废了。听说，像德国直到现在还保留着工匠传统的优秀品质，所以德国的制造业非常讲究工艺。

这是我此次东欧行的唯一收获。

六、菲律宾

为了最后同亚太质量组织的发起人之一的菲律宾质量协会会长的葛查莲女士敲定一些事务工作，我从1985年4月21日到27日去了菲律宾的马尼拉。在厦门上飞机时，看见一位华人坐在轮椅上，好像没人在旁，我走过去帮他推，送他进了客舱。他问了我的行程和住处，我们就在马尼拉机场分手了。

等我到旅馆房间，看见屋里圆桌子上面摆着一篮水果，附有一张名片——姚嘉波，并且留有一个字条，说翌晨来旅馆与我共进早餐。在马尼拉的一个星期，几乎每晚他都请我到他家，互相谈东说西。我才知道了，姚先生是菲律宾数一数二的企业家、大财主。经营着许多事业，掌管着许多工厂。他家坐落在当地的高级住宅区的一个圈子里，有警卫把门、有警车巡查，有多少房间我没去细查，不过，一个晚上，他请了几位当地的有力人士为我在他家的后花园举行了一次烧烤餐会。我在院子里回头一看，一所豪宅。

那几个晚上，他给我谈了许多故事。十几岁从福建家乡漂洋过海来到菲律宾；从走街串巷叫卖商品到开办上千人的工厂；日军侵入菲律宾时他如何组织抗日游击队，作战时给腿上留下了伤疤；在从家乡来的大太太与本地人的二太太之间周旋；又怎么同当地政府打交道的苦难。真是无所不谈。越谈话越多，我喜欢听，但也在问自己，姚先生怎么这样愿意跟我谈，他寂寞、他孤独、他有心事吗？他这么有钱，怎么一个人不带的来了福建的故乡，还是我看见没人帮他，就跑上前推他的轮椅车了呢？我没有问。我看得出，姚先生是位依然保持着勤俭作风的人。

我想写给读者的，这些不是主要的。主要的是另一段故事。他有一个橡胶厂，有一年，他写信给阿迪达斯，要求销售该公司的运动鞋。没有回音。过了十年，整整十年，他忽然接到一封信，是从阿迪达斯公司来的，要他去德国面谈。对方给他说，阿迪达斯公司收到他的第一封信后，就开始观察他的工厂和公司，经过十年的调查，认为他经营有方，而且极守诚信，因此决定将阿迪达斯在菲律宾的一切产品的生产和销售权全部交给他。不用说，这份合同保证了姚先生公司的橡胶制品的大发展。临别时，他送了我两双阿迪达斯运动鞋，大的给我，小的给我夫人。这个故事说明，名牌不是靠几家广告公司或几家认证机构，胡乱吹出来的，是要靠脚踏实地、开动脑筋、又要诚诚恳恳，才能取得的。真能做到这些，自己没有名牌，名牌也会送上门来的。

七、访问美国生产率与质量中心

本章的第四节介绍过我1993年去美国访问的原由。这次的行程中，印象难忘的是这个组织。美国生产率与质量中心（APQC）位于得州的休斯顿市，正好我的一位学生于江，在当地工作，请他联系，由他和我再加佟仁城三人拜访了它，我们受到很好的接待。我们在那里足足参观学习了一整天。从上面领导到下面员工，从办公室到资料库，从彼此交流到专题讲座，中心给了我们充分的自由。

这事还要从头说起。1992年9月29日我写信给中心主任，说明我们是通过文献调查知道的该中心，表明我们希望参观学习，请求他给我们寄来邀请信，以便办理签证手续。10月22日，中心的高级副总裁斯克罗金女士（Charlotte Scroggins）给了我复函，表示愿意接待我们。1993年7月19日我们登门拜访，用了一个上午的时间，双方各自介绍，我做了一个报告，说明我们的研究工作和问题，然后讨论工作日程,第二天正式进入学习交流。我这样的唐突,他们这样的热情，怎么说呢，那时的中美友谊使然吧。

中心的主任格雷森（C.J.Grayson，1923年—　）博士，是一位敦厚和蔼的长者，对我们特别友善。可能因为我们是从新中国去该组织访问的第一批人，工作人员有些好奇，对我们就格外亲切。一天的学习交流，中心考虑的很周到，事先打好了议程表，准备好了资料。先由中心的CEO格雷森博士，介绍他创立中心的宗旨、经历和成果。第二位，中心咨询部的主任莫菲（Paul Murphy）先生介绍中心进行咨询服务的流程。第三位，中心总经理（President）布来临（Harvey Brelin）先生介绍中心的运营模式。陪同我们用午餐的是李当娜（Donna Lee）小姐。因为他们从我的报告中知道，我们的问题是如何把研究成果落实到企业，下午中心特别安排我参观中心的International Benchmarking

Clearinghouse（国际标杆库）。又由中心教育培训部的韩森（John Henson）先生专门介绍他们的培训课程以及在全美各地所进行的学习班或讨论班的情况。

一天的学习使我见闻大开。目标管理是他们的主张，标杆活动是他们的手段。为客户提供学习目标管理的教材和训练是他们的日常业务。帮助客户选择标杆企业，并为客户提供标杆企业的资料，是他们的强项。我们到中心的标杆库，工作人员把几份档案给我们一看，我真的服了气。企业自己的公开资料、报纸刊载的消息、杂志的记事和评论，甚至一点小事情的小纸片，再加中心人员写的备忘等都分类整齐的放在里面。咨询部的主任特别告诉我们，为客户挑选和向客户推荐标杆企业，不是单纯地从库里取出一件资料。资料是需要的，但更重要的是中心咨询人员的讲解。这就需要他们勤奋学习，努力调查研究。国内我去过几个认证中心，看过他们的资料库，也是他们认证过的企业的有关资料，但没有看见有什么分析、备忘之类的东西。更不用去说为目标管理提供标杆的工作了。

第一天的下午，是我们的自由活动时间。格雷森博士特意领我在他中心楼外转了一圈。周围有一大段用塑料红地毯铺成了跑道。他告诉我，他和老布什总统是老朋友，每次布什回到得州家乡，都会来中心看他，他们有时就一起跑步，就在这条道上。他曾任美国物价管理委员会的主任委员，就是因为他在任上发现劳动生产率与物价有深刻而密切的关系，所以他退下来后，决心创办这个中心，他又是美国总统质量奖——Malcolm-Baldrige奖的倡议人之一，跟ASQ（美国质量协会）有合作，感到生产率不考虑质量不行。他凭着他在政界和企业界的人脉关系，募得款项，使得中心成立。他是一位值得尊敬的老先生。

我没有机会再访中心。但我一直注意它的消息。我看到中心的CEO换成了他的夫人欧德尔（Dr.Carla O'Dell）博士，我想，是呀，老先生已经80多岁了，该休息休息。我也注意到，中心的重点业务转向到了流程管理。与时俱进，好。

八、一件不可想象的活动

1988年10月16日到22日在北京有一场国际活动。美国有一个组织，叫Chief Executive Organization，Inc.（总裁组织），这是个致力于继续教育和思想交流的国际组织，成员都是美国和西方国家的企业领袖。经过中国驻美使馆和中国企业管理协会的安排，他们在北京举行了一个论坛——CEO China Forum（CEO中国论坛）。他们邀请到了好多中国各界的名人作讲演。举几个例子，舞蹈家戴爱莲、戏剧家英若成、音乐指挥家陈家煌、外交部副部长朱启祯、美国驻华大使洛德。其中还有文学家、画家、宗教家等。不知怎的，竟然还有我的名字。

因为论坛的副标题挺有意思——Dynasty to Destiny（朝代与命运），所以我想我就给这些外国的大亨说说朝代与我的命运。18日上午我登台，题目是“回国后三十年目睹的变化”。事前，我向会议主持人的一位美国人打了招呼，我口齿不清，若有他没有听懂的词，请他当场告诉我。谁料，他对我的介绍词把我在秦城的那一段都说了出来。谁告诉他的，至今对我是个谜。有几个词，我没说清，他真的给我指出来，我就再说一遍。类似于一种“在岗培训”。

等我下了场，五六个美国人围了上来。有的祝贺我的讲演，自然是客气话。却有一家美国出版社的总经理门瓦灵（A. B. Mainwaring）先生要我跟他签合同，写本自传。我说，我的英语不行，要写的话，得有三年的时间复习英语。他问我知道不知道 *Life and Death in Shanghai*（《上海的生与死》）这本书，我真的没听说过，他说他会寄一本给我。果然 12 月 2 日我收到了这本书。三年的时间很快过去，我还是没动笔写。论坛主席布罗克（Harry B. Brock，Jr.）先生于 11 月 18 日写了一封感谢信给我，说我的讲演很受他们的赞赏。从他的信纸上，我才知道他是美国南方中央银行的董事长。内布拉斯加大学校长罗斯肯斯（Ronald W. Roskens）先生于 10 月 28 日来信说，他找不出适当的字眼来夸我的讲演。我只是讲了几句心里话！

这段故事与质量管理没关系。我之所以把它写下来，是想把它作为第二章的一个补充。

九、忙的“耽搁”

20 世纪 80 年代中期，1985 年 9 月 13 日我的一个美国同学写信给我说，他担任了斯坦福大学东亚研究中心主任，可以邀请我去他那里做做研究工作。没等我回信，他又来信说，我若迟迟不去，等他卸任后，他不会有经费请我了。我忙着我的全面质量管理，没时间去，遗憾。他的名字是 Al Dien，娶了一位中国台湾籍的女士，给自己取了一个汉语名字：丁爱国。我问他，他爱的是哪个国家，他说，美国、中国都爱。真是可爱的人。他专攻中国的六朝史，当时正在写六朝史，不知现在写出来没有。

1990年8月12日到15日在西安由西安交通大学组织了一次中加企业管理讨论会。我应邀去做了一个“中国全面质量管理的成就和展望”的报告。听众里有加拿大驻华大使德瑞克 (Earl Drake) 先生和加拿大的西蒙弗雷泽大学的魏得来 (William C. Wedley) 教授、佟罗萨利 (Rosalie Tung) 教授。诺贝尔奖得主的司马贺 (Herbert Simon) 教授也出席了会议。1990年9月25日魏得来教授从泰国的曼谷写信给我感谢我的与会。1991年他从加拿大的温哥华写信给我，说他同上述那几位先生商量过，请我去他的大学担任一个讲座教授。我正忙于我的生产率研究，也只得遗憾了。

“有所为，有所不为”，这个有所不为是要牺牲一些的。

第七节　海峡两岸的交流

海峡彼岸台湾的品质管理界人士在上个十年里已经有多位来过大陆。我自己就曾接待过几位，也因此结识了几位同行的朋友。1991年8月19日，首次两岸品质研讨会在北京的召开是应该记录在此的。《人民日报·海外版》于1991年8月21日刊出了这条消息，介绍这次研讨会的主题是“品质——民族繁荣的共同语言”。

这个主题正是台湾的陈宽仁先生的主题演讲的题目。他首先提出主题概念的问题，“品质”一词究竟如何解释。他举了一个别人的调查材料，其中有17种。我看了，不以为然。陈先生自己的解释是，“品，三口为品，评也。质，斤斤计贝，值也”。我看了，深以为妙。那以后，我经常在各种场合引用陈先生的这一学说来解释品质的特征。

另有一点。陈先生提出了“农业精神”与“工业精神”的区别。中华民族原本是农耕民族，富有农业精神，但却欠缺西方民族在市场经济中锻炼出来的工业精神。农业精神中有许多美德值得我们中国人继承发扬。之外还必须学习体会的是工业精神，其中的本质就是“精密”与“准确”。我很喜欢陈宽仁先生的观点和评说。后来，他送我几本他写的书，都使我受到启发。

2001年12月15日起，兵马俑在台湾历史博物馆展出。台湾品质学会的林公孚先生写信来，要我为这一盛举写篇文章。同年12月22日台北《经济日报》刊出了我写的“看兵马俑的品质管理”。

我同台湾品质界朋友的交往很少。台湾也是我一直想去，而至今没有去成的地方。我知道，那边的许多朋友盼望着我去。我也很想同他们促膝细谈质量管理的方方面面。

第八节　不是闲事的闲事

我在第二章议论过正业和闲事的关系。因为审讯我的问官骂我不务正业，我开始想我的正业应该是什么。这个十年，我做了许多事，它们究竟是我操的正业，还是我管的闲事。趁此机会，做个检讨。

一、石油和石油基建

20世纪60年代，我们有个“大庆经验”。20世纪80年代，我们有个“大成经验”。前一个在中国是家喻户晓，后一个不那么有名。李鹏总理对中国施工企业协会介绍这个经验时，用的名称是“鲁布革经验”。赵紫阳总书记要求国务院各部委领导去云南看的也是“鲁布革经验”。我用“大成”是有理由的。鲁布革水电站的建设部分使用的是我国第一次从世界银行贷来的资金，按世界银行规定第一个招标引进的施工企业是日本的大成建设株式会社，这个大成建筑工程公司是第一个以“项目管理”的办法在中国施工的。去工地的参观者发现，道路上看不见堆积的沙石、水泥等建筑材料，所有需用的材料都是按时间要求由卡车来回运往各处的工地，还有带着“监理”字样袖章的人在走来走去。完全是一幅从来没有在中国自己的建筑工地上通常看到的景象，清清爽爽，有种节奏感。我学过运筹学，也钻研过系统工程，知道有个 PERT（计划评审技法），华罗庚教授把它译成统筹法，广为宣传过。我不过只是做习题似地画了几张统筹图，没有实地经验。我找到当时的中国建筑质量管理协会的张岳东理事长，要他领我去看看鲁布革。但是，没有适当的机会，我只从他那里搞到了一些材料，都是一些参观印象或经验介绍。我要了解的是“项目管理”和“监理制度”的详情。

1985 年 11 月 29 日，我从石油工程建设质量管理协会获得了一本日本工程振兴协会于 1985 年 10 月刊印的技术资料，我才学到了项目管理与质量管理的关系、监查（监理）与检查的区别。这里，我要感谢原石油部基建局局长单永复同志。他把我领进了我国石油的基建部门，使我有机会看到了我们的大庆，也让我有机会在胜利油田的基建部门前后有过两年的实地工作经验。“大成经验”促使我进入了一个新领域。

之前，1985 年 5 月 20 日在首都企业家俱乐部举行的“二十一世纪中日经济讨论会”上，我遇见了大成建设公司的一位副总经理伊藤博先生。那段时间，我是俱乐部的副理事长，理事长是陈锦华同志。因听说我会讲日语，他提出来要见我。话题自然谈到了鲁布革水电站。他给我讲了他在中国的工作经验和感受。他说：中国的工人很勤奋，他们公司也在海外各地的建筑项目雇佣了许多中国工人；他发现，中国工人作为“一面手”的确是好样的，但不是“多面手”；工地上有各种车辆，中国的工人一样也不会开；工地上有各式各样的用英语写的指示牌或标语，中国工人看不懂，明明写着要绕行，却直行不误；如果是“多面手”，工资会增加很多的。那以后，我在建筑行业或施工企业的质量管理会议上，都介绍过他的这段谈话。不知道，我们现在的劳务出口有没有对工人的适当培训。现在已经不是出“苦力”的时代了。20 世纪 50 ～ 60 年代的那种要我们 “一个人的饭，两个人吃”、“一个人的活，三个人干”的日子，也一去不复返了。

二、交通行业

这个行业里有铁路、水运、航空还有电话电信。我都有过牵扯。

1957 年我曾在北京市崇文门外邮电局做过电话交换机的预防维修的试验。那时的交换机还停留在步进制，以后改成纵横制，再进到电子式的，我就跟电话不沾边了。只是后来的移动电话的通信发展起来，为了长点见识，曾去中国移动通信集团上海有限公司参观学习了一次。这里顺便提一下，我就是在崇文门邮电局工作期间，认识的张公绪同志。以后的 30 多年，他成了我家的常客，甚至同我谈一些他的家庭生活私事。

铁路方面，我也不过是在给他们的干部学校和部机关讲过全面质量管理，去过齐齐哈尔机车厂开展了少许活动。我的日记的一页上有傅志寰同志的签名，是我到部里去时他给我留下的。那时他的职务是什么，记不得了。他当了部长的事我都不知道，可见那以后我同铁道部是断了线。2001年他被选进中国工程院，成为院士。我和他成了同事。

国家民航局的一位副局长来我家，要我去首都机场整顿工作、提高效率和加强安全。我去了，上上下下看了一通，连修理厂也去好好地看了，也找了几位工作人员开了个小型座谈会，请他们谈谈问题。

我在机场干了一天，得出了一个“我干不了”的结论。机场不是一般的组织或企业，它是由边防、公安、海关、空中导航和管制、物流仓储、地勤、飞机维修、旅客服务等许多部门构成的一个活动体系，但这个体系里的单元都有各自的主管部门。要想把这许多的单元组织、协调起来，依据全面质量管理的思想，把那位副局长期待的整顿做好，我是办不到的。再加机场有人告诉我，在这里工作的几乎都有后台，别看那些小女孩，说不定她爸就是哪个局的局长，谁管得了。一听这番劝告，我心里打起了退堂鼓。

只有水运，我的工作时间长、工作关系多、工作力度大。1985 年中国交通企业管理协会成立，要我任副会长。秘书长是孙荣兴。1983 年孙荣兴和林德民写了一本《交通运输企业全面质量管理基础》，因此彼此知道，由于这层关系，他找到了我。在中国交通企业管理协会我结识了当时交通部的许多官员。更幸运的是我有机会看了我们的一些港口、公路的建设情况，也让我认识了几位船员、船长。记得有一次在长沙的培训班上，我跟他们吃过一顿饭，领略了他们的豪气。雷海同志就是那时我认识的船长。他写了一篇航海的全面质量管理，创造性地改善两点一线的管理。以后他成了中国远洋运输公司的领导。2000 年第三届理事会成立，我退下来。我所认识的人好像都没有进入理事会。孙荣兴现在在哪里？

上面的这些是不是管闲事，我说不准。不管怎样，这些经历开阔了我的见闻，丰富了我的人生。

第九节　结　　尾

这个十年间，多亏了我的身体，顶下来了。不过，有一次可把我吓坏了。

1986 年 7 月江西省经济委员会通过国家经济委员会邀请我去给省经济委员会干部学习班做一次全面质量管理讲座。临行前，宝华同志对我说，现在已经给企业的厂长（经理）扩大了自主权，你下去，有机会的话，问问厂长、经理们有什么问题和意见。4 日我飞到了南昌，当晚省长宴请，主人一侧竭力劝酒，说，不喝，那就是瞧不起江西老表。烈性白酒我真招架不住，妻子在一旁着急，可也得喝。第二天，省长把香港商人送他的奔驰，要司机从车库里开出来，让我用。搁在库里的时间长了些，我坐进去，闻到一股子发霉气味。

学习班在井冈山召开。我们一行一路南下，每到一县，下车用餐。他们知道我不能喝白酒，就拿啤酒招待我，再加乌鸡和甲鱼。好像每个县都有自己的啤酒厂，都有乌鸡、甲鱼。在县里过夜，不知他们怎么晓得，我喜欢看金庸，于是放一些武侠片给我看。两天的路程，一路的招待，简直把我当成了钦差大臣。到了目的地，住进了井冈山大厦 304 房间。五天的讲课加一个座谈会，这期间，每晚都是喝啤酒，吃乌鸡和甲鱼，看武侠片。11 日晚，看着录像，觉得目眩头晕，12 日早起小便，发现尿血。没敢声张，坚持开完 13 日的结业式，14 日赶回南昌。15 日去南昌医学院医院就诊。大夫好像不敢说，或是不愿说，反正要我回北京好好查查。

我去北医三院，大夫说我酒喝多了，不是癌症。大夫建议切掉前列腺，随即动了手术。佟仁城和所里的年轻人、孙长鸣和他公司的人来陪夜，帮了大忙。

酒是不敢多喝了。

1988 年 4 月《中华人民共和国全民所有制工业企业法》颁布。规定厂长对经营管理负全责，有权利，有义务。我的这趟井冈山行也算为此做了一点贡献。

名誉博士典礼
中间是近藤良夫

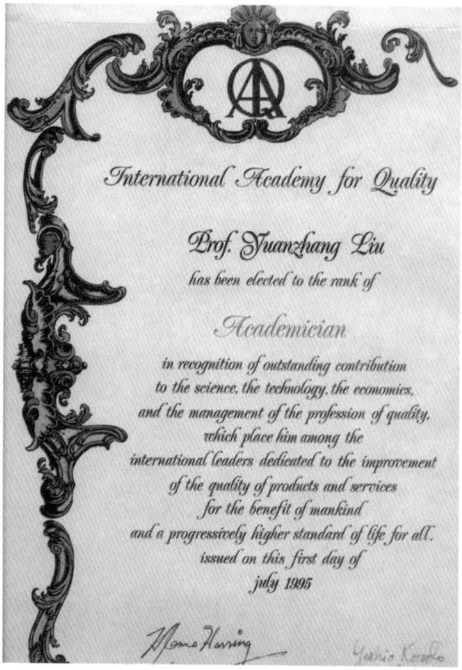

International Academy for Quality
Prof. Yuanzhang Liu
has been elected to the rank of
Academician
in recognition of outstanding contribution
to the science, the technology, the economics,
and the management of the profession of quality,
which place him among the
international leaders dedicated to the improvement
of the quality of products and services
for the benefit of mankind
and a progressively higher standard of life for all.
issued on this first day of
july 1995

国际质量科学院院士

NEW YORK
ACADEMY OF SCIENCES
SERVING SCIENCE, TECHNOLOGY, AND SOCIETY WORLDWIDE SINCE 1817
PRESENTED TO
Yuanzhang Liu, Ph.D.
AN ACTIVE MEMBER OF THIS ACADEMY
May 1997
TO REMAIN IN GOOD STANDING BY FULFILLING
THE RESPONSIBILITIES OF MEMBERSHIP
CHAIRMAN OF THE BOARD
New York Academy of Sciences
PRESIDENT AND CEO

纽约科学院院士

郎志正和夫人董荔真

与孙长鸣参加 QC
小组会

右上陈炳富、郑绍濂
右下王浣尘
左下尹缙瑞

我、李当娜、
格雷森、佟仁城

我介绍中国的劳动
生产率

带红帽子的是丁爱国
中国女士是李艺墅

罗马尼亚的黑色教堂
请看后面的高背椅子

交通部的船上

无锡灵山大佛前
与孙荣兴

第五章　发挥的十年：1997～2006年

这个十年，是我极为起伏的时期。1996年我从系统科学研究所退休下来，也就很少能够顾及我所有企业顾问的工作了。由此，我从一个实践者转变成了一个观察者。职务上和思想上都有了空闲，我想我可以对质量的时事做些评论了。不料，上海的唐晓芬女士在1999年要我去上海工作，2001年我被选为中国工程院院士，又复归了研究所。这些戏剧性的事件给我带来了新的工作，称之为“发挥”。

第一节　上海市质量协会

协会成立于1982年9月，是中国质量协会的一个最早、最大、最有影响力的地方组织。在它初创的日子，我曾经访问过它。《上海质量》创刊时，我曾给它写过贺信。20多年，我同它的关系从松散逐渐变成 紧密。

一、上海市局长学习班与顾训方同志

1982年8月，上海市市长汪道涵同志要我去上海为市局长全面质量管理学习班讲课。22日乘机抵达，马仲器来接我，住进锦江饭店。23日一早8点到了会场。原来是设在刚刚建成的上海电视一厂的会议室。市经济委员会的周壁主任做了动员讲话。汪道涵市长做了讲习班的主旨讲话。他说，三天的学习和讨论，局长们不要请假，安心在这里住下学习，市公安局已经加派民警在厂四周巡逻，切断学员同外面的联系。汪市长讲的一句话“局长们三天的离岗学习，上海的天不会塌下来”给我的印象太深了。1982年8月26日的《解放日报》头版头条以“局长要亲自抓全面质量管理”为题刊登了学习班的情况。

学习班是由市经济委员会副主任兼生产技术局局长的顾训方同志主持。这是我第一次见到他。一见如故吧，自那以后直到他逝世，每

次我去上海，他都请我到锦江饭店吃午饭。他对质量的重视，他对质量管理的理解，以及他对上海市工业建设的热情，通过他在学习班上的讲话反映出来，使我感触到老革命老领导的胸怀。顾训方同志是上海市质量协会的创办人之一，因为他的关系，我同协会有了一种亲近的感觉。

二、上海质量管理科学研究院与唐晓芬院长

1998年经上海市市委的关怀，上海成立了质量管理科学研究院。1999年1月28日在上海市锦江小礼堂举行了隆重的成立大会。说起这个小礼堂，还真是非同寻常。1972年周恩来总理和尼克松总统就是在这所礼堂签署的《中美联合公报》。由此可见上海市政府非常看重这个研究院的成立。会上宣布，唐晓芬同志任院长，我任首席研究员。

这件事让我充满了感激。原因很简单，退下来成了无业游民，竟有同志要我重上职场，“雪中送炭”不足以说明我的感受，“士为知己者死”，虽然这个死字有些夸张，却也反映了我的心愿。我知道晓芬同志的名字是在1982年她作为QC小组活动的代表和推进者来到北京开会的时候。以后我不断听到她在质量管理方面的业绩，她任上海市质量协会秘书长，把协会办成了一个极具活力的群众性质量组织；她首先建立了中国第一家质量体系认证中心，始终坚持市场中介组织的正确地位和作用。我想，她大概也是从一些报刊上的消息了解我的。她是关心我和器重我的一位同志。更重要的是她给予了我自信和勇气，我在质量事业上还是一个有用的人。

上海质量管理科学研究院是一个民间科研机构，完全是自筹经费、自寻课题、自力发展、自培人才的事业单位。在中国，这是创举。我这个吃惯了“皇粮”的科研人无法想象，这样的研究院是怎样获准成立的，又是怎样生存、发展的。从在泰安路的上海质量协会大楼内的建院初期，到在武夷路的上海质量协会双子楼内的兴院过程，我一直在注视着这个问题。第一，有一个好的领导层。首先是唐院长，她的

远见、热情、魄力和人缘，和几任书记、副院长的互相团结，恪尽职守，这是上海质量管理科学研究院成功的保证。第二，有一个明确的宗旨和目标。为企业服务、为政府服务，这是上海质量管理科学研究院上下一致的行动指南。十年的努力使质量管理科学研究院获得了企业和政府的信任。第三，有一个学术研究、教育培训和咨询认证这上海质量协会三大主要工作之间的合作。质量管理科学研究院的研究工作不是为了学术而学术的学院式工作，而是为了提高上海质量协会的教育、培训、咨询、认证、国际交流的水平。这些部门也向质量管理科学研究院提出研究课题，并提供研究资料。第四，有一个鼓励、培养年轻人的氛围。这些年来，我看到，有几位年轻人到院里参加工作，学到了本领，有了出国的见识，拿到了户口、住房，然后跳槽，另谋高就。院领导总是一笑置之，说，这也好嘛，应该高兴，质量管理科学研究院为国家培养出了社会需要的人才。第五，有一个把公益摆在私利之前的方针。许多时候，一些为政府所做的咨询研究并得不到多少资助，然而质量管理科学研究院还是把它承担了下来。

上海质量管理科学研究院注意与国内外学术界的联系和交往。要能受到国外同行的注意，必须能在国内的学术界立足。同国外的，我在下面再说。国内首先考虑的是国家自然科学基金委员会管理学部。我要求质量管理科学研究院的同志立志向国家自然科学基金委员会管理学部申请科研项目，同时我也向国家自然科学基金委员会管理学部介绍上海质量管理科学研究院。2002 年 2 月 25 日我在北京去国家自然科学基金委员会，到管理学部向学部副主任陈晓田、黄海军两位面陈上海质量管理科学研究院的建院宗旨和人员结构，请求他们对这一新型民间的管理科学研究机构给予关心。其后，凭借自己的实力，上海质量管理科学研究院申请到三项课题，还有一项主任基金课题。开了一个好头，我相信，他们会继续下去。

我总结出了这五条，我想，我自己也为这五条做了一些事。我衷心希望，政府和社会为这类科研机构多给些重视和资助。创意是在很多情况下和很大程度上来自民间的。

三、与上海质量界的交往

唐晓芬女士是上海市质量协会副会长兼上海质量管理科学研究院的院长，又是上海市质量技术监督局副局长。像她这样横跨“产、管、学”三界的领导是个特例。我则是由于她的特例关系，在上海结识了许多位三界的朋友，从他们那里得到许多指教和帮助。

1. 企业

上海最大的企业是宝山钢铁公司，我去过多次，并不是因为上海质量管理科学研究院的工作。董事长谢企华女士却是因为唐晓芬院长的介绍，我见过几次，也请教过几次。记得有一次的话题是六西格玛管理的推行必须有最高管理者参与的问题。我上任首席研究员之后，首先访问的是浦东开发区的合资和独资的企业。那里的大企业，像日立电器、可口可乐，我都去看了，但印象最深的是贝尔阿尔卡特。接待我参观的是客户满意与质量部的总监朱苏杭同志。他领我简单地看了看车间，然后请我在公司的职员食堂吃了顿午饭，让我领略了合资大企业的排场。以后，我又去了一次。这次接待我的是客户满意与质量部的副总裁夏方芳女士，她让我会见了她的部下，同他们简短地谈了谈质量管理的话题。她带我到公司新产品的展示厅，给我演示了一下，让我领会了一回信息时代的模样。她还安排公司董事长、党委书记袁欣同志接见了我。他向我介绍了公司合资来历和经营管理的方针。这是我第一次知道了全球性合资大企业的好处和难处。然而，使我高兴的是夏方芳和她的部下没忘记我。自那次以后，每年的新春，她都给我寄来哈根达斯的礼券，贺卡上签有她和部下的名字。其实，在质量管理的专业上，我并没有给他们什么帮助，相反，我倒想多跟他们学学。

上海的知名企业我去看过不少。因为有上海质量管理科学研究院的关系，我差不多都能见到企业的领导和质量总监。例如，上海电气集团股份有限公司、上海电力股份有限公司、上海久隆电力（集团）有限公司、上海汽轮机厂、上海三菱电梯有限公司、上海烟草（集团）公司、上海起重机厂、上海设备安装公司、上海港机重工有限公司、恒源祥（集团）有限公司、万科企业股份有限公司、上海联华超市股份有限公司、中国移动通信集团上海有限公司、上海隧道工程股份有限公司、上海航空股份有限公司，我都参观学习过，真正长了不少见识。我特别愿意提到的是中国移动通信集团上海有限公司的郑杰董事长、上海航空股份有限公司的范鸿喜总经理和上海隧道工程股份有限公司的张思众总经济师。郑杰同志给我讲解中国移动通信事业和他的经营理念，范鸿喜同志给我介绍“省心、顺心、舒心、称心、贴心、放心”的六心管理和星空联盟的审查标准，这样的“一把手”亲授是我终生难忘的一堂课。上海隧道工程股份有限公司的张思众总经济师领我看的盾构施工现场教我更加了解到我们的工程技术人员的创造能力。企业是所大学，在上海质量管理科学研究院的这几年让我感觉到，几十年我在这些大学里教授的少于学到的。

2. 政府

由唐晓芬的介绍，作为上海质量管理科学研究院的首席研究员，我拜访过先后主管质量的上海市副市长蒋以任、周太彤、胡延照三位同志。我去拜访他们的目的不为别的，为的是贯彻执行我在上面说过的质量管理科学研究院五条原则的第二条。他们也了解我的意图，所以他们都把市政府关心的事项讲给我听，也给我相应的指示。而且，再加上海市质量协会的会长是上海市经济委员会的主任，我同这几位领导的接触是对我在上海工作上的莫大鼓舞和帮助。

更直接的是上海市的质量技术监督局了。我拜访了市、区、县局，他们都热情地接待了我。我也认识到了他们的工作、职责和敬业精神，感到把大上海的产品、工程、服务抓好，再对全国产生促进作用，真是件不容易的事。至今留在记忆里一件事是，要我上崇明岛为全局系统讲讲全面质量管理和质检工作的关系。岛上的风光、徐根宝的足球训练基地、纺织工业的企业，都给我留下了美好的回忆，更有意思的是，会议一天的晚上举行了一次字画拍卖会，局里的同志帮我拍买到几幅画。这是我生平第一次，恐怕也是仅有的一次参加拍卖活动。买到的画都被小女儿拿回美国去了，她说她喜欢。难忘，难忘，难忘。

国家质量监督检验检疫总局、国家标准化管理委员会、中国合格评定国家认可委员会都肯定了上海质量管理科学研究院的工作，都给予了支持。这是值得全院同志骄傲和感谢的事了。

3. 社会

我一年之间从北京去上海，到质量管理科学研究院工作，最多不过六七次。一次最长不过十几天，最短是当天去当天回。所以，对质量协会和质量管理科学研究院同上海社会的来往和相处的情况，不是那么清楚。不过，听院里同志说，还真是为社会做了一些事。当然，提供咨询、进行客户满意度的调查研究，都是为社会服务，与同济大学管理学院合办工程硕士班也是一项社会教育，但是这些都是质量管理科学研究院的本职工作。这里说的是，本职以外的事情。慈善事业就是一件主要工作。每次灾害发生，他们都像其他团体一样，发动职工捐款捐物。我感到温暖的是，质量协会、质量管理科学研究院认领了两个孤儿，负责她们从小的培养，多年进行资助。现在她们都已经大学毕业，走上自立的道路了。这虽然是微不足道，也不需张扬的，但是意义大。我希望，我们全协会全院的同志都记住这两个孩子，同时通过这件善举使我们全协会全院的同志都保持一颗爱心。

第二节　中国工程院

本章第一节说的是改变我退休后命运的第一件事，这一节来说第二件事。

一、申报

2001 年 2 月 13 日，中国系统工程学会决定向中国科学技术协会推荐我为中国工程院院士候选人。申报材料写了改，改了写，多亏系统科学研究所的副研究员薛新伟和所办公室的主任助理王林同志帮忙，终于在3月6日完成了任务。又要复印许多份，装订成册，这个工作也请薛新伟同志代劳了。3月14日我把这些成册的申报材料交到了中国科学院数学与系统科学研究院的人事处。4月2日，我和老伴乘机去往加拿大温哥华的大女儿刘欣家。4月30日，孩子们的舅舅和舅妈也来到了温哥华。我们四个老人由女婿驾车把温哥华及其周边的名胜景地跑了个遍。6月2日我和老伴又乘机去了在美国明州明尼亚波利斯的小女儿家。去看了密西西比河的源头，随后碰上了9·11恐怖事件。美国全国民用飞机一度停航，几经周折，我们才又回到了温哥华。在国境办理出入国手续，等了几乎一整天，搞的精疲力竭。平常美加之间是自由出入境，用不了几分钟的时间。申报院士的事早已忘到脑后了。

二、当选

2001年8月21日我还在小女儿家，接到同济大学管理学院的沈荣芳教授发自加拿大蒙特利尔的传真，转告我该院院长尤建新教授的嘱咐，说我很有希望当选，要我给他们学校的一位院士写信致意。这些朋友如此热心，我只得从命。写了些什么，我已不记得，我想不会有不得体的话。

10月15日我从温哥华回到了北京的家。

11月29日尤建新教授从上海打电话给我，说我当选了。

12月17日我收到了中国工程院签发的当选通知。

三、复职

2001年12月22日我到中国科学院数学与系统科学研究院报到，从此我又成了数学院下面系统科学研究所的一名研究员。办公室被安排在三楼女厕所的对面。易记，好找。

那天，忽然想起刘禹锡的《再游玄都观》，步其后，涂了一首。

中关村里半亩楼，住户沧桑半不在；

似道伊人已离去，前度刘郎今又来。

按：贾似道，宋浙江人，入朝主政，决策于私宅，逐吴潜，安徽人。

但能读懂拙作的所里人不多了，当年为我打抱不平的陈传平是一位吧。

四、工程院的人和事

在工程院我遇到的都是各个工程领域的大家，我看到了他们的优点，对比之下，我看到了我的缺点。

1. 院长和主任

2002 年 1 月 29 日，我第一次出席中国工程院工程管理学部的会议。这也是我第一次见到徐匡迪院长和工程管理学部主任殷瑞钰院士。新当选的学部院士做了自我介绍之后，匡迪院长致了欢迎词，并对工程管理学部的建立和性质做了说明。讨论中，我说，我申报竞选时，把工程管理当成了管理工程。今天知道，管理工程太大，不好抉择。但是，我看工程管理也够大的。我又提了几个问题：中国工程院工程管理学部要不要考虑企业管理，要不要考虑企业家进入院士队伍。院长一一做了解释，很有道理。这是我第一次听匡迪同志讲话，条理清楚，措辞恰当，有说服力。特别是他的嗓音醇厚，是不是受过声乐的专门训练？我却是，讲话前后颠倒，用词失当。发音不清，老伴总是嫌我，说话听不出我说的是什么。

殷主任是冶金专家，对管理也是行家，而又对工程的哲学问题感兴趣。我们见面，话题往往就是工程科学的哲学问题。系统论的观点，控制论的方法，用在冶炼工程的科学问题上有什么说法？诸如此类。对我来说，同博学之士交谈总是一件乐趣。好像他知道我的秦城遭遇，每每在人前称赞我的坚韧。岂敢，我只是豁出去了而已。

2. 咨询研究

工程院的一项任务是向国家提供有关重大工程建设的咨询报告。为了写好报告，工程院调动院士进行研究，并且组织主管部门和科研院所的专家共同参与。我参加的第一个咨询项目是《构建我国综合交通运输体系的研究》。我国的交通运输共有铁路、公路、水路、空路和管道的五种，分别由行政部门主管。如何协调这五个部门的规划和运营，使之形成体系并发挥体系的综合效果，是本项目的研究意图。2002 年 10 月 26 日在位于木樨地的科学会堂内中国工程院工程管理学部召开会议，讨论这个项目。徐匡迪院长首先讲话，传达了国务院领导对这一课题的期许，并做了三点指示。主要意思是，工程院有自己的学术优势和公平公正的立场，但也要注意与政府主管和产业部门的合作。以后经过几次讨论，确定研究分五个专题和聘请参加研究的院外专家的名单。我负责的是第二专题，为体系的研究提供运量和运能的预测和分析。这是本项目研究的基础数据。我提出了进行这一工作的思路、理论和方法，用来解决三个问题。一是产运系数的说明、计算和预测；二是货运周转量的计算、分析和预测；三是各种运输方式的技术经济因素的分析和它们之间在运能和运量上的比较。依据这些理论和方法，我们整理了从 1987 年到 2003 年的实际运量的数据，提出了 2010 年和 2020 年的全社会和各种方式的运量预测。从这些实际和预测的数据的分析，我们提出了政策性和技术性的建议。专题报告于 2004 年 6 月完成。

最后完成的咨询总报告采纳了我们的分析和预测。报告由傅志寰院士呈交温家宝总理。后来国务院交通运输部的成立就是咨询报告中所做的建议之一。

我很高兴，能在工程院的领导和部署下，在向国家提供咨询意见的重大工作上做了一些工作。我也高兴地看到，我邀请参加这一专题的几位博士生和博士后，因为在研究工作上与行政主管部门的经常接触，都找到了很好的就职岗位。我更高兴，听说有个别的大学要用我们的专题报告，作为研究生学习的参考资料。

我在工程院参与的第二个和第三个咨询研究是在下一个十年的事了。

3. 国家重大专题研究的评估和验收

这是一件很有意义和意思的工作。中国工程院受科技部委托，对“十五”期间的12项重大科技专题进行评估。2003年10月17日中国工程院学部工作局通知我，10月24日出席评估启动说明会。确定工程管理学部牵头负责第12项的“重要技术标准的研究”评估工作。并组成工作组，钱七虎院士任组长，我是副组长。我把郎志正、陈志田请到组里来，作为专家帮我的忙。

这项重大专题研究的承担者是中国标准化研究院。通过评估工作，我结识了研究院副院长房庆，一位在标准化工作上很有学识和经验、为人很友善的年轻学者。钱七虎院士对工作极其认真、考虑极其周到，我同他的合作很是愉快。

研究大体分为两块。一块是标准的发展战略和体系建设，另一块是重要技术标准的提出。我们的工作是在听取研究院的口头报告和查阅研究报告后，依据科技部的《重大科技专项中期咨询评估参考要求》，制订出工作计划和实施方案。我们详细阅读专项各课题的相关资料，与各课题承担单位座谈讨论，了解情况并视察有关设施和标准使用或示范。之后，2003年12月15日到20日我们分成两个小组，分头去深圳和绍兴进行现场访问和了解情况。回京后，拟订评估大纲，各分组开始撰写评估报告。我负责总报告的起草工作。2003年12月25日召开全组会议，审议评估报告初稿。

2004年2月19日，“十二项重大科技专题中期评估工作”总结会议在中国科技会堂举行。中国工程院沈国舫副院长主持会议，我代表“重要技术标准研究”做了汇报。我的工作告一段落。

2005年中国标准化研究院最后完成了专项的研究。2005年9月27日和28日在国家质量监督检验检疫总局举行了《中国技术标准发展战略研究》和《国家技术标准体系建设研究》预验收会议。11 月 30 日举行了验收会议。我都应邀参加了会议。

两年半的时间，我参与了如此重大专项研究的工作，着实学到了不少东西：科技工作的国家管理，中国工程院的学术潜力，更值得的是对国家标准化工作的了解。

4. 资深院士

2005 年，我年届 80，中国工程院按规定，给我了一个资深院士的称号。徐匡迪院长还在我生日的那天给我写来了一封贺信，对我一生的工作给予了极高的评价。我感触良多，一个就是感谢中国工程院，保留了我们中华民族的敬老美德。

本来我当选时已超出 75 岁的年龄限制，在中国工程院管理学部院士当中，我是年龄最大的。是否由于这些缘故，管理学部的处室领导，先是李冬梅同志，她调往医疗学部后，又是于泽华同志，她们对我很是关照。另外，师昌绪院士组织领导的资深院士联谊会也给我们这些年过 80 的老院士提供了一个轻松畅谈的集会场合。如此种种的关怀，使我感到中国工程院的确像它主张的是“院士之家”。

还有两件事，我把它写在这里。2004 年 6 月 1 日，中国工程院授予了我光华工程科技奖。在人民大会堂的国宴厅的晚会上，徐匡迪院长把装在信封里的奖金支票交到出席的我老伴手中，还特意说了一句，“给夫人的”。这人情味十足的一句话替我表达了我对妻子的感谢。就是在那一年的中国工程院春节联欢会上，管理学部要我出个节目。那天晚上，在友谊宾馆友谊宫的大厅舞台上，我和妻子合唱了邓丽君的“月亮代表我的心”。海军文工团乐队为我们的合唱伴奏，这是我们夫妇生平第一次有专业乐队伴奏的合唱，恐怕今后也不会有第二次了。月亮代表我的心！

锦江饭店的旋转餐厅
中间是上海质量协会顾问顾训方
右边是副会长刘声宇

泰安路上海质量管理科学研究院我的办公室

武夷路上海质量管理科学研究院我的办公室

老伴在我的办公室

见谢企华
左侧是唐晓芬

向袁欣董事长请教

两旁是夏方芳与
上海质量协会邓绩

听夏方芳讲课

交流观感

公司大门入口处

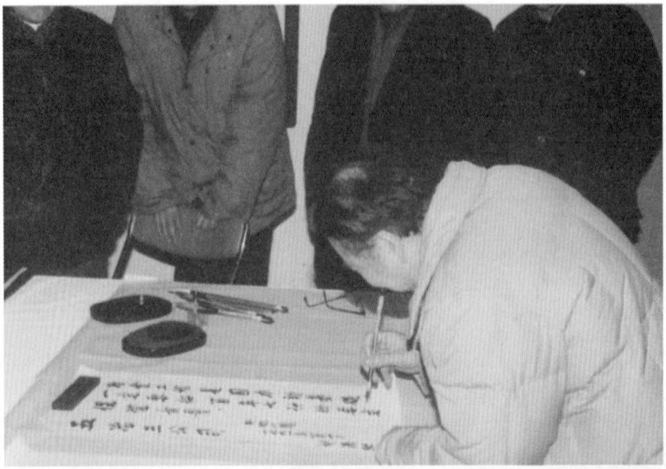

为上海建筑公司题词

张思忠领我参观长江
隧道工程
我左边是罗国英

会见上海市副市长
蒋以任

与上海市副市长周太彤、市政府副秘书长柴俊勇见面

上海市质量技术监督局局长黄小路（左）和副局长沈伟民（右）

崇明岛上讲课

我和哈林顿博士、沈荣芳教授在黄浦江游览船上

与尤建新院长欢谈

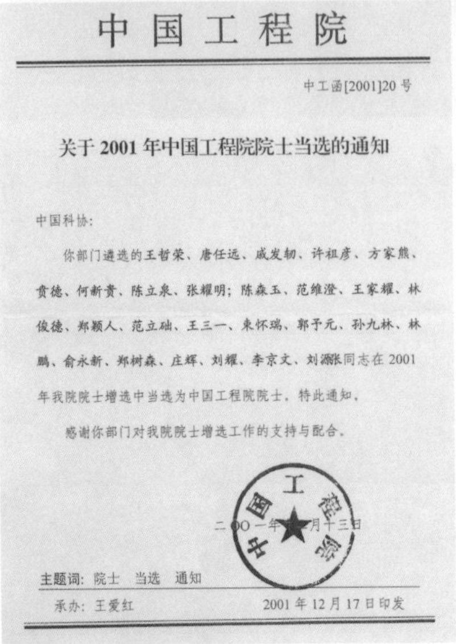

中国工程院

中工函[2001]20号

关于2001年中国工程院院士当选的通知

中国科协：

你部门遴选的王哲荣、唐任远、戚发轫、许祖彦、方家熊、贲德、何新贵、陈立泉、张耀明；陈森玉、范维澄、王家耀、林俊德、郑颖人、范立础、王三一、朿怀瑞、郭予元、孙九林、林鹏、俞永新、郑树森、庄辉、刘耀、李京文、刘源张同志在2001年我院院士增选中当选为中国工程院院士，特此通知。

感谢你部门对我院院士增选工作的支持与配合。

中国工程院

二〇〇一年[illegible]月十三日

主题词：院士　当选　通知

承办：王爱红　　2001年12月17日印发

2001年11月中国工程院通知——当选院士

当选后工程院给照的院士标准像

中 国 工 程 院

贺　信

尊敬的刘源张院士：

在您八十初度，荣获"中国工程院资深院士"称号之际，谨代表中国工程院并以我个人名义向您表示衷心的祝贺和最诚挚的祝福！

长期以来，您一直致力于质量工程和管理的研究与应用，重视理论与实践的紧密结合，在许多企业开展了研究、试点、培训和普及工作，解决了有关行业中的质量难题，在全面质量管理方面得到了国家的充分肯定。期间，您创建了中国第一个质量控制研究组，将技术与管理融为一体；主持了国家自然科学基金第一个管理科学重大项目"中国工业生产率管理理论和方法研究"，提出了工业企业定额制定准则；获中国科学院重大科研成果一等奖和亚太组织质量"哈灵顿 - 石川"奖；1989 年至 1992 年任亚太质量组织主席，1995 年当选为国际质量科学院院士；2001 年当选为中国工程院院士。您科学求实、严谨治学的精神和热爱祖国、无私奉献的高尚品德，是我国工程科技界的楷模和榜样。您是我国全面质量管理领域的主要开创者和奠基人之一。

多年来，您非常支持和关心我院的工作和发展，积极参与了有关学术与咨询活动，做出了重要贡献。

在此衷心地祝福您健康长寿、欢乐幸福，并望为国珍摄！

全国政协副主席
中国工程院院长：徐匡迪

二〇〇五年一月一日

中国工程院院长徐匡迪的贺信

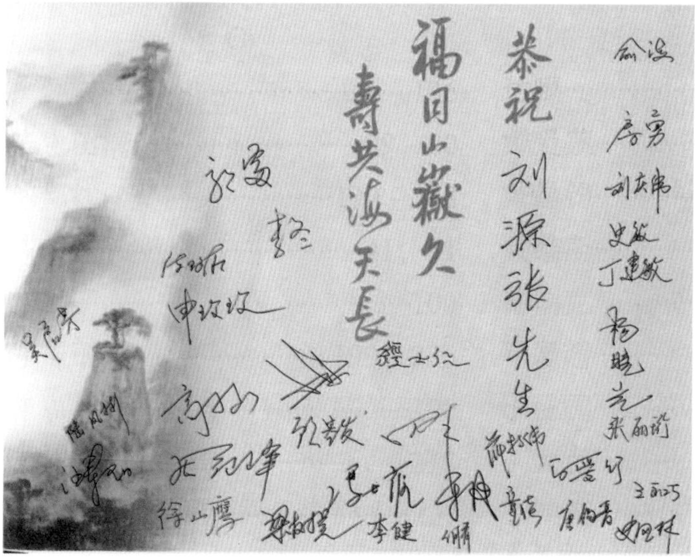

80 岁时研究所同仁的贺词

光华工程科技奖会上

中间是师昌绪，右侧是殷瑞钰

月亮代表我的心

中国工程院组织考察三峡水库

与陆佑楣院士在三峡公司大厅
他是这个工程的负责人

中间就是姚守豪

我钦佩的企业家阮小明

深圳的一家很有活力的民营企业

黑西服者是李保国

系川英夫教授在上海工厂参观座谈

第三节　《质量振兴纲要1996—2010》

1996年12月24日国务院颁布了《质量振兴纲要1996—2010》(本节中简称《纲要》)。这是这么长的期间里指导我国质量工作的纲领性文件。

一、起草与讨论

我不是《纲要》的起草人，只是应邀参加过草案的几次讨论。1996年2月7日国家技术监督局局长朱育理同志在局的工作会议上，就1996年工作的布置问题讲话时，强调了两点。一是质量工作必须围绕“两个转变”进行；二是现代企业制度实质上就是科学管理，而管理的核心就是质量。他提到了，国家要有一个指导质量工作的纲领性文件。1996年的全国人大八届四次会议上通过了《中华人民共和国国民经济和社会发展“九五”计划和2010年远景目标纲要》。国务院准备配合这一纲要，制定一个指导质量工作的文件。我当时是中国质量协会的副会长和全国人大代表，所以在国家技术监督局系统和国务院法制局系统，在《纲要》的起草和推行的讨论时，我都参加过。

我的主要意见就是两条：第一，要加强高等院校和职业学校的质量工程或质量科学的教育和培训。至少要让院校工科生知道质量和标准的基础知识；第二，要注意建立企业和产业的诚信体系，不止是对自己的产品质量负责，还要对社会尽到应有的责任。

二、内容

《纲要》有八章36条。可以说，从微观到宏观对质量工作的各个方面都做出了规定和要求。首先，对质量的现状和形式做了分析，指出产品质量、工程质量还有服务质量，都满足不了要求。其次，定出了质量振兴的主要目标，特别提出了，到2010年主要耐用消费品的技术质量指标和可靠性要接近或达到国际先进水平；主要消费类产品的质量、安全和卫生指标达到国际标准。然后，《纲要》规定了五个方面的贯彻目标要求的措施。在增强全民质量意识和提高劳动者素质，在加强管理与政策引导，在加强法制建设和强化执法监督力度，在健全市场质量规划和完善社会监督机制，在加强企业基础工作和严格内部质量管理，规定都有详尽和具体的解释。最后，在组织与落实上，有一条是，建立质量振兴联席会议制度。

我读到这个《纲要》，感到我能想到的，它都做出了规定。我很高兴，我的两条意见在《纲要》里有了明确的说法，甚至要求中、小学教育也应有一定的质量教育内容。至于全面质量管理，《纲要》要求继续推行。

三、宣贯

要让社会和企业知道、理解，国家有这样一个质量的振兴计划，还要进一步让全社会和所有的企业都来执行这个计划，宣贯工作是件必需的工作。就我的经验来说，它是一件艰难的工作。一般的所谓“晓之以理，动之以情”的办法，在这件事上不灵。因为对于企业，质量是个利益问题。“见利忘义”在质量问题上特别适用。“假冒伪劣”为何屡禁不止，就是因为利益的关系。《纲要》规定“依法严厉惩处生产和销售假冒伪劣商品的违法行为，严厉制裁包庇、纵容生产销售假冒伪劣商品的有关责任者，坚决消除地方保护主义或部门保护主义”。这里所说的法，国家法律有三个，即 1993 年的《中华人民共和国产品质量法》、《中华人民共和国消费者权益保护法》和《中华人民共和国反不正当竞争法》，还有一个 1993 年的《全国人大常委会关于惩治生产、销售伪劣商品犯罪的决定》。问题是执法。不过，这不是我能管得了的，我只有穷尽我的口舌，来做《纲要》的宣贯。

至于要求生产企业达到《纲要》2010 年的主要目标的问题，我认为我们的企业，尤其是大企业，都有这个愿望。但是，这里有标准、技术、设备、检测、管理等几方面的难题。这些难题的解决不仅有资金的问题，还有人才的问题。这些问题不是企业自己能够独立解决的，有的需要国家帮助。《纲要》在这一点上完全没有提及。《纲要》只提要求，不讲给予。我不清楚，纲要是否就是这种写法。

1997 年 1 月 24 日在国家技术监督局座谈《纲要》时，2 月 15 日在《经济日报》座谈《纲要》时，我都说出了上面写的话。

1997 年我为朱兰的第五版《质量手册》写了一篇“中华人民共和国的质量工作”。介绍了《纲要》，文章的最后一句是，“从 1996 年 9 月 3 日的这一天起，中国终于有了一个国家的质量振兴计划”。《纲要》是在 1996 年 9 月 3 日国务院第 50 次会议上讨论并通过的，12 月 24 日由国务院正式颁布。我提前 110 天为之欢呼了。

四、后续

几乎长达 15 年的《纲要》诞生过程，自然有好多事可以谈的。限于篇幅，我只想写两件。

第一件是关于质量工程师。

1999 年 11 月国务院召开全国第二次质量工作会议。之前，5 月 12 日国家质量技术监督局召开了一次质量管理专家座谈会，讨论会议的工作报告。我被邀请参加，发了言。6 月 17 日，李传卿局长给我送来修改后的主报告，要我再提意见。这次的全国质量工作会议是要专门研究和部署更好地贯彻落实《纲要》提出的各项目标和任务。会议的主报告写得很全面，我已经没有意见。只不过感觉到，写物和事的篇幅大，写人的太小。人是第一位的，没有好的强的人，物和事都不会管好的。

全国质量工作会议在京西宾馆召开，朱镕基总理没有到会。于是，我在 11 月 6 日给他写了一封信，建议国家设立经权威机构认定资格、并经国家法律承认地位的质量工程师制度。依据有两条。一是美国的先进经验。吴邦国副总理的会议主报告中指出，美国经济的强劲在于美国对质量工作的重视。我认为其中美国的注册质量工程师，功不可没。第二是我国的现实情况。目前我国企业普遍设有质量工程师以及质量总监，但是他们不被国家职称制度所承认，任命也无资格认证和法律程序，任务与职责皆不清楚，能胜任者亦感工作不顺心应手。其余有关质量工程师的应备能力和应有任务，资格的认定和合法地位的承认，以及教育、培训、考试等项事宜，我都陈述了意见。我用京西宾馆的信纸、信封写好，并从京西宾馆的邮局寄出。国家质量监督检验检疫总局的同志告送我，信访局问到他们，写信的是什么人？他们回答道，是朱总理的老朋友。我的信才由信访局转送到国务院领导手中，最后有了镕基总理的批示。这里我要感谢信访局的同志，他们把中共中央办公厅、国务院办公厅的有关这件信函建议的文件和总理的批示都给我复印了一份。

2000 年 12 月 22 日，人事部与国家质量技术监督局以人发【2000】123 号文件发出了《质量专业技术人员职业资格考试暂行规定》和《质量专业技术人员职业资格考试实施办法》。2001 年 1 月 1 日起在全国开始实施了这个规定。

我在给镕基总理写的这封信的最后说，这条建议如蒙采纳，可算是我晚年再为国家做一点贡献的机会。

第二件是《纲要》实施后十年的总结。

2006年12月24日国家质量监督检验检疫总局召开了一次纪念《质量振兴纲要》颁布实施十周年的座谈会。2006年12月26日的《中国质量报》用专版刊登了部分代表的发言。十年来，变化有了，成果有了。这是代表们都承认的事实。但是正是因为这个十年，跨越中国企业在国家加入世界贸易组织之后，面临国际竞争的压力，问题也暴露了不少。国家质量监督检验检疫总局质量管理司司长孙波说，质量提升的速度与数量增长的速度，还没有实现速度、质量、效益的协调发展。建设部质量安全司司长张鹏说，工程质量领域还存在着一些深层次的问题，如部分企业和个人依然不把质量工作摆在首位，责任意识不强。中国机械工业联合会副会长杨学桐指出，我国机电产品的可靠性远远没有达到《纲要》规定的目标，大大低于国际先进的水平。我在发言中，表示了我的遗憾。《纲要》中提到的质量教育的工作根本没有落实，依然没有受到应有的重视。《纲要》要求的“有条件的大专院校要开设质量管理课程，中、小学业要有一定的质量教育内容”，至今没有提上日程。希望今后的四年里能够改观。《纲要》在组织、落实上说的，建立联席会议制度，我一直没有看到什么举动。例如，国务院召开的全国质量工作会议上，我就不曾看到教育部的官员。在小组讨论会上，我质问过为什么。难道，质量与教育没有关系？

总的说，《纲要》的贯彻落实不理想。什么原因呢？没有人问这个问题，也没有人回答这个问题。

第四节　《卓越绩效评价准则》

《卓越绩效评价准则》的制定和实施可以算的上这个十年的又一件大事。

一、起因

等同采用 ISO 9000 系列标准为 GB/T 19000 系列的《质量体系》国家标准，到了这个时代，已有超过 20 年的历史。我国的许多企业已经从它的实践中认识到，这个标准有用，但仅是个基础性的。换句话说，采用这个标准不过是企业迈向现代化质量管理的一个标志。如果再想进一步提升产品质量和企业素质，创造出更上一层楼的业绩，就需要更高的指南了。

特别是我国加入世界贸易组织以后，国外对我国施加的非关税贸易壁垒，使我国的企业和政府认识到国际标准的重要性。我们的质量界也开始寻求更高的国际标准。于是，我们再一次审视了国际上所谓三大质量标准：日本的戴明奖、欧洲的欧盟奖、美国的波多里奇奖。这三个奖各有自己产生的时代背景，因此目的和着力点各不相同。戴明奖时间最早，重点是改善产品质量的过程控制；欧盟奖强调体系的建立和监督；波多里奇奖出现的最晚，目的是借以提升企业素质和业绩。而且，波多里奇奖的文本的标题 Criteria for Performance Excellence（卓越绩效准则），词简意赅。副标题的三个字 ethics，accomplishment，competiveness（道德，成就，竞争力）把这个标准的意图表现的简明扼要。我想，它们吸引了我们质量界同志们的注意。

二、制定

我国于1981年设立了国家质量奖。我从一开始就是它的审定委员会的成员，深刻体会了我国企业追求国家奖所付出的辛劳，和企业通过争取国家奖所取得的效益。如今回忆起来，一件事至今历历在目。1982年9月日本质量代表团访华，应邀参加了在人民大会堂举行的国家质量奖的颁奖大会。几天后，张劲夫同志接见日本代表团，要我陪座。团长东京大学木暮正夫教授首先感谢中国政府邀请他们进入大会堂，然后细说了他们的观感。他说，他看到中国的国家领导人亲自授奖，很是羡慕，日本的戴明奖的授奖会上，日本政府的官员向来不曾出席。他看到，上台领奖的企业厂长经理眼里含着泪水，他很理解，这是国家对他们的努力给予的最高感谢。然而，这样有意义的奖在1991年被取消了。我写了篇短文说，中国取消国家奖之日，正是美国兴起总统奖之时。

进入 21 世纪，国家质量监督检验检疫总局开始考虑建立质量奖励制度，看到了美国的波多里奇奖的文本，决定制定《卓越绩效评价准则》和《卓越绩效评价准则实施指南》。制定这项标准有三个目的：一是为企业追求卓越提供一个模式；二是为企业诊断自己的经营管理水平提供一个对照；三是为国家质量奖和各级质量奖的评审提供一个依据。需要指出，这个标准不是国家质量奖的最终标准。

这项任务交由中国标准化研究院承担，组织全国质量界专家参与。名称虽然一样，但不是波多里奇奖准则的等同采用，而是据此参考，制定出我国自己的标准。我被聘为审定委员会的主任委员。

三、宣贯与实施

2004 年 8 月 30 日，“质量月”前夕，国家质量监督检验检疫总局向新闻界发布了《卓越绩效评价准则》，定为国家标准 GB/T 19580。同时我在新闻发布会讲了话，比较了 GB/T 19000 和 GB/T19580。这两个标准有相同，也有不同。相同是，它们都是从大质量的概念出发。内容的规定不只是针对产品的质量，而是更看重企业的质量。又都是强调提高企业质量来提高产品质量、降低产品成本、保证产品如期交货和加强售后服务。不同是，要求不一样。质量管理体系的标准是为了保证产品质量，要求企业在生产的各个环节、各个部门之间建立起一个有机的体系。而这个体系的建立实际上为企业的管理打下一个基础。这个基础正是国际上现代化企业的起点。卓越绩效模式的标准是为了追求卓越，要求企业建立一个适合的企业文化。这里说的企业文化，在企业内部表现在全体员工的素质和他们据此为了达到其目标所做各种各样的互动上；在企业外部表现在全体员工的素质和据此完成对社会、对环境、对资源所负责任的程度上。我强调，《卓越绩效评价准则》的实施是贯彻、落实科学发展观的一种方式。这是我的宣贯词，整篇讲话的全文已经在各种刊物上发表过，我想，知道的同志有很多。

2005 年 1 月国家质量监督检验检疫总局和标准化研究院编写出版了这个标准的统一宣贯教材《〈卓越绩效评价准则〉国家标准理解与实施》，我任编委会主任。陈志田和我写了一本《〈卓越绩效评价准则〉解析与实施案例》，在 2005 年 3 月出版。一篇讲话和两本书编写的参与就是我在这个国家标准宣贯上的主要工作了。

中国质量协会从 2001 年设立并启动了全国质量奖的评审工作，依据是美国的波多里奇奖的标准。从 2005 年起，改用 GB/T 19580 的国家标准。全国质量奖在国家质量奖尚未出台之前，总算是一解燃眉之急的措施。近十年来，在国内企业界的影响越来越大。中国质量协会会长陈邦柱任评审委员会主席，我作为他的副手参与这个奖的评审。为了这件工作，我时常被唤到企业去做些报奖的咨询。这算我在这个奖上做的实事吧。我很高兴，有这样的机会，到企业去访问、学习。

这里，我要记下一位同志——姚守豪。他原是浙江省质量技术监督局局的副局长，退下来，任省质量协会的秘书长。他对质量事业的献身精神、他对浙江企业的服务热心，是我在中国质量界里认识的少数几个这样的同志中的一位。为了全国质量奖，他拉着我跑了不少浙江省的民营企业，让我结识了几位民营企业家。他的一个特点是，总是早晨不到六点给我打电话。人老了，睡觉短，醒的早。可我却是睡不够，起不来。无论如何，有这样一位朋友，也是我人生中的一点乐趣。

四、内容

《准则》的特点是，它对领导、战略和经营结果的规定。9000 系列标准虽然有“八大原则”的提出，第一条就是领导第一，但没有具体的要求。把领导与战略放在第一章和第二章，把经营结果放在最后的第七章，中间其他各章只是技术性的讨论。并没有多少超出 9000 系列标准的说法。这种安排显然意味《准则》是为经营管理者所设的。在经营结果的评定上，《准则》在财务结果之外，加上了组织治理和社会责任。美国的仁人志士还是对他们的资本主义和市场经济很了解的，很忧虑的。

五、修订

《准则》从发布之时起，就有了修改的要求。一些企业的同志向我抱怨，文字和图解都看不懂。我在《准则》的审定委员会的最后一次会议上提出，《准则》是中国经营管理者的准则，要做到中国化。中国化的第一条就是中国话。外国式的中国话，中国人不喜欢。中国的经营管理者有自己的时代背景，自己的使命要求，自己的发展过程。《准则》的修订要考虑这些事情。中国的仁人志士向来有“先天下之忧而优，后天下之乐而乐”的信念，我们中国质量界的专家学者不能落后。

然而，我没有料到。后来，当修订果然被提上了日程，我的这番话却引起了争论。关于这件事，我在第六章再来细说。

第五节　名　　牌

加入世界贸易组织后，中国的出口商品猛增，但并没有赚到多少钱。大头都让外国的中间商拿去了。原因很简单，牌子是人家的，我们干的只是贴牌。我们要有自己的名牌，成了这个时代的呼声。

一、名牌战略

1996年的《国民经济和社会发展“九五”计划和2010年远景目标纲要》颁布以后，国家质量监督检验检疫总局提出了“人才，标准，名牌”的三大质量战略。

1999年11月15日中国和美国达成了中国加入世界贸易组织的协议。2000年4月27日国家经济贸易委员会、国家工商局，人民日报、中央电视台，中国质量协会在人民大会堂共同主办、举行了“崛起的中国名牌”研讨会，与会者就如何推动中国名牌发展等问题，展开交流与讨论。2001年3月16日国家质量技术监督局成立中国名牌战略推进委员会，目的是规范中国名牌产品的评价工作、促进中国名牌产品的形成、增强我国产品在国内外市场的竞争力。林宗棠任主任，于献忠任秘书长。从此拉开了实施名牌战略的帷幕。2001年12月8日我在中国名牌战略峰会上发表了“名牌与市场战略”的论文。2002年2月1日我成为名牌战略专家委员会的一员。从此我和中国的名牌战略扯上了关系。

二、名牌产品的条件

首要的就是质量。早在1993年3月朱镕基同志在为《中国名牌》

杂志创刊所做的讲话中，就明确指出，只有质量上去，才能打出名牌。消费者认定名牌产品的唯一的特征就是质量。质量是名牌的保证。

其次，名牌产品是传承与创新的结合。名牌产品不止是性能可靠，而更在于性能以外的某些特征，例如，典雅、新颖、时尚。名牌产品表现的是一种文化。因此,可以说名牌产品都具有民族性。所以，我说，它是传承与创新相结合的产品。

说到这里，我想起一个故事。20 世纪 80 年代的一年，享有盛誉的日本科学家和技术专家系川英夫教授来北京，我陪他去了一次上海。停留的几天中，我请他参观访问了当时生产录音机的一家工厂。厂长请他看了在会客室陈列着的产品，又请他看了车间，然后一同回来坐下，请他提意见。我给他当翻译。他开口说了这样一番话：“我来上海的前一天晚上，在北京观看了你们演出的‘丝路花雨’，非常美。今天看了你们的产品，实在丑陋。完全是日本产品的仿造品。本来日本设计的那两只蜂窝形的大眼睛就没有美感，再加上你们的模具大概不行，产品更显得粗糙丑陋。你们有那么深的文化，有那么好的美感，为什么不自己利用呢?”

三、名牌产品的形成

2003 年起，中国名牌产品开始评出。当年有 138 家企业的产品获得中国名牌产品的称号。2004 年有 255 家，2005 年有 461 家。各地也都评出自己的地方名牌。一时间，中国成了世界上名牌产品最多的国家。

名牌是这样由行政部门评出来的吗？我在2001年发表的那篇文章，标题用的是“名牌和市场战略”。名牌可以是国家战略，但它是在市场里评出来的，在消费者心目中形成的。企业要创名牌，除了确保质量和服务以外，还要有个市场战略。例如，如何做广告，如何做用户调查，如何确定标杆等。社会和企业对这种评法逐渐产生怀疑。到了下个十年里，因为一个特殊的原因，名牌评选被叫停了。第六章再说。

我不是说，政府不应该过问名牌产品。2004 年吧，在上海由上海市质量协会召开的一次质量会议上，于猷忠同志到会讲话，宣传中国名牌产品的必要和重要。话讲完后，底下的一位听众站起来说，名牌不应该由政府来管。当场，我看见猷忠同志发了火。我站起来说，政府是要管一管的，因为目前中国的市场经济还不健全，中国的企业和企业家还不成熟，政府出面来说说名牌的意义，引导中国的企业注意提高质量，进而创建名牌产品，也是必要的工作。至于评选，政府倒不需多劳。虽然是救火，说的却是心里话。

第六节　国 际 活 动

这个十年是我国际活动的另一个频繁期。出国次数较多，时间较长。有些纯属私人性质的，却有一些感受，值得在这里记下。在国内，参加的国际会议也较多，往往借机发表点新观点，也愿意在这里，听听读者的意见。

一、日本行之一

1995年我收到7月1日国际质量科学院的入选通知，但因时间冲突，没能出席那年在美国召开的院士会议。1996年9月13日妻子和我去日本东京，看望住在那里的小女儿一家。顺便也跟几个老朋友聚会了几次。10月14日日本科学技术连盟在横滨召开国际质量大会，国际质量科学院趁机举行了一次会议，我去领取了院士证书，发表了当选演讲。归途经香港，11月22日为中国远洋海运香港公司做了一次报告，11月25日回到家。这次出国，前前后后70天。关于国际质量科学院的事，我在第四章的国际活动的一节里写过。至于为中国远洋海运香港公司做的报告，因为那时我兼着个中国交通企业管理协会的副会长，他们要我谈谈国内的经济改革，没有什么值得在此回忆的。

倒是在日本东京，有两件事，我觉得应该写下来。

小女儿刘明家在东京的称作南大泽的地方。那是个幽静的住宅区，东京都立大学就在离家不远的地方。妻子和我都很喜欢这个家的环境，我们常在附近散步。我有时去那所大学的图书馆查阅点资料。就是在这个图书馆的报刊阅览室里，有个令我悲伤的故事。我发现开放式的书架上摆着许多来自台湾的学术期刊、休闲杂志和宣传资料。来自大陆的，我只看见一种，日文版的《人民中国》。我真悲伤。宋之光同志去日本任大使的前日，找我去谈话，我向他诉说了我拜访过日本大使馆的印象和我希望大使馆要做到的几件事。其中之一是，多向日本人民做实事求是的宣传。十年的光阴过去了，旧态依然。

小女儿的家是座独院的洋楼，二层楼上是一个大房间和一个厕所，大房间有50多平方米，厨房、餐厅、作息间和会客室都开放地在一起。小女儿在院子的栏杆上，挂起了牌子，教授中国语和英语。大房间也就成了教室。南大泽小学校的校长就是她的一位学生。其实，那位女校长并不是专心致志地来学英语，多数场合是为了找小女儿聊天。我的外孙女敦子就在南大泽小学校上学，所以，校长更有话跟小女儿聊了。一天，校长提着一盒点心，来上课。聊起来，她说，这是小学校的一位毕业生刚为一位老师举行了谢恩会，那位老师给同事们分送了一点礼品，校长说，她就把她那一份拿来了。我在旁边听着，想起20世纪40年代我在日本学到的一些日本的历史和社会，就问校长了一句，怎么，日本民主化了，还有这种老传统吗？这位老校长忽然很正经地向我说了一句，怎么，不应该感谢师教之恩吗？她的话让我耳赤，我没有否定的意思，我是想多了解了解日本的小学校里的感恩会。

日本的小学校，不论城市的还是乡村的，毕业生里总有日后成为当地或全国的知名人物。这些人士在他或她成名或致富之后，都会回到母校，向老师谢恩。一般是，开个小会，送上一封礼金。我年轻时在日本上学，几度被这种佳话感动过。因为我的娘亲就是个乡村小学教师，儿时亲眼看到过乡里人对母亲的尊重。唉，现在呢。

二、国际 QC 小组大会

1997 国际质量管理小组大会暨全国第 19 次质量管理小组代表会议在北京召开。国外代表 615 人，国内代表 645 人，共计 1 260 人参加的一次大会。过去，全国质量管理小组代表会议也曾邀请国外的代表参加，这一次特别隆重，因为有吴邦国副总理到会讲话，足见会议受到的重视程度。

会议在国际会议中心举行，我住在五洲大酒店。8月29日下午我主持了会前的磋商工作会，晚上出席了欢迎招待会。30日上午，吴邦国副总理就人才、质量、效益做了主题讲演。之后，举行了工作协调会，代表团团长等中外人士围绕这一主题发表了意见，讨论了今后各成员国在开展QC小组活动上的合作事宜。意愿是好的，但我总感到语言是个障碍。31日全天，举行了小组成果发表会。我主持了一个分会场。晚上举行了告别宴会。我写了这次会议的总结，发表在中国质量协会的会刊上。

一场国际会议开下来，我真有点累了。

以后，这样大规模、高规格的国际QC小组大会在中国没有再开过。

三、质量管理与经济发展

由于徐济超同志的热心和尽心，质量管理与经济发展国际会议于1997年9月8日至10日在郑州召开。会议邀请到丹麦的大学教授来主持，我应邀参加了会议。

我为这次会议提交的论文“质量管理与可持续发展”，以后刊登在中国计量出版社的《’97 中国质量高层论坛》的文集里，没有什么特别的高见，只不过把质量管理的持续改进联系到可持续发展的经济问题上，用大质量的观点做了论述。会议使我感兴趣的不是这些论文，却是在达噶（Su Mi Park Dahlgaard）教授主持会议的做法和风格上。

论文发表的一天结束，进入了一天的 Workshop（研讨会）。不是每个人在会场上七嘴八舌地发表议论，他把与会代表分成几个小组，把会议上从论文里总结出的几个问题，分别交给这几个小组，要小组成员开展“头脑风暴”，进行讨论，得出小组的集体意见。然后，把小组集合在一起，各自介绍自己的结论，写成大字报的形式，再在小组之间进行讨论，寻求一致，或保留分歧。我们的同志开始不习惯这种开会的方式方法，但开下来，都感觉到有意思。最后的一天，济超同志和达噶教授做了总结。这位丹麦教授在总结中，祝福中国的质量工作者好运。

这种专业会议的开法值得推广。

四、上海全球质量委员会会议

美国有一个很大的企业家组织，名称是世界大企业联合会（The Conference Board）。它下面有一个称为全面质量管理中心的机构，专门从事全球企业的质量管理的调查研究。1997 年 11 月 4 日至 6 日在上海召开了一次研讨会，要我参加。会议负责人告诉我，这是他们第一次在中国举行这样的会议。他们的意图是，率领他们的企业家到现场亲身了解中国企业的质量管理。我讲了讲中国的全面质量管理，然后他们提问题。一位与会者的美国企业家问了这么一个问题，他说，听说中国军工企业的工人在产品质量上出了错，是要枪毙的。我说，中国的军工企业对产品质量十分认真，但绝对没有因为质量事故枪毙人的事。我感到，中美之间这种以讹传讹的误解太深了。中国的质量工作者如何向外国传达中国的真实情况，的确是应该好好考虑的。

这次参加会议的一个收获是结识了一位美国企业家，Honeywell 公司的负责质量的副总裁魏默克先生（Arnold M. Weimerskirch）。他给我的印象是，一位学者型的企业家。我同他比较深入地交换了彼此对全面质量管理的认识。分别后，他从美国给我寄来了一本书，他写的《全面质量管理》。这本书是著名出版社 John Weily & Sons 的 MBA

丛书之一。书里夹着一封信，写着一些称赞我的话。像在这本书里记载的，我同美国人有许多的通信往来，我发现美国人很乐意称赞别人。中国的同行之间好像互相称赞的少，中国人真的是“文人相轻”吗？

五、中美质量会议

1998 年 11 月 3 日在北京举行了一次中美之间的质量会议。中美之间在质量管理上的交流始自 1982 年我率中国代表团访美，和哈灵顿博士率领的以美国质量协会（ASQC）和国际管理学会（International Management Council）联合名义的代表团的访华。1998 年的这次会议是根据中国质量协会和美国质量协会之间的协议，举行的第一届中美质量会议。美国质量协会的现任和前任会长联袂出席，表现出他们对中国质量管理的重视。我想，这是因为他们看到了中国经济发展的前景和中美之间贸易以及美国对中国投资的增长趋势。

我在大会报告中以“中美之间的质量管理交流与发展”为题，做了较为长篇的讲演，用了一种批评加劝告的口气。交流上，我们去美国的多，他们来中国的少；我们多是团组的去，他们多是个人的来。结果上，我们了解美国的质量管理多且深，他们了解中国的质量管理少而浅。在中美之间的商业往来日益频繁的时刻，我希望，中美要加强彼此在质量和质量管理方面的理解，而且，我们的交流不应停留在质量管理的理论和方法上，要进一步加强在标准上的合作。我们的质量管理合作应该有个更实际更长远的打算，例如，在减少贸易摩擦、促进名牌建设上有许多工作可以做。我知道，这里面有各式各样的利益问题，不是书生气的几句话就能说的动。

会后，几个美国人找来同我谈了中美文化和习惯上的差异。他们说，了解和克服这种差异是任何交流取得实质性结果的条件。也对！

六、丹佛的美国质量协会年会

2002 年 4 月我去了加拿大温哥华的大女儿家。这次去，另有一个目的，是去哥伦比亚省图书馆查阅有关劳动生产率的文献资料。4月24日接到上海质量协会谢佐屏主任来的电话，告诉我，他们要组团出席5月在美国丹佛召开的美国质量协会年会。我决定去陪陪他们。5月20日经西雅图转机飞到美国的丹佛。这地方我1953年来过，过了半个世纪，一看，大变样了。美国的“武侠”小说里，丹佛是个经常出现的要地，当年，美国人向西部开拓，各式各样的人，怀着各种不同的梦想，在这里集散，“侠客”们也在这里杀来杀去。那年我来时，还可依稀想象到那种场景，这次来，完全没有那种感觉了。

美国质量协会的年会照例是个国际质量大会。这次也请了一位日本专家，来做大会报告。我在底下听，听到他讲到改进的时候，用的是日语的“改善（KAIZEN)”；讲到现场的时候，用的是日语的“现场(GENBA)”。我旁边坐着一位美国女士，看她满面的会意笑容，我问她，这两个词完全有相应的英语。她却对我说，不行，英语的词不能表达出这两个词使用在质量管理时的那种意境和感情。我真的服气了。日本人对日本的质量管理所做的宣传竟然达到了这种效果。

七、日本行之二

2004年11月日本的知识管理学界在日本召开国际会议。我在11月9日乘国航班机飞大阪。在飞机上见到一位姓高桥的日籍空姐，感到国航也国际化了。再从大阪转乘火车去小松市。这里已算日本的东北地区。会议就在这里的北陆先端科学技术学院大学举行。我做了一个报告，谈了我对知识管理和质量管理的关系上的认识。参加国际会议并发表论文是目的，但此行我另有多年来梦想实现的目的。60年后，重游一次我年轻时走过的地方。

日本的关东地区、东京、东北地区和北海道，这次我没有去。去的主要是中西部到九州一带，再加四国。我没有探亲访友，只看景点文物和我上过的学校，我不坐飞机和火车、只坐大巴，历时一个多月。游记材料写了厚厚一本，还一直没有时间整理。有些见闻可以在这里写写。

在一个小镇的长途汽车站，我看见墙上贴有ISO 14000环境保护的广告。日本的村村镇镇已经很干净，环境也已保护的很好了。但他们还是把宣传教育做到了这样的小镇。中国的乡镇我很久没去，我怀疑是否有这样的广告。北京的西客站里我都没有看到重视环境的国标宣传。这种事情和工作不能只在官员、专家之间说来说去。

在四国的高松市，我参观了美军空袭把全市和我的家当烧光的图片展，在广岛，我去了原子弹爆炸后留下的唯一纪念物——只剩骨架的钟塔式建筑，在长崎，我参观了原子弹爆炸的纪念馆。这些图片、影像、实物让我震惊。但所有这些展览和物品的解说词竟然没有一行对美国的怨言。是日本人的宽宏大度，是日本人的健忘，还是日本武士道的嘴上不说记在心里的隐忍复仇心理？我不知道。不过，对比我们中国人对待过去日本人的残暴的一些说法，实在有太大的不同。

这次所到的各地，我住宿的全是小旅馆。都是旅馆的人从来没有见过中国旅客的地方。他们知道了我是来自中国的中国人，都很好奇。跟他们聊起来，常常被问到，我真是从中国来的中国人吗？我也奇怪，他们怎么问这样的问题。想了想，不无道理。中国人的缺点在他们接触的媒体宣传里被放大了几十甚至上百倍。我一不吐痰，二不吸烟，三不喧哗，他们倒觉得有点异样了。

八、游檀香山

2002年的11月，同大女儿的一家去美国夏威夷游览了檀香山。1942年12月8日清晨日本海军发动的偷袭珍珠湾的美国太平洋舰队，就是在这里发生的。我们的游览、参观也就把重点放在这些遗迹上。在保留的密苏里战舰上举行的日本投降仪式的现场、至今沉没在珍珠湾海底的舰船的水上纪念馆、市内的军事博物馆，我们都去看了，有太多的感伤。

日美间的海战固然值得回忆、凭吊，但更让我沉思的是在军事博物馆看到的展览。博物馆设在市内，一大片绿油油的草坪，一块面积不小的停车场，夹着一所不算大的建筑，就在这里陈列着朝鲜战争和越南战争史迹。一幅很大的相片挂在显眼的位置上，是我们志愿军的一位战士。一张年轻的尚未退尽稚气的脸庞，一身破烂的棉衣军装。相片下面，有一行字，“最英勇的士兵”。这是讥讽吗？我不这样认为。这是美国军人对中国士兵的最大敬意。我站在那里，久久不愿离开，心里在问，他肯定是被美军俘虏过去的，现在在哪里？

还有一张大相片，是位身着美军军装的军人，少尉军衔。显然亚洲人的面孔，相当俊俏。相片下面的一行字写道，“华裔，临危不惧，以一己牺牲挽救数十名美国军人的性命”。

我悲伤。生于不同国家的炎黄子孙相遇在朝鲜战场，为各自的国家拼命。我高兴。他们都不愧为炎黄子孙的后裔。

还看到一些实物或模型，我不想写了。

九、上海质量国际会议

从 1994 年上海市质量协会主办上海国际质量管理研讨会，经过连续几届的成功举办，已经成为中国在全世界知名的一个质量会议。我从一开始就参与会议的举办，到我任职于上海质量管理科学研究院后，这成了我的一项工作。每届我都有文章发表，题目罗列如下：

1994 年第一届　质量管理与市场经济

1996 年第二届　经济体制改革中的全面质量管理

(开会的 11 月我正在国外访问，论文请刘建生教授代为宣读)

1998 年第三届　知识经济与全面质量管理

2001 年第四届　新世纪里中国质量的几个问题

2005 年第五届　中国的产品质量

为了国际化，我每次都带头用英语发表。一方面希望直接引起国际同行的注意，另一方面，鼓励上海质量管理科学研究院的年轻人直接登上国际舞台。我想，这两方面都取得了一定的成果。

第二篇论文于1997年被《中国改革开放的理论与实践》收录，算是给舆论界留下了一点印象。第四篇论文主要是把我们国家在产品质量、工程质量和服务质量上的方针、政策、措施和经验介绍给国外的同行，其中许多都是中国独有的，事实证明，他们都很感兴趣。

第五篇论文提出了一个我计算的数字。国家产品质量监督抽查的季度公报反映的产品不合格率的损失值为150亿元人民币。2005年3月29日的《解放日报》立刻刊登了这个数字。我的用意是请各级政府质量主管部门对监督抽查的结果有一个金钱的感觉。

上海市政府对这个系列国际会议很支持。上海市市长徐匡迪、副市长蒋以任都为论文集题了词；副市长黄奇帆、经济委员会主任徐志毅都在会上做过专题演讲。国家经济贸易委员会主任李荣融专门给研讨会发来贺信。

到下个十年，上海质量国际会议的影响越来越大了。

这期间，我还参加了几个学术或非学术性的国际活动，与质量管理没有什么关系，就不在这里罗嗦了。

丹佛年会上与费根堡欢聚

我与他相知多年，这张相片却是唯一的合影

郑州会议上与徐济超

北陆国际会议
中间是唐锡晋教授
她左边是中森义辉教授

高松香川大学的老同学古川新二——这一带商业街的领袖

日本三大名园之一高松的栗林公园

小学生来参观学习高松火车站

我住的小旅馆挂着廉价的广告

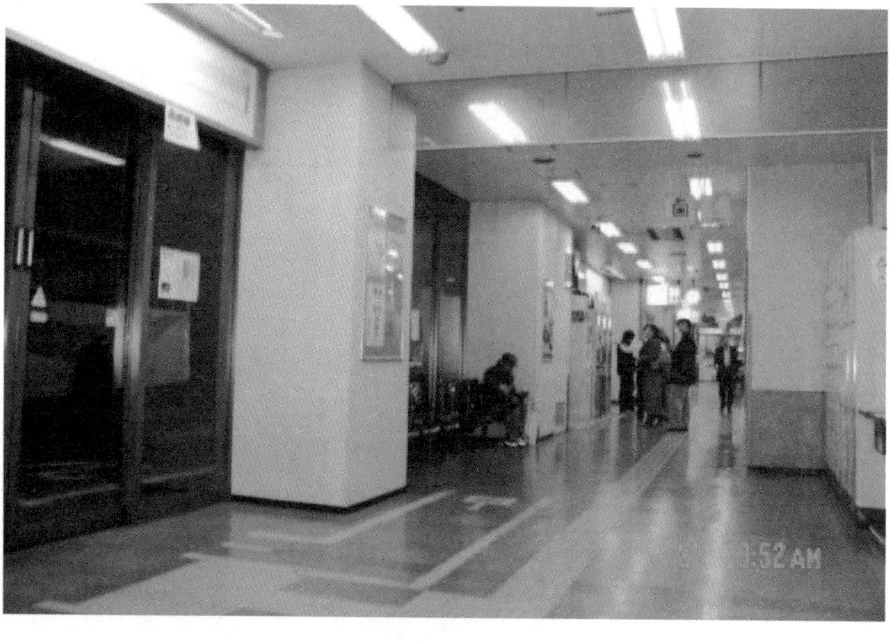

小地方的公共汽车站

白玉兰奖
右二是吴达纯

国际质量科学院院长
Watson 先生

白发女士是中国质量
管理协会轻工分会会
长杨立

老友葛查莲教授夫妇

台湾的王晃三教授

中国机械质量管理协会
秘书长郭学俊

美国校友的 Cole 教授来沪讲学，我曾是加利福尼亚大学伯克利分校的研究生，他现是大学分校的终身教授，故曰美国校友

伊朗的同行，是上邮票的名人，几次邀请我去伊朗我没去

第六章　余热的十年：2007 年~

这个十年是从 2006 年到 2015 年，现在是 2010 年的夏天，不知道我还有没有 2015 年。不去管它，定下来再说。

第一节　30年的全面质量管理

从中国质量协会建立，并在全国推行全面质量管理的 1979 年算起，到 2009 年已是整整 30 年了。如果从大约 1969 年在秦城我脑子里酝酿全面质量管理，1976 年我开始在清河毛纺织厂进行全面质量管理试点工作算起，就我个人说，那就不只 30 年了。不过，从全国企业的实践来看，应该说是 30 年。每个十年，中国质量协会都有纪念活动，中国质量协会会长都有总结性的报告。这些官方盛事，容我不加叙述了。下面记录下每个十年结束时，我自己的回忆。

一、第一个十年

1988年9月我在《电子质量》上写了一篇“纪念《电子质量》50期”，把第一个十年分成两个五年，做了回顾。第一个五年的工作是促进我国企业的“文明生产、过程控制、均衡生产”。我对企业的人说，这就是全面质量管理。第二个五年则是“保证体系、目标管理、小组活动”。我对企业的人说，这就是全面质量管理。我在文章里强调，我的全面质量管理不是照抄外国书本，是针对我国实际情况的。因此，不是有了后一个，就不要前一个，而是干好了头一个，再来干后一个。两者加起来，也是全面质量管理。不过成了一个人更大更全的全面质量管理了。这就是转动PDCA的结果。

1976 年“文革”结束，“四人帮”倒地；1977 年开始“拨乱反正”；1978 年提出“改革开放”。在企业、在工厂就是恢复生产秩序、整顿工艺操作、加强工期管理。那时计划经济体制下，工业主管部门的指令就是为了处理这些问题。我的全面质量管理当然要为这些工作服务。尽可能把当时行政命令式的质量管理改为科学的质量管理。等到我们的企业、工厂的运营上了轨道，全面质量管理办公室普遍建立起来，我提出的后三件就有了实行的必要，也有了实行的条件。有些质量管理的方法，我并没有推行。例如，当时第三版的《朱兰质量手册》已经在中国翻译出版，其中有“质量成本”的介绍，国内一些学者跟着极力推荐。经过一点调查，我认为行不通，所以就没理会它。“在质量的教育培训上，花一毛钱；在质量提高的经济效益上能赚回一元钱”的质量成本的精神我同意，因此我不去向企业提出他们一时办不到的质量成本核算，却力劝他们在质量的教育培训上多花点钱。到企业去，他们请我吃饭，一桌几百元，那时的几百元可不是个小数目，我都对他们说，不要请我吃这么样的饭，省下几个钱，多订购几本《质量管理》吧。他们总是笑而不理。那个时候，我兼着中国质量协会的《质量管理》的主编。

经过几番努力，有了国务院和几个部门领导的支持，有了无数热心同志的合作，再加上纷纷成立的全国质量协会系统的配合，全面质量管理已在全国各地各部门的广大企业里推开了。

二、第二个十年

这个十年是中国走向市场经济的开始。这一次，我在中国机械工业质量管理协会纪念机械工业推行全面质量管理20年的《企业生命文集》，写了一篇“机械工业的全面质量管理和我”。其中，我总结了这个时期的三个矛盾。第一个，国家重视，企业却不那么重视。1989年3月15日国家主席江泽民在中国质量协会第七次年会上的讲话中，高度强调质量的重要。1995年7月5日《人民日报》刊出了题为“机械产品质量连续三年滑坡、企业管理薄弱实乃主要病根”的调查报告。国务院总理朱镕基在1996年7月25日的国际自然科学基金委员会管理学部成立的祝贺大会上说，当前企业赚钱是一靠拉关系，二靠做广告，不用质量管理了。第二个，质量法律的立法与守法、执法的矛盾。这个十年出台了不少的法律、法规。《中华人民共和国工业企业法》、《中华人民共和国产品质量法》、《中华人民共和国消费者权益保护法》、《全国人民代表大会常务委员会关于惩治生产、销售伪劣商品犯罪的决定》、国务院的《关于进一步加强质量工作的决定》、《质量振兴纲要》、国家经济贸易委员会和国家技术监督局联合发布的《关于降低质量损失的通知》、还有国家领导人的号召。"质量是企业的生命"、"质量兴国"。然而无数的案例证明了"有法不依、执法不严、违法不究"。这个时期，我当全国人大代表，在代表大会上的两院报告中听到每次都有这个"三不"（有法不依，违法不究，执法不严）的用语。根子在于企业往往不守法。第三个，奖励的需要与奖励的取消。市场经济和计划经济同样，企业和员工需要鼓励和奖励。这个时期，国家质量奖被取消了。给人的印象是，从此政府与企业完全没有关系了。果真能如此吗？政府的一个重要职责是保护市场环境，而国家质量奖的颁布正是为此的一项有效工作。我在上面的一个地方说过，中国这个时期，取消国家质量奖，美国设立总统质量奖。

急促变化的十年，中国的企业领导人还没来得及思考和认识市场经济的本质和要求，就被迫急忙投身到激烈的市场化操作中去，忽视了质量的重要性。由此产生的这三个矛盾和它们的解决，哪一个也超出了我的能力。所以，镕基同志1996年在清华大学的那次讲话中，说，刘源张，你过去到处跑，现在没人请你去了吧。不过，我还是尽力呼喊了。

三、第三个十年

2008年12月18日在国家质量监督检验检疫总局召开的质量管理工作30周年座谈会上，我读了我写的《小结》，对30年来全面质量管理的成绩与产品质量的改善和进步做了描述。并把这些成就归功于全国"产、官、学"各界的质量工作者。之外，我对这个十年里的产品质量和质量事业表示了遗憾。“诚信”的缺失，“守法”的忘却，“尊重客户”的消失。试看今日与家庭住房、子女教育、疾病医疗等民生问题有关的企事业单位的表现，甚至食品安全问题造成的社会“恐慌”，岂不令人愤慨。这三大弊病成了亟待医治的顽疾。政府监管与企业自律的双管当然需要加强，我们这些民间质量管理工作者要不要“与时俱进”，在这三大问题上有所新的作为呢？我给大家，也给自己提出了这个问题。

2009 年 12 月 8 日在北京全国政协常委会会议厅举行我国推行全面质量管理暨中国质量协会成立 30 周年大会。张德江副总理的讲话非常实在，对全国质量工作者的确是个鼓舞。我见到了多年不见的第一个十年的战友。亲切又温馨的一刻。我代表这次会上被授予全面质量管理卓越推进者称号的全体人员致了谢词，最后的一句话里我说，卓越推进者里有几位已经过世，允许我表示对他们的怀念。是的，好多一道战斗过的同志走了，没来得及看到，现在国家是多么重视质量和全面质量管理。

四、质量管理小组的 30 年

2008 年 10 月 15 日在北京京丰宾馆，中国质量协会召开全国质量管理小组活动 30 周年纪念大会。我领到了一个全国质量管理小组活动 30 周年个人突出贡献奖。但是，当初我发起这场活动时候的同伴，那天好像都不在场。我好想他们。那个时候，虽然我已年过半百，跟那些小伙子们在一起，我却感到自己还是年轻得很。现在，我已年过八五，QC 小组的会已经不请我参加了。我真感到寂寞了。

质量管理小组活动是长青树，愿我们的小组成员永远年轻！

第二节　诚信与感恩

这两件事成了我这个时期的宣讲题目。我已经不跑企业去推行质量管理的各种方法，也不去辅导体系标准的贯彻了。许多年轻的同志在质量战线上活跃着，他们在技术问题的指导上比我强。我只想给他们敲敲边鼓，就是说，到企业里去讲诚信和感恩，干这两件事也可算给他们创造些有利的工作条件。于是，网上有人士评说，刘源张变成哲学家了。不敢当。本来想当个工厂大夫，也当了一阵子。现在，眼花了，手脚不灵了，大夫不好当了。当个质量方面的社会活动家，行不行？

一、质量事故

这个时期质量事故不断。真是红、绿、黑、白俱全。人们不是问，什么不可以吃；而问，什么可以吃。食品质量到了这种地步，何谈生活质量？但更让人气愤的是药品质量。我第一次对质量事故做公开批评是 2006 年 5 月 29 日我写在《科学时报》上的“评齐二药造假案与中国的药品质量管理”。六个字，无诚信，不认真。之前的 4 月 23 日在洛阳召开的中国医药质量管理协会大会上，我刚刚问过与会药厂的几位代表，知道不知道 GMP（good manufacturing practice for drugs）。中国的药品生产管理法称之为“药品生产质量管理规范”的条例。他们说药厂都知道。如果这样，显然齐齐哈尔第二制药厂领导在诚信和认真的两个方面都不合格。在这篇文章里，我把 GMP 的历史沿革和内容要求做了简要的介绍。目的就是提醒药品厂家老老实实遵守这个规范。中国不是没有讲诚信、认真，善待用户的药厂。害群之马哪怕有一匹，影响之恶劣也足够大，应该坚决惩治。

没过两年，更恶劣的质量事故出现了：三鹿奶粉毒害儿童。我无话可说了，找不出适当的语言来批评。我的批评显然不管用，我就盼着国家能用法律来追究这起质量事故的责任人。在美国的友人吴达纯先生给我寄来了美国华文报纸对近年中国发生的食、药品的质量问题所做的调查报告，和他本人反映的美国侨界对中国产品质量和安全的忧虑。我把他的信转呈给了吴仪副总理。

二、影响和措施

2007 年 7 月 28 日第三次全国质量工作会议在京召开，国务院副总理吴仪主持，温家宝总理出席并做了重要讲话。就像温总理在讲话里说的，他主要是讲给外国人听的。5 月份里美国的媒体纷纷对从中国进口的产品和食品的质量和安全提出指责，在美国百姓中造成极为恶劣的影响。这次会议就是中国政府向全世界表明整治产品质量和食品安全的决心。会上温总理亲自宣布国家成立产品质量和食品安全整治领导小组，吴仪副总理任组长，李长江局长任副组长。一场史无前例的整治运动在全国进行了历时三个月，国家质检系统全员会同有关部门官员上万人参加了整治。这一步始终，我全都知晓，觉得这不是个办法，表明政府的决心可以，但不可能收到一劳永逸的效果。

如此重大和关键的全国质量工作会议开过半年多，三鹿奶粉掺假事件暴露。2008年3月开始，三鹿奶粉的毒害在南京发现，6月在全国得到确诊，9月10日河北省省长要求调查，9月13日卫生部加以证实,至此已有6名儿童因食用三鹿奶粉死亡，30万儿童患病。其间，石家庄三鹿集团股份有限公司负责人不断隐瞒真相或百般辩解。媒体记者穷追猛打，揭露实情，功不可没。这样带有讽刺意味的悲剧震撼了全国人民，震怒了国家领导。国家质量监督检验检疫总局局长李长江引咎辞职，开创了我国官吏史上的先例。2008年12月27日石家庄地方法院开庭审理，2009年1月22日宣判，三鹿集团负责人被重判。三鹿集团于是宣告破产。由名牌战略推进委员会负责的名牌评选受牵连，暂停工作了。

国家于是非常重视“诚信”，在各种场合用各种方法，提倡诚信，鼓励诚信。早在1999年颁布的《质量振兴纲要》已经要求全国企业建立诚信体系。2006年，“质量月”的口号就是“诚信与质量”，3月4日总书记胡锦涛发表了“八荣八耻”，第六条就是“以诚实守信为荣，以见利忘义为耻”。十年过去，为何仍是不诚信、不认真。大大小小的 “三鹿”型企业于各地依然生产、销售掺假造假的商品。这个问题不是质量科学研究能够涉及的内容，可是，质量工作者不能不对它说几句话。我就是一个字，讲。

三、我的宣讲

这些质量事故叫我问，质量是什么？为什么人人，包括“三鹿”型企业的领导，都说“质量第一”，却人人都在“质量倒数第一”？想来想去，最后我达到了一个认识。“质量是秩序”。电视上，于丹正在热讲孔子和《论语》。收视率很高。我想，一部《论语》就是议论从政治国的书。不是有古人说，半部论语治天下吗？孔子议论到治国，认为就是维持一个秩序。孟子证曰，“孔子成春秋，而乱臣贼子惧”。孔子借修春秋，主张一种秩序。孔子对弟子说：“兴于《诗》。立于礼。成于乐。”这是讲维持秩序，要靠这三件事。而这三件事，我看，又是为了培养诚信精神。所以，当子贡问政治是什么的时候，孔子回答说：“军队可以不要，粮食也可以不够，但不能丢掉诚信。一旦为政者不讲诚信，人民就离你而去了。”

我联想到质量。过程质量就是一种秩序，过程控制就是维持这一秩序的手段。这个秩序维持好了，产品质量自然会得到保证。这是质量科学作为学术问题论述过的，但书本的话说的是客观的现象，如同其他科学书籍里常用的套话：“在其他条件不变的情况下”，如何、如何。但是，过程中人的作用和影响最大。他们讲不讲诚信，例如，不合格品当合格品销出去，讲不讲认真，再如，填写数据时提前编造几个，这是造成质量事故的根本原因。生活质量也是一种秩序。产品质量和服务质量是保证这一秩序的基础条件，而这两个质量都取决于提供者的诚信程度。国民经济运行质量、社会发展方式质量都是一种秩序，这个秩序的维持靠全社会的诚信。如果国家统计局都来造假数据，这个社会岂不无可救药了。

质量秩序的“《诗》、礼、乐”大概现在还没人写。我这点功底怕又一时写不出。但我想，我到企业去先给企业的领导或领袖，讲讲上面我的一些想法，也许能够得到共鸣。为了做准备，我在 2007 年 7 月 9 日为中国科学院研究生院管理学院举行的全国研究生暑期学校的毕业典礼上给同学们讲了秩序和管理的问题。随后，去深圳，同质量协会的人谈了秩序与诚信的关系，记者把它写成“鹏城论道”，登载《特区质量》上。8 月 25 日在佛山举行的不锈钢行业协会的年会上，李成会长要我针对当时不锈钢市场的混乱和次品的横行，讲点意见。我宣传了质量、秩序、诚信的观点。2008 年 4 月 13 日在杭州，应杭州市企业联合会王水福会长的邀请，我为协会做了一场讲演，题目就是“质量与诚信”。10 月 28 日去开封在当地的高层质量论坛上讲监管与自律同时并举的时候，我强调说，关键是都来讲诚信。12 月 13 日在郑州的中部企业领袖大会上要我谈“下一个三十年”，我借题发挥，说希望是诚信的 30 年。2009 年 6 月 5 日在武汉的卓越绩效企业大会上的总结里说，凡是绩效卓越的都是讲诚信的企业。2009 年 8 月 12 日我接受人民日报记者胡雪琴的采访时说，不诚信不认真是我们在质量上的“癌症”。12 月 25 日在《人民网》的“强国论坛”，我还是讲，质量是名牌的基础，诚信是名牌的保证。这本流水账说明我在这一时期的思想。诚信和感恩是企业文化的两大支柱。公司领导和员工彼此诚信、彼此感恩才是企业发展的唯一保证。

我讲了，好像反映不理想。他们总想从我这里听点世界上最先进的质量管理，他们似乎觉得我现在讲的是“老生常谈”或者是“书生愚谈”。倒是有几位记者愿意把我的话写一写，对于我，这是安慰。王水福先生在他企业的刊物上，专门提到了我那次的讲演内容。我感谢他在员工中宣传诚信与感恩。

第三节　人 才 培 养

在“前言”里，我提到，希望晚年再在帮助国家培养质量管理人才的大事业上做点工作。实际上，1990 年 8 月我在西安的中加企业管理讨论会做的报告“中国全面质量管理的成就和展望”中，将全面质量管理在中国的实施分成三个阶段，即：文明生产、均衡生产、过程控制；质保体系、目标管理、小组活动；环境保护、资源节约、人才开发；这样“三个三”的项目阶段。每个阶段大约用五年的时间。第三个“三”，到了这个时期，已经成了国家政策。但说到人才开发，一个人单枪匹马，没有一个单位依靠，这事是根本无法进行的。我在上海质量管理科学研究院的工作依靠的就是上海质量协会。巧了，另一个机会来了。

一、中国机械工业质量管理协会

协会第一届理事会时，我是一名副会长，另一名副会长黄敦谦兼任秘书长。我帮他做了一些事。从第二届到第四届，我有幸与沈鸿同为顾问，有了与沈老亲近的机会以外，我没为协会做多少事。2003 年换届，哈尔滨市副市长张维德被选为理事长。她是我的老熟人了。早在推行全面质量管理和质量管理小组活动的初期，我就认识了她。记忆里的印象是，她很勤奋，很好学，称得上是一位全面质量管理的热心人。近日，有人告诉我，维德还是一位做善事的善人。她本人一直没有向我提及这些善举，她的秘书李月华也不曾对我透漏过一点。这样的人任协会的理事长肯定能团结人、启发人，把协会办成中国机械工业的“企业之家”。

2004年她到京任职视事，打电话给我，要我帮忙。我自然乐于听命。12月24日我出席协会在京召开的专家座谈会，从此成为协会的一名专家。2005年12月20日应邀，我担任了《机械工业质量管理教程》第五版的编委会主任及主审工作。通过教材的编审，我也可以算在人才培养上出了点力。以后到2009年，我又陆续主审了《工人质量管理教材》、《机械工业质量检验和质量监督培训教材》。在做这件工作上，我尽所知，提供信息，指出错误，认真负责，决不客气，对事不对人。我感谢张维德理事长和郭学俊秘书长，她们支持了我的这个态度。

因为又参加了协会的一些其他活动，协会在 2008 年 10 月 13 日第六届理事会选我为名誉会长。如果从 1957 年我为机械工业开办的第一个全国质量控制讲习班算起，我为中国机械工业的质量管理服务了整整 50 年。中国机械工业质量管理协会名誉会长的光荣称号为此画上了圆满的句号。谢谢协会的全体同仁。

二、开课

说起来，也真怪。快一辈子了。我没有在大学里教过质量管理，没有带过质量管理的研究生。2005 年中国科学院研究生院管理学院要我去为学院的 MBA 班讲一门 3 个学分的质量管理。那年我刚好 81 岁，心想趁着身体还能动，讲一讲也好，于是就答应了。但是，讲什么，怎样讲，这个问题着实让我思索了一阵子。MBA 教育我早已听说，也曾偶尔为上海的一所大学的 MBA 班做过质量管理的报告，因此有了一点印象。总之，MBA 班的学员很有特点。他们都有不同行业、不同部门、不同岗位的工作经验，他们都有社会上的生活经验，他们都受过高等教育的熏陶，他们都有对事物的观察能力和对问题的思考能力。更可贵的是，他们都有向上的学习精神。而且，他们又都是在工作之余的周末到学校来听课。可想，他们是牺牲休息的时间来学习，这就要他们付出较别人更多的劳动。因此，我的讲课一要考虑到他们的特点，二要对得起他们的时间和劳动。质量是个重要的题目，质量管理是个专门的学问。我总想，人们对质量既然都有个关心，人们也应该对质量管理有个认识。在这样一个干部脱产学习的 MBA 班上，如果我的讲课能够激发他们，并通过他们激发更多人们对质量的更大关心，并对质量管理加深认识，或者甚至爱好，那么我可以说，我在晚年再为我们国家的质量事业做了一点贡献。怀着这样的期待，我于 2005 年、2006 年连续两年走上了学院的讲台。

质量管理作为一门学科，与其他许多学科有关系。它的数学基础是概率论和数理统计；它的工程基础有工业工程；它的技术基础有标准化和计量；它的作业基础是企业组织学。质量管理作为一种工作，它是讲究“以人为本”的，因而追求和谐组织；它是谋求“经济效益”的，因而需要经营意识；它是奉行“统筹协调”的，因而要求组织成员的团队精神；它是对用户和社会负有责任的，因而在节约资源和保护环境方面有它自己的应尽义务；所有这些，虽不能一一细说，但在我的讲课中都有所提及。

管理既是科学，又是艺术。这是公认的事实。质量管理更不例外。这本讲义的一个企图正是解释清楚质量管理作为一门独立学科的道理，尽量扼要叙述它的思想、理念、原则和理论。至于艺术的一面，的确有点“只能意会不能言传”的意味。我只能把我的质量管理事业生涯中，多年来在企业和主管部门接触领导和群众时得到的教导、学到的本领、悟到的工作方法以及成功的经验和失败的教训，跟学员们说一说，请他们自己从中领会了。不管怎样，管理科学只是使人们在工作上取得成功的一个指南。能否成功取决于如何在与利益相关方的各种人员的合作上合理地使用管理科学，这就是艺术。

对于中国科学院研究生院管理学院2005年、2006年两年MBA班质量管理课的学员们，我要向他们表示感谢。他们中间，有企业的总经理或董事长，有工厂的工程师或高级工程师，有企业的财务总监或会计主管，有政府质检机关的官员，有旅游公司的骨干，还有各式各样的人才。像我在上面说过的，他们都可以是这方面或那方面我的老师。他们都住在离中关村较远的地方，有一位女生学员竟是每个周末从内蒙古赶来听课。因为这层关系，每一讲上课时，我给他们鞠一躬；下课时，他们给我鼓一次掌。他们让我尝到了当老师的幸福，当然还有责任。

三、“学生满天下”

“桃李满天下”是对老教授的赞誉。如今，当我也迈进到这一行列的时刻，我想了想，有没有资格把这句话用到自己身上。50年，我在全国各地开办了许多次的质量管理讲习班，无数的学员听过我的课。每逢走到一个地方，遇到一位同志对我说，他听过我的课，我都十分地高兴。再加上在各种会议上听过我讲话的，特别是几次电台、电视台的《全面质量管理讲座》的全国学员和我在报纸上写的连续讲座的读者，我的“学生”可以说是“满天下”。我没有用“桃李”两个字来形容我的学生。他们是否不高兴呢？我有个个人的理由。正是因为我刚才说过的，我没有在学校里教过书，应该说我没有学生；老师和学生是经常见面的，我和我的“学生”很多是没有见过面的。我把我的听众和读者都拉进来，作为我的“学生”，是想借他们的光，成全我来说一句：“我的学生满天下。”

第四节　其　　他

所谓其他，是因为这许多事情不好归到一类，就放到一起写的原故。

一、中国工程院咨询项目

2008年9月12日，在中国工程院113会议室，潘云鹤常务副院长主持召开了“提高我国制造业产品质量途径的研究”咨询项目启动会议。10月17日，在工程管理学部王立恒主任的主持和指导下，完成了有关项目研究大纲和实施方案以及专题组的组成架构和工作要求的文件。

11月7日，中国航天工程咨询研究中心的周晓纪、胡良元两位到我家，送来启动会议的会议纪要、有关研究大纲和专业组架构的文件，并且征求我的意见。我对他们说了一大堆话，笔记本里的谈话大纲就有三页之多。

11月11日，在航天工程咨询中心召开了第一次研讨会。我作为专家组的一员出席，看到有装备制造业、电子信息产品制造业、建材业、化工业、轻工业、纺织服装业等这么多的专业组，心中有感。只有中国工程院才有如此的权威，让这许多产业部门和有关政府部门集中合作，进行这么大这么重要的咨询研究工作。

以后的每次会议我都参加，都讲话。项目研究的《工作简报》在2009 年 2 月 13 日的第 7 期刊登了我写的“报告大纲的设想及提高产品质量的建议”。整个咨询研究的进行和完成都是王立恒院士领导和指导的结果。在各个专业组的报告和专家组成员的意见基础上，整理、起草研究报告的是周晓纪研究员的奉献。通过这项咨询研究，我结识了几位产业部门的朋友，特别是我又恢复了与阔别 20 多年的纺织行业的接触，知道了这 20 多年来中国纺织行业的进步和问题。

2010年6月中国工程院院士大会期间，这项咨询研究报告的《摘要》在《科技日报》2010年6月7日的一期上第5版全版刊登。

二、中国科学院与质量管理

2005 年 12 月 9 日在北京召开了“中国质量协会科学技术分会成立暨第一届会员代表大会”。会上我被选为名誉理事长。中国科学院副院长阴和俊任理事长，电子所研究员王富良任秘书长。1979 年我因全面质量管理的理论工作获得过中国科学院重大科研成果一等奖，这次又给了我这么一项荣誉，都是事先没想到的事情。我十分高兴，在中国科学院，我没有能够做出自然科学基础理论的贡献，但是通过我在全面质量管理上的实践与创新，我感到我可以不愧对中国科学院研究员的职称了。

中国科学院有些研究所承担着国防工业产品的开发和研制，他们需要质量和可靠性管理知识的普及、工艺和产品的标准化的实施和质量体系标准的推行。为了这些工作，王富良等研究所的质量热心人筹划了这个协会。我很赞成，给协会成立的贺词中，我写道：“中科院质协的成立是我院科研成果在向生产力转化上迈进了一步的标志。”

2006年6月2日至3日在北京应用物理会议中心，中国科学院为了落实《国防科工委关于进一步加强高新工程质量工作的决定》，召开2006年国防科技质量工作交流会。会议要我做个国际国内质量管理发展动态的报告，我借机会讲了对“创新”的认识，强调创新不只是科学家能干的事，是人人都可参与的工作。

2009年的春节，王富良同志给我送来了一册协会的2006~2008年度的《简讯汇编》。抚摸着这本汇编，心中感慨万千。中国科学院终于有了质量管理的组织。美国国家科学院没有这样的组织。另外，我忽然想起了我手头就有的，1986年11月19日四川南充劳动工厂厂长夏礼德写的“积极推行全面质量管理，把监狱办成政治、经济和教育三个实体”和副政委黄邦云写的“运用全面质量管理办法提高对罪犯的改造质量”。在中国的监狱里，至今也在推行着全面质量管理。我想，美国的监狱没有全面质量管理，不见报道。这两件事可算中国质量管理的另一个特色。

三、我的团队

上海市质量协会出版的《改革开放与推行全面质量管理30周年纪念专辑》里面有一张照片，“上海质量管理科学研究院刘源张团队”。这是2005年1月上海质量管理科学研究院成立六周年，也是我年满80岁的时候，质量管理科学研究院的同志们为了庆祝，制作了一面团队锦旗，一起照了这张像。看着这张相片，我觉得我这一生的学术生涯，可喜又可悲。

我一生都是在编于中国科学院的研究工作者队伍里。改革开放前，我辗转于力学研究所和数学研究所；改革开放后，先是在中国科学院系统科学研究所，后是数学与系统科学研究院。我的工资、我的福利、我的党组织关系，都在中国科学院。我做过副所长，也当过学术委员会副主任委员。在国务院学位委员会里，我曾是管理科学与管理工程学科评议组的成员。在国家自然科学基金委员会管理学部里，我曾是学科评审员，也曾是顾问委员会的成员。国家自然科学基金委员会管理学部的第一个重大项目的研究是我主持的。在国内外我也获得过部级和国家级的科学技术奖。我也担任过国际学术活动组织的主席。我还是硕士、博士生导师，也带出不少硕士和博士。我也享受着科研工作者的政府特殊津贴。最后在国际和国内我都当选为院士，应该算的上是个合格的研究员了吧。

但是，在中国科学院这么多所的工作、这么长的学术研究工作期间，我没有组织起我的学术团队。我喊了一辈子的“建立中国的管理学派”，到头来成了一句“空念佛”。这里，我也不想去寻求原因了，反正已经于事无补。可悲也乎。

谢谢上海质量管理科学研究院的领导和同志，他们给我组织起一个学术团队。1999 年我就任首席研究员以后，十几位有硕士、博士学位的年轻人先后来到了质量管理科学研究院。政府、企业、基金陆续给了多项课题的研究任务。在每个课题上，我都尽心尽力进行指导。对他们的好的表现，我表扬；对不好的，我批评。对这些年轻人，我从不客气。我唯一的愿望是，他们快快在学术上成长起来。我不居住在上海，我是从北京通勤去上海，不能长时间停留，我无法像中国科学院系统所那样组织他们的讨论班，我也不能要求他们定期写出学术论文。那些实际课题的研究任务和报告的编写任务已经压的他们喘不过气了。我和他们的关系当然不是上下级的关系，严格说也不是导师与研究生的关系。我们是为了质量的实际问题聚在一起，是共同研究的同志关系。我没有想过，把他们组织成一个学术团队。那面锦旗表示，他们自己承认，我们是一个团队。是学术团队，或是工作团队，都无妨。是团队，就有团队精神，这才是可贵的。这个团队给了我一种喜悦。

四、社会活动

2006 年 3 月，我被聘为中国合格评定国家认可委员会专家组副组长。

2006 年 10 月，中国标准化研究院聘我为名誉院长。

2006 年 11 月，我被任命为国家标准化专家委员会主任。

2007 年 3 月，中国合格评定国家认可委员会聘我为资深顾问。

2007 年 11 月，我被任命为风险管理标准化技术委员会主任。

由于这些关系，这个时期我的主要社会活动就是有关标准化工作的事情。但是，往往力不从心，许多工作只是“蜻蜓点水”，实在有愧。我总认为，质量管理和标准化工作是表里一体的关系，所以，这一时期在各地各处的讲演中，我都记着，把话题与标准化联系起来。算作普及和推广工作上的一种努力吧。

第五节　最后的感谢

在回顾了我一生的质量生涯，在感谢了所有帮助过我的人，在即将结束这本《感恩录》写作的时候，让我再写一句总结的话。

2006 年 1 月 8 日，在北京的钓鱼台宾馆礼堂举行了一次颁奖活动。中华全国总工会和中国质量协会联合给我颁发了“中国质量领域最高荣誉奖”。一共三人，我排在袁宝华和张瑞敏两位同志的中间。一位是我国经济管理界德高望重的老领导，一位是我国企业界贡献重大的国际知名企业家，我同他们两位同列，是我莫大的荣幸。然而，让我万分感动的是宝华同志在颁奖后的致辞。他说：“像刘源张这样在质量界既有高深的理论，又有实践经验的专家，获此殊荣才是当之无愧的。”90 高龄的宝华同志在这样的场合还不忘夸奖我、鼓励我。我的质量生涯自始至终是在他的呵护下度过来的。允许我在这本书的结尾处，再写上一句，我感谢他。

我左边是周晓纪

我的上海团队

跟年轻人在一起
我也年轻了

王凤清与孙大伟两位给我发聘书

张维德与我

在人民大会堂向宝华问候

正中白发黑色上衣者是袁宝华

前排从左到右是顾基发、我、汪寿阳

后排从左到右是唐锡晋、杨晓光、杨翠红

后 语

读者们读了这本小书，不知道喜欢不喜欢。我想再加点解释。

第一，我在人名的后面都加上了同志两个字。同志这个称呼在现在的人们的感觉里，好像不如从前我刚从国外回来时有的那种感动。这才是新社会里的人际关系的最好表达。我在书里用这个称呼是想表示一种亲切和怀念。希望读者能够领会我的用意。

第二，我一直是中国科学院的一名科研工作者，但书里我几乎没有写中国科学院的人和事。这不是因为中国科学院与我的质量生涯无关，其实正是相反。恰恰是因为力学所要了我，我才能开始我的质量生涯，恰恰是数学所的宽松环境给了我特立独行的可能，恰恰是系统所在人们心目中的好感给了我质量工作上的方便。但是，我在中国科学院里面的工作和我在外面的工作好像是两条线上的工作，混在一起写，书会不成个样子，所以，就以外面那条线为主写了。

第三，书里写的人和事都有时间和地点。它们的依据是我的日记和一些报刊及官方文件上的记载。不过，我在书里很少使用与这些同志的往来信件。过了这么多年，通信地址肯定发生了变化，猜想无法取得他们的使用许可了。只有两封例外。一封是钱学森先生写给我的，另一封是一位德国教授写给我的。我把两封信的原件都复印在书里。

第四，书里附有多幅相片。对于我来说，它们都有纪念意义；从读者来看，也许可以看出少许历史的痕迹。有些重要场合，新闻记者照了相，没有给我，我也没有时间去新闻社索要了。看下次能否补上。

第五，书中出现的名字都是我要感谢的同志，只有一个孙金喜不是。这是要交代清楚的。

第六，却是最重要的。我要感谢郭传杰同志。他为这本小书的出版，同科学出版社的总经理林鹏同志联系，得到同意。林鹏同志当即委派科学出版社的马跃同志担任本书的责任编辑。这期间，我因病入院诊治。出院后，马跃同志到我家来，细细同我谈了出版事宜，让我懂得了一些我原本不知的编书规矩，向我提供了许多有益的建议。我还要感谢汪寿阳同志，若无他的大力支持，这本小书恐怕难以问世。作为中国科学院的研究人员，自己的这种非学术专业性的业余写作，能够由科学出版社出版发行，是一件让我高兴，又让我感到荣幸的事情。为了这一点，也不仅仅是为了这一点，我向他们致以我最诚挚的敬意和谢意。

人名索引

F

G

H

M

O

P

Q

R

S

T

W

X

Y

Z